徘徊》分五輯，第一輯爲抒情小品，第二輯爲國內文化評論，第三輯爲大陸文壇解析，第四輯爲五四運動散論，第五輯爲兩岸文學書評。我是法律系的新鮮人，結果卻徘徊於文史之間，最要感激父親「愛的放任」，除了當年小小的紅樓夢事件，老人家從未干涉我的走向。我越來越崇敬儒家，註定與律師法官絕緣；我也越來越崇敬文學，世間即使沒有永恒，而文學近之。政治評論有時隔夜即告作廢，文學作品有時卻能流傳一個世代。本書自〈父親的書桌〉始，至〈重讀《雅舍小品》〉終，盼能證明文學耐久，乃至千秋。

本書選文八十篇，爲中華民國慶生。自袁世凱以來，摧殘它的人不計其數，維護它的人亦然。父親是有情有義的君子，一生一世都心繫中華，我加入父親的行列，和千千萬萬同胞一樣，維護多災多難的民國，有如天經地義。現在，以文字；將來，以行動。

此刻，臺北的文學大寒，聽說全球皆如此，透露世紀末的悲凉。乃有三民書局兼東大圖書公司的主人劉振強先生，不計虧損，推出冷門，賜以溫熱的情誼。我望見他的名字，在臺灣出版界的頂峯。

文學徘徊　目次

第一輯

第二輯

第三輯

第四輯

第五輯

第一輯

父親的書桌

父親沒有書桌。

胡適紀念館主人使用過的大型書桌，父親從未觸及；許多學童擁有的小型書桌，父親亦付闕如。小時候，我們兄弟姊妹五人每晚各據一方，佔領了家中所有的桌子，父親則以幼稚園式的板凳爲椅，撥出一角的茶几爲桌，伏案和我們比賽做功課。兄姊出國後，家中撤銷若干設備，騰出些許空間，父親仍無一桌可資專用。時至今日，他已不宜彎腰過度，因此在客廳寫作時，茶几上墊厚書以提高坐姿。父親交遊廣闊，我們卻怕客來，迅鈴不及掩耳，兵荒馬亂中跌落在地的書籍稿紙，紛紛抗議我們的收拾不住。

爲此，父親近亦移師飯桌，利用三餐之間的時空，和舉炊的母親競賽，偶有不敵，菜飯就搬到客廳，最後動筷者總是執筆最勤的人，我們的民主到了家。電鈴響時，大家重演措手不及的窘戲，此時抗議不迭的碗盤，擲地作金石聲。飯桌太小，冰箱又不敷使用，父親只得推移剩飯剩菜，與難免的油漬爲伍。二十多年的老房子，逢雨卽漏，屢修無效，屢試不爽，首當其衝的正是此桌。驟雨來時，搶救稍緩，點點滴滴就打在父親的稿紙上，水痕掩擁著油漬，映現了一位老教授的艱辛。

它也打在我心頭，點點滴滴數落一個德薄能鮮的兒子，未盡起碼的孝道。有貝與無貝之才兩缺的我，安得良屋一間，使父親能露齒展顏？島上家家興旺的此刻，父親在寫了三十多部書和一千篇文章後，仍停留於五十年代的生活水準，奮筆於接漏的臉盆之側，寸鐵在握，寸陰是競，成爲人子愧疚的焦點。

島上的父親大多辛苦，但很少享有盛名的人，年至耄耋還如此自煎。千門萬戶的臺北人家，當然不乏重視子女教育者，但爲之蕩產而不惜則似屬少見。父親收獲的名與利完全不成正比，所撰大學用書本本暢銷，卻無版稅可領，三十年來的稿費累積，不抵弟弟紐約哥大三年的學費所需。前幾年熬夜趕稿，累到耳鳴，仍不稍歇，以致半聾，至今難癒，這是他把每一個兒子推上博士班的代價！但父親的精神越用越出，三本計畫中的書稿及其餘文字，塡滿了他的睡前醒後，從清晨到深夜，孜孜矻矻，鮮有例外。「不做無益事，一日當三日」，是父親的最佳寫照。

父親沒有書桌，不自臺灣時期始。二十年代共產黨上井崗山落草之前，一路燒殺到故鄉茶陵，老家和父親任教的學校均遭火焚，他僅以身免，遑論書桌？毛澤東殺中國人，是從同鄉殺起的，日後我在中共黨史上讀到這一頁，長輩則切身痛驗這一點。三十年代父親在上海讀大學，時値九一八事變前後，華北沒有一張平靜的書桌，父親的血也在沸騰，他奔走於京滬道上，與薛光前、莫萱元、劉脩如諸先生共同從事抗日學運，席不暇暖，形同無桌。抗戰軍興，他輾轉赴大後方，一路執筆不輟，船經三峽時，臥於甲板上直書，洋洋灑灑數千言，此種環境，豈能有桌？後來寄居友人家，或坐地上以小凳爲桌，或坐小凳以床沿爲桌，握管有方，友人稱奇。父親的大陸經驗，與逃難生涯密不可分，在那個至苦極痛的時代，物力維艱，心力交瘁，書桌成爲奢侈品，他卻寫出不少哲學著作。西方人說哲學起於驚駭，父親則起於憂患。「身無半畝，心憂天下」的句子，似爲父親而設。

五十年代初期，家居大屯山下，與三民主義的筆記人黃昌穀先生爲鄰，彼告以胡漢民先生的書桌極亂，外出前且不准其家人代爲收拾，以利回家續稿。父親笑謂受此鼓勵，見賢思齊，他的兼用桌子也不必整理。主意既定，天地自寬。他就在沒有專用書桌的情景下寫了千萬言，贏得兩袖飄逸。

由於家中苦無新桌立足之地，不孝的我，在父親八十生辰的前夕，仍然無法改寫半個世紀的歷史，送他一張驚喜。其實，這也是我的過慮，父親以苦修力行治生，以樂天安命養性，進退有節，行己有恥，不愧於《詩經》所說的屋漏，現實生活的驟雨於他何有哉？父親沒有書桌，卻在不經意中立下一個典範，讓我仰望，如見煦煦的春陽。

七十六年二月二十一日〈聯合副刊〉

老兵不語

老兵，我恆念的一種人。

他們行走在我的記憶中，也出現於日常的望眼裏，三十年來成千上萬個照面，我幾乎每能分辨誰來自北方，誰來自江南。北方與江南的漢子，跋涉過多少山川，匯集島上，豐富了我的童年，以及後來的歲月。他們解我危難，啟我深思，引我凝視，賺我熱淚，而他們不語。

一位老兵，在竹籬平屋的時代，狂風暴雨的夜裏，擁緊稚齡的我，隨著分抱兄姊的爸媽，急流中走向較高處的復興岡教室。放下我後，他又投身急流，還有別家的孩子待援哩。

一位老兵，我在成功嶺打野外時，轉身赫然見他的名字寫在碑上，四周芒草齊身。斑駁的石刻簡報，他在二十年前因公殉職，即葬於此。我撥開芒草，陪他片刻。待集合令響，向他道別，稍行稍遠，再回首已不見路，四周芒草齊身。

一位老兵，在政大附近的村落一角窩居多年，每個月都透支了愛心和工資，是孩子們心目中的大善人。當我往拜，只見一室素簡，四壁蕭然，主人笑逐顏開像嬰孩。門板新春貼的紅紙上，四個大字蒼勁如松：民國萬年！

多少老兵，櫛風沐雨捍衛了這塊最後的國土，又節衣縮食捐獻出最後的儲蓄。他們犧牲了的青春從未開過花，晚年卻遍吐芬芳在人間。

多少老兵，散布在山巔海涯，以及每一個謀生不易的地方，勤奮工作，沉默過活。我不知道，勞苦功高了三十餘年後，他們分享多少島上的繁榮？一年一度的七七抗戰紀念會，又打開他們多少塵封的壯蹟？帶給他們幾許隱埋的安慰？

多少老兵，曾經對我說七俠五義包青天，歌南腔北調故鄉謠，使我童年以來的天地，常能超越島的歷史與地理，貼近那片天涯咫尺的大葉海棠。現在我感覺，老兵越發不尚清談了，他們的汗水掛在臉上，厚繭結在雙手，昨日業已歸檔，眼光向著明天。老兵不語，或許因為在盤算著明天。

「還鄉作伴言都幻，焚骨成灰恨豈休？」周棄子先生的詩，是否適用於老兵？現代史的大悲劇過後，這些年來有人說島上是國破家興。是的，國未復，家先興。萬家燈火溫馨處，最可愛、最該愛的一種人，可有妻兒在繞，為他們舉箸添衣？

老兵啊，還鄉之前，何妨作伴？中華之土，何處非家？珍重哦。

七十六年九月十三日〈中央副刊〉

誰來關愛老兵？

老兵，自謀生路的老兵，島上最悲苦的一種人。

我在眷村長大，童年無襪，但是有家。眷村雖窮，家家上有屋瓦，人人時綻笑容，所以思及童年，心頭猶暖。

後來我才知道，較早退伍的老兵，既無終身俸，又未輔導就業者，許多人至今無家。在喜峯口、在古寧頭，他們奔馳於烽火第一線，把青春獻給了國家，老來卻有人奔波於社會最底層，在垃圾堆裏過活，在街角橋下過夜，滿身污泥，上無片瓦。有誰看到他們昨日的血、今日的疤？一位老兵哭著對我說，他已斷子絕孫，且沒有家。

請給他一個家，立即擴建各地的榮家，降低收容的年紀，提高那可憐的零用金。

請比照後來退伍的老兵，發放終身俸，即使減至一日百元也罷！讓他們勉度餘年，終而無怨。

可敬的官員們、可愛的同胞們，就在今夜，請到臺北大橋下走一遭，看看有人與骨肉親朋離散，與精緻生活絕緣，想想自己得有今日，難道和他們的犧牲無關？

富裕的政府和人民啊，請拿出不再推拖的良心，照顧一下民國的衛士，我們的叔伯，大家的老兵！

七十六年七月三十日〈自立副刊〉

走向歷史與未來

鄭學稼老師是父親的舊友，我從小慣聞慣見他的名字，覺得親切又遙遠。遙遠感來自他題贈的著作，《列寧主義國家論之批判》，何其深奧的一本書！當時年少，怎知後來有此榮幸，成為他的弟子，得窺學海之浩；又怎知今日如此哀傷，受惠的記憶湧上心頭，難紓愧恩之憾。

民國六十二年秋天，我在政大東亞研究所的教室初見久仰的鄭老師，和母親相同的福州口音，立刻消除了想像中與硬書作者應有的距離。此後兩年，他擔任「馬列主義批判」、「社會主義運動史」、「第三國際史」等課程，正好與我的碩士班歲月相始終。那種面對大儒的臨場感，從望之儼然到即之也溫，十餘載後仍歷歷於心，鄭老師也就栩栩如生了。

和父親同輩的長者，與民國的憂患同步，目睹異類交侵，同胞塗炭，眞可謂除漢奸外，人人皆爲民族主義者，但能做到胡秋原老師所說的「民族主義加學問」，則似不多見。鄭老師是其中的佼佼者，已出版六十種以上的社會科學著作，此外，恐有近千萬字尚未排印。鄭老師多次語我，他基於學術的良心，不能改寫《中共興亡史》第四册後的底稿六百萬字，但又不便發表，因此只有東之高閣了。如今臺灣越來越開通，禁忌也越來越少，希望大家齊心努力，整理鄭老師的遺著出版，嘉惠學界。

鄭老師的志慮純一，連感情生活也不例外。師母過世後，他常到墓園小坐，陪伴此生的戀人，上課時也提到元稹的〈遺悲懷〉，不勝唏噓。十多年來他獨居和平東路的小樓，著作與寂寞俱增。我懷著矛盾的心情，不敢多擾他的讀書生活，只在年節時邀同外出，或趁《中華雜誌》聚餐時面請教益，每喜其胃口尚佳，不想在共赴胡老師的生日宴後月餘，傳來腸癌復發的悲訊。

鄭老師等身的著作中，以史學最爲豐富，鑑往知來，爲天下告。毛澤東一死，他即撰文預測江青不久會被逮捕，果如其然。他原非孫中山先生的崇拜者，但因研究南斯拉夫史有所得，遂極力稱頌孫先生是第三世界的先知，三民主義是開發中國家的共同藍圖。其實，早在《印度尼西亞史》中，他就介紹過蘇卡諾的《建國五原理》，指爲三民主義的印尼版。鄭老師始終不是執政黨員，但因愛國家和求眞理，屢遭共產黨的明槍暗箭。共產主義原起於思想運動，反共的大學問家在反共的臺灣如此寂寞，這又是誰的損失呢？

人壽有限，文章無窮。言念及此，我的傷感稍微減輕。固然，三十年代的讀書種子又弱了一個，但無人能够毀去六十部以上著作的繼起生命。鄭老師的名字已進入歷史，也走向未來，《中共興亡史》、《第三國際史》、《魯迅正傳》等書，必將跨入二十一世紀，爲代代崇敬學問的讀者所喜愛。「立德、立功、立言」，鄭老師至少三居其二，當然不朽。

七十六年七月二十五日〈自立副刊〉

天道寧論

七十六年十月四日晚，我寫完博士論文《五四運動與中共》的初稿，喜悅中難掩愧意，畢竟延宕多年了。教師節未去拜訪指導論文的周應龍老師，就等著一卷在手，方有交代。我在盤算明天謁師的時間和地點後，疲倦入眠。

五日晨起，初睜眼卽感地轉天旋，此爲前所未有的現象，或因昨晚熬夜所致，但我每天熬夜啊。稍後支撐到辦公室，情況未見改善。十時左右，我在昏眩中接獲朋友的急電，告以此生迄今最不能接受的消息：周老師剛才因心臟病突發辭世！

我查證到中午，到現在，承認悲劇業已鑄成，又懷疑它是誤傳。一個溫柔敦厚的君子，如何忍聽自己倒下後，四周越盪越遠的哭聲？中山先生倘活至今，得知老師十一月十五日火浴升天，是否痛感「吾黨菁華，付之一炬」？

民國二十二年到七十六年，一個流亡學生走完五十四歲的一生，距國民平均壽命還差一大截，誰說行善的人有福了？最是倉皇辭親日，老師隻身離家時，年方十六，從此與尊人隔海。海隅棲遲，他化孺慕之情為慈幼之心，認養了十名孤兒，而不以本名出之，誰說謙遜的人有福了？我向敏感於「五四」二字，今乃驚覺其不祥，這是一個好人的生齡！

這個好人曾經每天清晨四時上班，奔馳在道，星月在天。很少人能够想見，一個史地系的畢業生，同時是《兵學論衡》的作者，公務繁忙之際，先後出版了七本專書，又獲得中山學術著作獎。《開放的社會與關閉的社會》一書卽指出，中國現代化的理想為精神與物質生活並重，不單是湯恩比所說的「經濟靜止而心靈活躍」，要結合儒家的理性擴充與法家的慾望制約，才能走向自由樂利的穩途。此種儒法兼顧的心物合一論，助我理解五四與中國現代化的關係，方欲踵謝，他已不待。

他力排萬難，創辦了《文訊》等刊物，慰問了南北老作家。許多初上層樓的青年接到他的函電，獲得親切如友的鼓舞，此非我一人的經驗，但誰能分擔我恩深似海的記憶？直薦層峯的美意，圓山會上的嘉勉，外雙溪畔的解惑，花蓮海濱的傾談；或在南港論史，或在劍潭說文，或探海峽彼岸，或析臺灣前途，我面對的是一位現代儒者，聆其立德立功之餘的雋言，如沐永恒的春風。

獨未向老師請教天道。原以天路尚遠，一朝天路突臨，誰能調適這狂亂的失序？「人生至此，天道寧論？」江淹有恨，不及十月五日後的我。湖湘子弟的血液和哭聲，能否牽引一縷忠魂，回到他長沙北鄉橋頭驛的故家？啊，老師，能否安息？

七十六年一月十五〈日中央副刊〉

他爲我們咯血而死

七十七年一月十三日果眞不祥，臺灣奇蹟的推動者，中國民主政治的領航人蔣經國先生，在大量咯血後離我們而去。我們哀痛逾恒，因爲他大量咯血。

從五卅運動開始，他投身於革命的火爐中。千錘百鍊之後，革命的理想仍持於心，但世人較易見到的，是他勇於改革的風貌。胡適先生嘗謂，「人至暮年不易改其見解」，蔣先生則反是。他以俄式教育始，美式民主終，遂使過去海外有關他的傳記，結論部分禁不起考驗；禁得起歷史考驗的，則爲他本人。

他不但有理想，有計畫，而且付諸實踐。換言之，世人可用「蔣氏理想，蔣氏實行」來形容他，這在中國現代史上並不多見。由此可解，何以那麼多人希望他長壽。然而他操勞過鉅，我們累死了這位國家英雄，報答他的只是巷哭與野祭，我們太輕鬆了。

他和先總統蔣公一樣，是中國永不屈服的象徵。我們不能想見，若無蔣氏父子的堅挺，臺灣在五十年代如何度過難關？反對派人士如何接受完整的民主教育而不遭共產黨血洗？還有一絲良心的臺灣同胞，不要忘了誰給大家帶來風雨中的寧靜，以及中國有史以來最大的繁榮。

他一生最大的事業在臺灣展開，也在臺灣收獲，成爲全民的領袖與好友。父親曾經言及，三十多年前蔣先生常自己開吉普車到復興岡，再換腳踏車在校園奔忙，其中不止一次造訪教授宿舍的我家，留下親切慰勉的音容，那時我尙在襁褓，自然全無記憶。長大後與他照面，約在距今十二年前，那時他已步履蹣跚，猶放棄所有的假期，與大家布衣相見。我遙想上海街頭的攘臂，西伯利亞雪原的揮鋤，贛南的革新，金門的犯難，這是一顆何等沸騰的心？又帶動多少青年，追隨他走向舉世肯定的道路。「蔣經國將了我們一軍」，鄧小平如是說。「蔣經國硬是有辦法」，一名共軍將領如是說。他成爲我們的守護神，共產黨最敬畏的敵人，他的離去，是大陸同胞無可彌補的損失。

我們的損失更無可彌補。他的未竟之業，捨我輩又誰能分擔？爲了臺灣和全中國，他咯血而死，讓我們咬著牙，噙著淚，踏著他的血跡勇往直前，爲了臺灣和全中國的明天！

七十七年一月二十八日〈中央日報〉海外副刊

獻給天上的黃自先生

時序進入五月，寒春告辭，大地初暖，鄉居的我，本應和蟬蛙一樣樂不可支。今夜水畔，翕然有聲，我從海角，寄字天涯，難掩累積的感傷。先生，您在那裏？

三十四歲算不算夭亡？前幾年我初度此齡，想起這就是您的陽壽，爲之愴然良久。從個位數的年紀起，您的曲子伴我成長，徬徨少年時更是靈魂棲止之鄉，澎湃洶湧或悠揚婉轉，一一與我在睡前相會。十九歲那年，撰文比較《茵夢湖》與《一位陌生女子的來信》，忍不住引用了韋瀚章先生的配詞，打破了自己的含蓄。參不透，鏡花水月，畢竟總成空。先生，除了這首「山在虛無縹緲間」，您不是也有一曲「懷舊」嗎？

「懷舊」完成於您留學耶魯時，異地悼亡，情何以堪？在美公演後，外人方知中國亦有交響樂。此曲失傳已久，劉美燕女士曾透過您的至交李抱忱先生，致函耶魯大學，結果徒勞；詢之韋瀚章先生和林聲翕先生，也是枉然，她爲此深感遺憾。今年五月九日，您離世五十周年之際，臺北的夜空下，此曲終於重演。音樂無國界，況論海峽？歡迎您飄然而來，欣然而返。

另一曲懷舊，常在父親的記憶中流瀉，然後溢我滿懷。當年父親在上海音專擔任哲學教授，您是教務主任，並授理論作曲，兩人年齡相若，誼屬好友。他對您最深的印象，就是待人以禮，律已以嚴，是表裏如一的君子。我多麼慶幸，小您兩歲的父親，五十年來作育英才，文章華國，而體猶硬朗。如果您健在，或多活幾年，中國音樂史將何等豐厚！您走於民國二十七年，那是一個火熱的時代，您卻患了今已罕見的傷寒，後以大腸出血而終，讓一個素未謀面的晚輩，每思及此，淚盈於睫。

那是一個火熱的時代，抗戰業已爆發，旗正飄飄，馬正蕭蕭，槍在肩，刀在腰，熱血似狂潮！國亡家破，禍在眉梢，挽沉淪，全仗吾同胞。中華錦繡江山誰是主人翁？我們四萬萬同胞！羣策羣力團結牢，拼將頭顱爲國拋。先生，中國人踏著您的歌聲前行，終於走向勝利，您在天上聽聞，當可開懷展顏。我不解的是，五十年來的愛國歌曲，似無一首超越您之所作，這是時代的淺薄，還是社會的墮落？

夜已深，曲轉柔，且看夕陽斜，晚風飄，大家來唱採蓮謠；或待雪霽天晴朗，臘梅處處香，騎驢壩橋過，鈴兒響叮噹。您帶著我們下江陵，看花非花，霧非霧，聽西風的話，與農家同樂，慰迷途的羔羊。您學成歸國後，短短十年內，賜給我們近五十首不朽的樂章，又培育了許多作曲家，如劉雪庵、冼星海、賀綠汀、陳田鶴、江定仙、朱英、林聲翕等先生，遂讓樂壇後繼有人，雖然他們亦多坎坷。

然後，您走了，無可挽留。半個世紀後，我們在中國的蓬萊仙島上，邀您夜半來，天明去，在國家的殿堂，接受掌聲如雷，熱淚如雨。先生，您當同意，我改換稱呼，您八十四歲了，黃伯伯，魂兮歸來。

七十七年五月九日〈聯合副刊〉

聽雨觀潮

陌生轉爲熟悉，天涯變成咫尺，久違近四十年的故土，一朝宣布可探，你有什麼感覺？

我告訴自己，將來如能出版詩集，不再擬名「故鄉遙」。距離的美感和哀緒一齊打破後，情怯之外，另有一股清明的意念。「廬山煙雨浙江潮，未到千般恨不消；及至到來無一事，廬山煙雨浙江潮」。此種境界，終於可期，能不舒一口氣？

現在我聽雨書房中，靈魂隨著沈從文旅遊，回到素未謀面的老家，正體的字裏行間，奇風異俗頓然親切起來。稍早重溫魯迅走過的道路，見他夢裏依稀慈母淚，一如鍾阿城的棋王哭喚親娘，都脆弱得可愛，展現了人性的善面。「無情未必眞豪傑，憐子如何不丈夫？」冰心《寄小讀者》的情深似海，與琦君先後輝映，溫暖多少曾經的童年。如今字體不再從簡，地下化爲合法，他們屬於我們，民國文學史也重現光芒，這些感覺眞好。

然而遠方不盡然美麗，大陸作品也不免金沙俱陳，玉石並列，如何取其金玉，辨其沙石，則賴眾人的智慧與努力。推出時當以文學本身爲主要考量，鼓勵美學的上昇，反對政治的墮落。一時與千秋若不能同爭，寧取後者，讓細水長流東海之濱，滋潤斷層的心。

大陸作品適度解禁後，書中也有廬山雨和浙江潮，誠盼它們飄洋過海而來無一事，自由中國的作家在聽雨觀潮之餘，宜效孫中山先生的精心擘畫，建一座文學的東方大港，在臺灣！

七十六年十月三日〈聯合副刊〉

疑似在人間

海峽兩岸初通消息後，探親者有之，尋人者有之，無親可探、遍尋不獲者亦有之。成千上萬的尋親啟事，每天仍不斷地在各報刊出，然而有多少人眞的來到了臺灣？本文旨在弔死慰生，並深切期盼，中國人冤死的悲劇到此結束！

海峽的水，四十年來流速依舊；兩岸的人，幾個月來沸騰在心。此岸已成行者絡繹於途，未成行者整裝待發，一如童年時的遠足，大家似乎都年輕起來。然而畢竟告老才還鄉，訪舊多爲鬼，原在悲哀的預料中，問題是有多少人壽終正寢？多少人非自然死亡？此外，還有多少人長期失踪，親友們欲祭疑在？

每天我看兩岸的報紙，尋人啟事無日無之，不因政治立場的互異而有別。尋父尋子，尋夫尋妻，尋兄尋弟，詢生詢死。成篇累牘的名單中，誰是健者？誰是幽靈？我抽樣閱讀，始而迷惘，終不免於感傷。

除了在親友的記憶中和淚夢裏，他們在那裏？此岸疑在彼岸，彼岸疑在此岸，何以遍尋不獲？兩岸的風雲日緩，連繫日密，仍有天文數字的家庭，恐無團圓的一天。恕我直說，許多人早已在歷次鬥爭中被中共秘密處決，沉睡在大陸黑暗的泥土裏，此岸不知，彼岸也不曉。

單就一九五〇年發動的土地改革而論，據一九五一年十二月「中南軍政委員會副主席」鄧子恢的報告，地富分子佔農民總數百分之十，其中百分之十五判死刑，百分之二十五判勞改，百分之六十判管制生產。由此可知，土改運動中被殺者達四百多萬，勞改者達七百多萬，管制者達一千八百萬，這是何等驚人！

將近二十年前，美國南卡大教授吳克（Richard L. Walker）發表專文，討論共產主義在中國的人命犧牲，透露了更驚人的內容。由於中共自己公布的數字前後矛盾，外界的估計出入亦大，吳克教授多方調查，仍然無法一概而論，因此他的統計較具彈性，但不失客觀，分列如下：

一、政治清算運動（一九四九—五八）：一千五百萬至三千萬人。

二、韓戰：五十萬至一百二十三萬四千人。

三、大躍進與人民公社：一百萬至兩百萬人。

四、與西藏在內的少數民族鬥爭：五十萬至一百萬人。

五、無產階級文化大革命及其餘波：二十五萬至五十萬人。

六、死於勞改營及開發邊疆者：一千五百萬至兩千五百萬人。

以上連同一九四九年以前死於中共之手者，合計三千二百二十五萬至五千九百七十三萬四千人。

此項調查截止於文革初期，當時許多悲劇秘而不宣，待四人幫覆滅後，世人方知死於文革者數逾千萬，身心受戕者更多達一億人以上。新的證據也顯示，因大躍進等「三面紅旗」寃死的同胞，十倍於吳克教授的估算。由此可知，中國自有共產黨以來，鐮刀斧頭下的亡魂可能高達一億，他們原都有血有肉，有思想有感情，有尊嚴有生命啊！

上述第一項中的死者，或被槍決，或遭活埋，或砍頭，或自盡，如今或在尋親名單中，或在老去的閨夢裏。「夢裏依稀慈母淚，城頭變幻大王旗」，一九四九年十月一日，毛澤東站在天安門上，躊躇滿志，顧盼自雄，以實質「國父」的身分，宣布「中華人民共和國」成立了，中國人民站起來了。與此同時，不知凡幾的中國人民倒在城巷，倒在山野，千秋寂寞，萬古無名。一九七六年九月九日，這個古今中外最大的債務人終於也告倒下，中共當局檢討往事，卻說他「開國有功」，並絕不放棄他的思想。此種觀點其來有自，旁人不願正視，我們如何充耳不聞？一九五七年反右派鬪爭時，鄧小平就是毛澤東的助手，該年十月十九日的《人民日報》，刊出前者的整風運動報告，明言要用揭露、孤立和分化的方法，「有的還要用懲辦和鎮壓的方法」，來處置數以百萬計的知識分子。他說到了，也做到了。

然後我們還鄉，我們登報，我們翹盼，我們絕望。有人要我們把殺父奪子之仇，化爲相逢時的一笑，大家多也拳拳服膺。是的，誰能生死人而肉白骨？我們應該向前看，看看共產黨統治的變化，以及十億八千萬生靈的明天。養生喪死無憾，王道之始也。共產黨的字典裏沒有王道，將來是否寫入，有人在絕望中翹盼。

報館的朋友告訴我，尋親啟事越來越多，但是實際能尋獲的微乎其微，因為許多肉身早已不存。魂兮歸來！中華民族的亡靈，請接受我們的祭拜，請護佑你們的子孫，頭上有片天，腳下有塊地，眼前有條路，世世代代，不再遭害。

七十七年十月一日〈聯合副刊〉

怒向刀叢覓小詩

文學本來就是一種抗議。

紅樓道情，黑奴籲天，一支不吐不快的筆，直欲寫盡胸中之悲悵，人世之無常。抗議的對象，或爲自身，或爲他人，或爲社會，或爲時代，只要情到深處，每能蔚爲共鳴。文學往往始於孤寂，終於同感，是作家的自我完成，也是讀者的依戀之鄉。

今以抗議文學爲名，對象則較專注於政治，強度亦非比尋常。文學是有情者的事業，政治是無情者的事業，以有情對無情，能不失望者幾希？尤有甚者，政治原爲一門藝術，若干執政者卻是藝術的門外漢，對作家既低視又高估，既拉攏又威嚇，終致懼恨交加，防範唯恐不周，撒網唯恐不密，結果犧牲了文學，政權未必無憂。古今中外的暴政史，多可支持這項論點；古今中外的文學史，也常屬掙脫暴政的思想自由史。

二十世紀的抗議文學，隨著暴政的變本加厲，愈見內容的翻新，從中國的王實味到俄國的索忍尼辛，無不記錄了虛假與眞實，作者本身也演出了死亡與流放，其人其文，皆爲如假包換的血淚見證。可貴的是，抗議文學中的傑作，不僅以情感記載血淚，而且以理智檢討本末，出讀者思想於迷津，使他們清明在躬，勇於抵擋。抗議文學最大的特色，大約就是那股浩然之氣了，誰說有情者不能陽剛？

「忍看朋輩成新鬼，怒向刀叢覓小詩」，抗議文學的先驅魯迅初成此二句時，分作「眼看」與「刀邊」，今貌顯然更爲傳神。其後的抗議文學作者在刀叢中進出，或死去，或活來，幸皆留下足以傳世的篇章，向舉世舖陳中華大地的悲愴，西伯利亞雪原的酷寒，使讀者知所警醒。誠然，一支筆不易使大地回春、雪原解凍，但好手豈止一雙？慧眼又豈止千對？抗議文學至少帶來了希望，讓死者無憾，生者無懼，大家心手相連，圍住暴政。

文學本來也就是一份希望。

七十八年六月《聯合文學》

民運後的凝思

一九八九年四至六月的大陸民主運動，規模之大與收場之慘，均已震撼全球。以香港爲例，居民素以政治冷漠見稱，此番羣情激憤，前所未見，實因北京人的今日，或爲香港人的明日。然則香港人的明日，何嘗不可能是我們的後日？與香港相較，我們的反應似嫌不足。眾所周知，中共時常不按牌理出牌，誰又能保證臺灣的噩運不會比香港早到？因此我們無論如何加強大陸工作，皆不爲過。

一九七〇年代，尼克森基於現實的考慮，一叩中共鎖國之門，從此歐風美雨紛至，一發不可收拾，大陸人民不乏感激尼克森者，此恐非我們所能料及。世界民主或改革的浪潮，近年也流到蘇聯與東歐，北京大學生對戈巴契夫的歡迎，固屬乘便，或亦由衷。此外，五四運動七十年的時機，同樣不可忽視。

五四運動就狹義而言，是愛國運動；就廣義而言，是文化運動。其精神可歸納爲三：一、愛國家反政府，二、尊民主反專制，三、重科學反迷信。以上各項，均在此次民運中重演，例如天安門廣場高唱入雲的「國際歌」，強調「從來就沒有什麼救世主」，無異打破了「鄧青天」的神話。七十年前聚集天安門的學生爲數三千，如今連同市民聚集者逾百萬，百萬羣眾齊聲喚，近在咫尺的中南海權貴能不顫慄？

臺灣對大陸民運的影響，猶勝美蘇，無可匹敵，且不自今日始。一九八七年十一月，《中國之春》雜誌披露了中共中央書記處的兩份密件，一爲「若干言論對照」，一爲「關於若干理論問題的一些材料」，全屬大陸各地知識分子的言論摘要，有如萬溪奔流，萬馬奔騰，蔚爲壯麗。他們或謂「如果有一天，國民黨來大陸競選執政，我將投它一票！」或謂「放眼世界，民主進程不可逆轉，一條三八線，一堵柏林牆，一道臺灣海峽。觀其現代化進程之差異，國人不得不反思」；或謂「社會主義國家犯錯誤不是偶然的，根本問題是體制問題，所以導致中國大陸趕不上臺灣，蘇聯趕不上美國，民主德國趕不上聯邦德國，北朝鮮趕不上南朝鮮」。凡此不勝枚舉的言論，中共原爲整肅知識分子而收集，如今公諸於世，證明了大陸是一堆乾柴，也是一座火藥庫，只需要一點火種，就可掀起燎原之勢。兩年來，臺灣更見民主與繁榮，開放探親後對大陸的刺激，已爲舉世所共知。天下最殘酷的事莫過於比較，此種比較於我有利，則爲不爭之事實。

哪裏有壓迫，哪裏就有反抗。大陸人民對當局的痛恨，集中在兩句口號上：「要民主、要自由」和「打倒官倒」。誠如劉賓雁先生指出，一九四九年以後，大陸即罕聞自由，只有在批判資產階級自由化時才會提到它。至於社會主義民主，既以四個堅持爲前提，則其實際可從六月四日起的大屠殺和大逮捕見之。「官倒」就是官方掮客，加重了大陸經濟的腐敗與不公，而爲廣大民眾所切齒。中共極權統治的壓迫，是大陸民主運動爆發的最主要原因。

大陸學運領袖俱爲青年，他們面對百萬羣眾，指揮若定，井井有條，長達五十天而無差池，始終維持著和平理性的局面，充分說明了明日中國有幹才，中共卻以坦克、機槍與刺刀，使他們沒有明天。奇士不可殺，殺之成天神。舉世敬重的青年，北京市民護之唯恐不及，北京政權殺之唯恐不及，遂使他們成爲天安門之神。

「有什麼樣的人民，就有什麼樣的政府」，此語似不適用於大陸。如今大陸民智已開，但官智未開，一方是高尚的情操，一方是低劣的私欲，兩相較量，判若雲泥。後者老羞之餘，以國際戰爭的手法，橫掃手無寸鐵的青年。一排子彈射出去，多少仇恨種下來。一時的勝負與最後的勝負，料將有別；中共積小勝而大敗的結局，也可預卜。

中共使大陸民主運動見血，造成海峽兩岸政局的易位，四十年來的敵消我長，未有如今之盛者，孟子兩千多年前的雋語，已成先知的證言：「不嗜殺人者能一之。」中共名下的統一市場，更無買主進門。中華民國在臺灣早已敗部復活，將來能否收拾舊山河，端看我們的志氣。無論閩南、客家或外省，在臺灣的中國人本多來自中原，要有重返中原的志氣！

面對大陸民運與中共的鎮壓，以更多的民主，強化和屠戶的對照，當爲兩千萬同胞的共識。臺灣雖小，正是中國的薩丁尼亞，因此宜速成立大陸委員會，專人專職，計日程功。現在的大陸工作會報，到處借人借將，終非久安之計。大陸政策攸關臺灣的存亡，值得全力以赴。

廣播的滲透力最大，後遺症最小，盡人皆知。過去的統計顯示，中共廣播網居世界第二，僅次於美國，其力量約爲我之五十倍。今後急待排除困難，擴充設備，讓自由中國之聲更爲壯大，天安門事件的眞相爲十一億人民所共曉。

廣播的另一主題，是呼籲共軍認淸大勢，掉轉槍頭，對人民立功，向歷史交代。果能如此，則六四死難同胞將如七十二烈士，催生新的武昌起義，一個民主的、均富的中國可期。大陸尙未自由，臺灣仍須努力。凡我國人，爲求自保，誰能自外？

七十八年八月六日〈聯合副刊〉

兩次天安門事件

一九八九年四月中旬起，大陸爆發大規模的民主運動，中經五四運動七十年等因素的激盪，愈見波瀾壯闊。六月四日，中共中央下令軍隊進入天安門廣場，展開慘絕人寰的屠殺，舉世為之震驚，今已一周年矣。

六四慘案可謂第二次天安門事件，一九七六年的四五慘案，則為第一次天安門事件，兩者固有時間背景的差異，亦不乏脈絡相通之處，值得並覽比觀，以明中共的本質。

第一次天安門事件發生於文化大革命後期。毛澤東策動文革的本意，除了牽涉與劉少奇等人的權力鬪爭，更要摧毁所有不同的思想，結果受害者不僅是黨政幹部和知識分子，億萬生靈皆置身一場浩刼中。毛澤東和四人幫的長期肆虐，使得大陸政治動亂，經濟衰退，文化停滯，人民在腥風血雨的歷練下，卻也造就了不畏豪強的反抗性格。進而言之，文革造成權威解體，它雖是一枚苦果，皮開肉綻後，核心則顯露了民主的生機，從此一發不可收拾，違反民主的舉措再也不能橫行無阻了。

第二次天安門事件發生於文革結束後十三年。一九七六年九月，毛澤東終於去世。次月，華國鋒逮捕了四人幫，象徵文革的告終。一九七八年十二月的十一屆三中全會起，華國鋒漸被架空，中共進入鄧小平時代。十載以還，鄧小平在經濟上從事改革，在政治上則率由舊章，以一九八三年七月出版的《鄧小平文選》爲例，提及毛澤東之處卽達五百二十一次，且語多揄揚。在思想與文藝的領域上，鄧小平更多次扮演了負面的角色，魏京生事件、白樺事件、清除精神汙染、方勵之事件、劉賓雁事件、王若望事件、反資產階級自由化運動等，無役不與。最後，他製造了北京大屠殺。

第一次天安門運動抗議的對象爲毛澤東們，第二次天安門運動抗議的對象爲鄧小平們。鄧小平原與廣大人民一樣，文革時屬於受害者，復出後又推行經改，自易獲得認同，但他的政治意識仍然深受毛澤東影響，以致重蹈覆轍，爲舉世所罵。中共領袖一脈相傳的權威人格，紛紛中箭落馬，不可謂爲善終。第一次天安門事件後因禍得福的鄧小平，第二次天安門事件時卻避吉趨凶，犯下終極自殺式的罪行，實在愚不可及。

究其主因，則在鄧小平一如毛澤東，不知民主爲何物，偏偏兩次天安門運動都在追求民主，俱有五四運動的血緣。一九七六年三月三十日清晨和下午，共軍第二炮兵後勤部和北京市總工會的人員，就分別在人民英雄紀念碑北面和南側的五四運動浮雕下，展開對當局的迂迴控訴。隨後數日挺身而出的，有退役軍人、老幹部、老科學家、中年教師、機關幹部、工程技術人員、青年工人、學生，以及少年與兒童等，在天安門廣場和東西長安街遊行示威，並發表演說，張貼詩句和標語，同時散發傳單。有人在廣場中央的木臺上高呼：「中國是中國人民的，不是一小撮野心家的！」獲得了羣眾的熱烈響應，也燃起了新時代的五四火炬。

在替第一次天安門運動平反的文字中，有謂可與五四運動媲美，而規模則遠勝之：「四五運動又是一種偉大的繼往開來的青年運動。和五四運動一樣，在四五運動中，衝鋒在前的也是青年。這裏有數量眾多的青年工人，有解放軍戰士，有大學生，有中學生，有剛剛來自田野的下鄉知識青年，還有許許多多戴著紅領巾的少先隊員，這是一支已經比五四時大大壯大起來的青年運動大軍。」第一次天安門運動自始卽爲民粹主義的氣氛籠罩，此語道出其中青年的出身，然而他們英勇的表現卻被如此認定：「四五運動是在馬列主義、毛澤東旗幟下的思想解放運動。」中共新當權派平反此運動有一目的，卽在與四人幫爭馬列主義的正統地位，無怪時至今日，對四項基本原則仍唱不絕，也無怪眾多參加此運動的青年，後來成爲繼續抵抗的民主鬪士。中共與大陸青年的距離，可由雙方對第一次天安門運動的評價互異見之，後者如何能夠忍受被四人幫扭曲的眞相，又被前者扭曲！

第二次天安門運動因五四運動七十年的激揚而愈盛，更已彰顯於世。一九八九年五月四日，北京各校學生從海淀區的人民大學和北京大學出發，在王丹等人的領導下，走向天安門廣場，沿途加入的民眾甚夥。此次遊行的一大特色，是大陸各地二、三十所大學均派代表參加，顯示力量的擴大。五月四日是中共青年節，屬於國定假日，趕到天安門共襄盛舉的，包括上海復旦大學、交通大學、合肥科技大學、成都科技大學、天津南開大學、西安交通大學、湖北武漢大學等校學生，香港中文大學亦在其中。北京高校學生自治聯會此時發表宣言，強調今天在此雲集，不僅爲了紀念這偉大的一天，還要把五四的民主科學精神發揚光大。「今天，在我們古老民族的象徵——天安門前，我們可以自豪地向全國人民宣稱，我們無愧於七十年前的先驅們。」此語在一個月後獲得更大的驗證。七十年前的先驅在天安門前，無人遭到槍林彈雨的洗禮，一九八九年的大陸青年，多少人倒在血泊中！

一九四九年後，中共雖強調科學的作用，卻不重視科學的精髓——民主。目前大陸存在的機構臃腫、貪汙充斥、知識貶值、通貨膨脹等問題，都已嚴重到無法遮掩。因此，發揚五四精神、加速體制改革、保障人權、強化法治，成爲大陸現代化建設的當務之急。同時，實現新聞法、允許民間辦報、鏟除官倒、加強廉政、重視教育等，亦爲宣言所念。簡而言之，民主就是集思廣益，科學就是尊重理性，學生們希望總結五四以來歷次愛國運動的經驗，使民主和理性成爲一種制度，一種程序，五四的課題才能深化，五四的精神才能光大，中華民族崛起的願望才能實現。令人痛惜的是，此種願望過去被毛澤東封殺，現又爲鄧小平阻擋。中共在野時利用五四運動，執政後則反其道而行，現代化的路自然愈走愈遠。

兩次天安門事件的導火線，分別是悼念周恩來和胡耀邦。彼等在大陸享有高度評價，或與皆未居第一線領導，故不必負第一線罪責有關。第一次天安門運動展開不久卽值清明，尙有悼周的形式，第二次天安門運動延續五十天，稍後卽無悼胡的稱號，可見悼念死者爲名，抗議當局爲實。周恩來生前提出四個現代化，包括國防、科技、農業、工業，而不及於民主，羣衆自不以此爲滿足。學生要求正確評價胡耀邦時，否定「反資產階級自由化」和「清除精神汙染」，提倡民主、科學、自由、人權、法治，以及反貪汙、反官倒等，內容不止一端，倘胡耀邦在世主政，在同一體制之下，恐亦窮於應付。今日大陸的問題成堆，問題成山，馬列主義的體制不能辭其咎，更不能解其危。

兩次天安門運動另一共同點，在羣衆借古諷今，表達對家長制的強烈不滿。毛澤東被喩爲秦始皇，鄧小平被喩爲慈禧太后，形象固定，深植人心。慘案發生後，當局也都把運動定位爲「反革命」。第一次的說詞是：「一小撮階級敵人打著清明節悼念周總理的幌子，有預謀、有計畫、有組織地製造反革命政治事件，妄圖扭轉當前批鄧和反擊右傾翻案風鬬爭的大方向，進行反革命活動。他們惡毒攻擊偉大領袖毛主席和黨中央領導同志，妄圖顚覆無產階級專政，復辟資本主義。」第二次的說詞是：「他們散布了大量謠言，攻擊、汙衊、謾駡黨和國家主要領導人，現在已經集中地把矛頭指向我們改革、開放事業作出了巨大貢獻的鄧小平同志，其目的就是要從組織上顚覆中國共產黨的領導，推翻經過人民代表大會依法產生的人民政府，徹底否定人民民主專政。」兩相對照，面貌渾似，皆以四項基本原則爲準，展現了不分軒輊的專制。

兩次天安門事件的官方，也都強調階級鬪爭。第一次的總結是：「我國無產階級專政是在毛主席領導下經過長期革命鬪爭建立起來的，是廣大人民羣眾中生了根的，經過文化大革命，它更加鞏固，更加強大。在社會主義社會，國內的主要矛盾是無產階級和資產階級的矛盾。抓住這個主要矛盾，以無產階級對資產階級的階級鬪爭爲綱，綱舉目張，其他各種矛盾才能得到正確的解決。」第二次的總結是：「從動亂到暴亂的事件，就有著深刻的國內和國際背景，是階級鬪爭存在和激化的一個典型表現。實踐告訴我們，在新的歷史條件下，仍然存在著特殊形式的階級鬪爭。我們要遵循鄧小平同志的指示，研究在一定範圍階級鬪爭的新的特點，總結在改革開放的條件下堅持人民民主專政的新的經驗。」階級鬪爭是馬克思主義的核心，毛澤東疾呼「千萬不要忘記」，造成千萬人民慘死，鄧小平拳拳服膺，對所謂階級敵人也就殺無赦了。

第一次天安門事件的劊子手，是工人民兵、公安警察和八三四一部隊，合計十餘萬人。第二次天安門事件的劊子手，是以二十七軍爲主的部隊，加上武裝警察和公安幹警。依中共規定，調動軍隊須經中央軍委主席或兩名副主席簽字，當時身爲第一副主席的趙紫陽已經失勢，不可能調兵，因此鄧小平確是派兵鎭壓的元凶。北京宣布戒嚴後，鄧小平批准了十六個野戰軍進城，合計五十萬人之譜，最後下達了作戰命令，以衝鋒槍和坦克等，面對非武裝的羣眾和學生，演出了八十年代最大的血劇。

兩次天安門事件又一共同點，就是傷亡人數成謎。第一次迄無官方統計，非官方的估算是當場打傷約兩百人，受傷和拘捕五千人。第二次依北京市長陳希同所言，軍警死亡數十人，受傷六千餘人；非軍人死亡兩百餘人，包括三十六名大學生，另受傷三千餘人。非官方的估算則爲：羣眾學生死亡三千餘人，受傷逾萬，事後追殺者更不計其數。「勿爲死者流淚，且爲生者悲哀」，殺人的機器存在一日，無人可以保證倖免，生者的悲哀至深且厚啊。

一九四九年十月一日，毛澤東站在天安門上，宣布中國人民站起來了，時距五四運動三十年。八年後，大陸爆發新五四運動，北大學生呼籲大家團結起來，組成有力的十字軍，把中共的統治翻轉過來，鞭撻至粉碎爲止。二十七年後，百萬羣眾在天安門廣場，投下對毛澤東們的否定票。四十年後，天安門廣場更出現了史無前例的抗議人潮，對象則爲鄧小平們。同樣一個廣場，七十年來面積擴大，人物替換，那個北京政府早已不存，這個北京政府還想千秋萬世？毛澤東從英雄變成罪犯，且至舉世公認，天道好還，此之謂歟？現在，鄧小平步其後塵，走向歷史的被告席。

兩千多年前，孟子以先知般的聲音，告訴國人要推恩，不要嗜殺。毛澤東和鄧小平不此之圖，分別製造了二十世紀的兩次天安門慘案，前者業已應驗了不推恩無以保妻子，後者終能保四海嗎？一九八九年六月四日是陰曆五月一日，後者在這個沒有月亮的晚上，下令廣場的劊子手關燈殺人，以致西方傳播媒體所能攝取的鏡頭，不及眞相的百分之一。然而，百分之一的選樣已勝過一九七六年四月五日的全無，它烙在世人心頭，遲遲不能褪色，世人期待廣場的黎明及早來到，代表苦難中國的破曉！

七十九年六月五日〈聯合副刊〉

緩進

人生過半，談人生觀，既無長者的智慧，又乏賢者的功業，故仍嫌早。不過，人生變數雖多，持緩進之姿步入中年，似乎兼可終老，將來不必另立新論，因略說之。

自幼年起，人各有志，原置於座右者，常在十五歲前就置於紙簍，無法與聖人爭勝，此不足怪。青少年可塑性大，欲聞一言以自壯，往往換了一言又一言，直到三十歲才心情初定，漸能接受緩進觀了。

「多少事，從來急；天地轉，光陰迫。一萬年太久，只爭朝夕」，這是毛澤東的人生觀。他挾狂風暴雨而來，且帶呼風喚雨之勢，固一世之雄。死後未滿一月，妻子卻打入大牢，霸圖也轉眼成空。天理昭彰，報在屍骨未寒之際，足為不擇手段者戒。

除此一人外，我仍頗欣賞積極進取的豪傑。歷史是有為者寫成的，有為者往往性急。急者佩韋，緩者佩弦，以求平衡，古人許之。朱自清先生想必個性溫和，所以字佩弦，這也是一種嚮往。學生見我舉止超緩，建議字佩光，因為聲光化電之速，更勝弦箭，立此存照。

母親見我動作過慢，不免慈責：「你這個人，要活一百歲才能把事辦完。」是的，緩進論者最宜長壽，看盡山陰道上美景，兼掃落英繽紛。途中遇到急行軍，必禮讓之，祝福之，久而久之，畢竟也抵達終點。看我不順眼的朋友，千萬善自珍攝，不要半路倒了下去。

八十年一月二十七日〈聯合副刊〉

梅屋敷

孫中山先生奔走革命，半生在外，留下不少史蹟。七十九年八月我遊澳門，經過鏡湖醫院，看到他身掛聽筒的銅像，爲前所未見者。孫先生早年在此行醫，後來組黨起義，晚年更著書立說，似可用「棄醫從文」四字概括其志業。文字既可複製（reprint），自然流傳廣遠，易於喚起民眾。雖然如此，孫大夫的鮮活形象，仍留在澳門居民與遊客心中。

臺灣也有一處「國父史蹟紀念館」，即臺北市中山北路一段的梅屋敷。中山北路昔稱御成町，梅屋敷位於復興橋與火車站之間。民國二年討袁前後，孫先生於八月五日偕胡漢民先生來臺，停憩於此，曾接見臺灣同志翁俊明、楊心如諸先生，並爲梅屋敷主人大和宗吉書「博愛」二字，爲其弟藤井悟一郎書「同仁」二字留念。臺灣光復後，這座行館拜偉人之賜，幸得保存，成爲臺北一勝景。

我見過日據時代梅屋敷的照片，四周濃蔭密布，兩百株古梅在焉。第一次身歷其境，已爲孫先生離開此屋的四十餘年後，那時我只有八歲。猶憶紀念館大門另有一招牌，曰「中國青年服務社」，從早到晚，都有莘莘學子到增建的教堂上課，綠地遂不多見。其中一間小屋，即爲國父遺教研究會會址，父親世輔公和多位可敬的長輩，於此奉獻心力，在艱困的環境下，以苦行僧的精神，闡揚孫先生的主義。

當時的梅屋敷本身，前有說明牌，不遠處有蔣介石先生的立碑，碑文爲「匡復中華的起點，重建民國的基地」，旁爲展覽廳，多爲孫先生與諸先烈的圖片，不乏就義後的身影，予我少年時代極大的震撼。行館本身爲一雅築，牆上懸孫先生墨寶。父親何等慈愛，但不准我踏上蓆墊，即使脫鞋趨前，也期期以爲不可，因爲那是孫先生休息的地方。後來我常想，恭敬與粗鄙二者，分辨誠非難事，但面臨考驗時，爲什麼有人不及格呢？

中學與大學時代路過此地，常忍不住作半日遊。哲人已遠，履痕猶在，帶給我歷史的暖意，如斯者十餘年。民國六十年代中期有一天，我舊地重遊，發現景觀大變，國父遺教研究會的會址已被拆除，展覽廳也變更用途，改爲「張老師」辦公室，梅屋敷的部分空間亦同。說明牌和墨寶不見踪影，似乎孫先生從未來過此地，一如南京從未發生過大屠殺。我始而驚異，終至落淚。

民國七十年，更不幸的消息傳來——爲了興建地下鐵，梅屋敷即將拆除。我在實地訪問，證明此事不虛之後，四月十三日於《中國時報》人間副刊發表一篇急如星火的文字，題爲〈我們只有一位國父〉，副題爲「請放過國父史蹟紀念館」。

該文見報後，「張老師」當天就遷出梅屋敷，隨即恢復舊觀。加上前後的輿論壓力，有關單位多次協商，終於決定將梅屋敷北移五十公尺。民國七十六年三月十二日，重建後的國父史蹟紀念館正式對外開放，已擴充爲逸仙公園，碑亭迴廊，松柏竹梅，曲橋垂柳，觀者滿意。文字收功，此之謂歟？

此事尚有一插曲。拙作刊出後不久，《人民日報》部分轉載，題爲〈臺灣拆除國父史蹟紀念館〉，卻指我是一名老者，親眼看到該館已拆成碎片云云。若果如此，我何必爲文呼籲？中共變造文字的事例甚多，我有幸躬逢其一，益證彼等是特殊材料做成的。

今年已九十歲的梅屋敷，原應隨著事件的落幕而享天年，不意近聞工務單位表示，該館仍妨礙火車站的整體工程，因此須再遷離。若果如此，何必當初？新加坡建地下鐵，保留其上的晚晴園，那也是孫先生住過的地方，而孫先生尚非新加坡的國父。黃臺之瓜，不堪再摘。是否我要二度呼籲，史蹟是不能一再搬動的？已屆不惑之年的我，現在迷惘了。

八十年三月《思源》雜誌

香港旅思

去年八月我初旅香港，參加中文大學主辦的海峽三邊座談會，時值六四事件後的一年有餘，大陸學者仍未獲允出境，結果成為臺港兩地教授的討論會，一片和風細雨。中大傍山面海，寬廣靜美，我參觀了校內的博物館和書店，滿載而歸，也思索著香港僑生的返國觀感等，心情不由沉重起來。

孫中山先生幼年來到香港，眼見這塊殖民地的文明法治，勝過內地任何一處，感慨良多。雖然如此，他仍主張廢除不平等條約，其意當在使中國屬於中國人，中國的進步由中國人成之。香港是中國革命的發源地，固因地利之便，或亦與孫先生的童年經驗有關。他過去稱讚的斯土，後來更見驚天動地的發展，成為舉世公認的南海明珠。相形之下，中國雖已廢除絕大部分的不平等條約，仍無一處的建設可與之匹敵。香港是中國人的驕傲呢？還是慚愧？

今年四月我再抵香港，參加師大與香港大學合辦的學術研討會，主題是孫中山思想與二十一世紀。孫先生畢業於西醫書院，該校後來併入港大，孫先生也就列名傑出校友。在母校談他的思想與中國前途，饒富歷史意義，兼具時代價值；與會者來自世界各地，包括海峽兩岸，更引起各方重視。

三天的研討會，果然新我耳目。過去雖已研讀多年的大陸資料，並在海外與彼岸學者晤談，但正式匯聚一堂，討論如此相關的問題，尚屬首次，尤以拙作〈孫中山先生的民族主義與共產主義〉，更涉敏感。不想部分大陸學者廻避了出席，出席的大陸學者也無一語相詰，使我輕騎過關。但在其他場次，則聞火藥味濃。

大體而言，大陸學者亦極肯定孫先生的思想與人格，尤其頌揚他的愛國情操。身爲中華民國的國民，聽到有人多方舉證，推崇我們的國父，內心的快慰可想而知，何況發言者來自馬列主義的國度。一時之間，民族情感湧上心頭，我享受了兩岸之間的共識。

但在深入討論時，歧異逐漸出現。至少有一位大陸學者表示，孫先生一如孔子，地位不容否定，但已走入歷史，中國將來仍應採行社會主義路線。現場語焉不詳，所謂「非三民主義式的社會主義」，當指四項基本原則之一，這是中共的國策，大陸學術界的領導同志傳播有責，亦屬可解之事。令我凝思的是，三民主義原爲大陸而設計，如今在臺收到成效，卻有人不同意它重返故園。「三民主義只宜在臺灣實行」，孫先生天上有知，能否首肯此種遁詞？

兩岸學者另一歧點，在解釋孫先生的晚年思想。至少有一位大陸學者，仍沿襲毛澤東的故調，分三民主義爲新舊，又重提所謂三大政策，即聯俄、聯共、扶持工農。是的，孫先生一如孔子，皆爲聖之時者，思想與時俱進，晚年也有聯俄容共之舉，但其目的有三：化共產主義爲三民主義，化共產黨爲國民黨，化階級革命爲國民革命。正因如此，他在防制了蘇俄的野心後才與之聯合。大陸的史書也承認，民國十二年一月二十六日的孫、越宣言，對共產黨來說是一項挫敗。然而大陸的史書又喜強調，中共「幫助」了孫先生，其實民國十年中共成立時，全國只有五十七名黨員，而國民黨在廣東一隅，黨員已逾三十萬，因此後來才有「國共合作」之說，而非「共國合作」之謂。中共若不能眞正消除傲慢與偏見，則國共三度合作遙遙無期。

三天會後，香港友人帶我買書，不免談到九七。友人的祖孫三代，辛勤奮鬪數十年，在此掙得一片天地，卻要面對將至的大限，無罪而就死地，豈能放心釋懷？碩果僅存的不平等條約卽將解除，帶給殖民地人民的不是欣喜欲狂，而是惶恐無奈，其間有深意在焉。我想起父親以及千千萬萬位前輩的顚沛流離，幾與一部中共黨史等長。中國人何時不必再逃難？這個悲傷的問題，令我在離港前夕，久久不能成眠。

八十年五月二十一日〈聯合副刊〉

相逢一笑泯恩仇

民國二十二年六月二十一日，魯迅應日本醫生西村眞琴之請，詠成一律，曰〈題三義塔〉。三義塔是上海閘北三義里遺鴿之墓，一二八事變中，西村在三義里廢墟內發現一隻鴿子，持歸日本養之，死後建塔以藏，並徵詩於魯迅，魯迅「聊答遐情」如下：

奔霆飛熛殲人子，敗井頹垣剩餓鳩。
偶值大心離火宅，終遺高塔念瀛洲。
精禽夢覺仍銜石，鬬士誠堅共抗流。
度盡刼波兄弟在，相逢一笑泯恩仇。

魯迅當天的日記亦錄此詩，但「熛」作「焰」字，其義本同。鳩卽鴿子，日本人稱爲堂鳩。精禽卽精衛，取《山海經》裏精衛塡海之典故。詩中的「兄弟」，當指中日兩國人民。魯迅和許多留學生一樣，對日本懷有一種難捨的感情，故盼兩國修好，可措事與願違。魯迅辭世後不久，日本全面侵華，陷中國於萬刼之境，面對此種「兄弟」的施暴，中國人民即再寬厚，也很難一笑置之。從不輕饒敵人的魯迅，如果活到戰後，身心嚴重受殘，是否仍彈此調呢？

近年來，海峽兩岸的氣氛趨緩，交流頻繁，重提魯迅名句的人多了起來，其中有共產黨幹部，有民主黨派人士，也有大陸學者。我目睹此句，並親聞此言，心中初感溫暖，冷靜後不免想起一段往事。抗戰軍與，共產黨發表共赴國難宣言，強調要徹底實現三民主義，停止一切赤化運動，取消紅軍名義及番號，改編為國民革命軍，受國民政府軍事委員會的統轄，並待命出動，擔任抗日前線的職責。國共再度合作，同胞浴血之餘，也不禁額手稱慶，相逢一笑的場景在臺上演出，更在人人心中展開。

民國二十六年九月，宣言的墨瀋未乾，毛澤東就明告其部隊：「中日戰爭為本黨發展的絕好機會，我們的決策是七分發展，二分應付，一分抗日。為使各同志今後工作便利，即使失卻連絡時，也能有不變的工作目標從事進行起見，特將此項決策告知各同志。」果然，信奉「槍桿子出政權」的中共，當時只控有一百五十萬人民和十萬軍隊，到了抗戰勝利時，則至少控有六千五百萬人民和九十一萬軍隊。戰後的中國人度盡刼波，卻未見坐大後的共產黨笑泯恩仇，有的只是「宜將剩勇追窮寇」了，成王敗寇，兄弟何謂？

然而天道好還，當年揮淚辭廟的中華民國政府，來臺後不但敗部復活，而且日趨富強，完全出乎共產黨的始料。後者對於美麗的寶島，得不到又忘不掉，欲血洗而不可行，欲武裝解放而不可獲，如芒刺在背者四十餘年。近年只好改弦更張，推出一國兩制，仍苦無買主上門。中南海的老人餘日無多，對統一有急迫感，毛澤東三大法寶之一的統戰，此時成爲第一線的武器，魯迅的名句若合符節，於是鎭日彈唱了。

讓我們評析名句的時代意義。四十餘年來度盡刼波的，不是臺灣同胞，而是大陸人民。鎭反肅反，土改殺人，三反五反，反右派鬥爭，三面紅旗，文化大革命，反自由化等，血跡斑斑。千萬人頭落地了，劊子手的刀斧猶未收起，新華門的標語告訴大家，這是「爲人民服務」。我在海外巧遇的共產黨幹部，百般解釋六四沒有殺人，一如日本人著書立說，證明南京大屠殺純屬虛構。啊，墨寫的謊言與血寫的事實，誰勝誰負?當年夾道歡迎共軍入城的北京市民，四十年後子弟或飲彈倒地，或輾成肉餅，或天涯亡命，鄧小平以降的大小領袖，則忙著慰問劊子手，忙著著書立說，證明北京大屠殺純屬虛構。沒有人向亡魂致哀，沒有人向苦主道歉，更沒有人笑泯恩仇。北京市民說，這一切留待將來的審判。

而此時，劊子手也忙著跟我們握手，奉以上賓之禮，強調誰也不吃掉誰。今年四月十九日，海峽之聲電臺表示，歷史已成過去，理應重視未來，如果把歷史做爲包袱，就會擋住視野，束縛手腳，於事無補，更不利未來。此言甚善，我們理應拳拳服膺，但共產黨自己服膺了嗎?稍早的三月初，楊尚昆就指示王兆國，對國民黨要有歷史性、現實性及本質性的認識，目前提出和平統一，要求國共談判，是從全局著想，「用最小的代價獲取最大的目標」。中共中央辦公廳最近也向共軍總參謀部、國務院國安部、對臺辦、經貿部等單位，提出具體任務，要求從間接的工作關係轉爲直接，「把人員派到島上去，固定目標，做貼身的爭取工作」，並要「毫不留情地封殺臺灣的國際生存空間」。容我們問一聲，這就是兄弟的情誼嗎？

「誰也不吃掉誰」，聞者的反應或許不一，言者本身卻是不會相信的。假如中華民國沒有臺灣，假如臺灣沒有中華民國，誰要和我們玩這場耗時費力的遊戲？大陸的相關書文，早把中華民國結束在四十二年前，依共產黨之見，中華民國國旗是廢旗，中華民國國歌是廢歌，中華民國憲法是廢法，連同中華民國而不存。偏偏這個孫中山先生創立的國家，迄仍立足於東海之濱，它現在很小，土地只有大陸的兩百六十七分之一，人口只有大陸的五十七分之一，但是它還活著，在「中華人民共和國」的臥榻之側，處處張顯了自由、民主與繁榮，強化了和一個封建、極權與貧窮國度的對照，後者的憤怒可以想見。堅守原則而不擇手段的中共領袖，此時按下切齒的容顏，堆上辛苦的笑臉，和我們談吃與不吃的問題，其中的誠意不堪聞問。「這人肉的筵宴現在還排著，有許多人還想一直排下去，掃蕩這些食人者，掀掉這筵席，毀壞這廚房，則是現在的青年的使命」。魯迅昔日的警語，如今又到眼前來，這是至少兩千萬人的使命。

相逢一笑是禮貌，最後的笑才是眞正的笑。寄語兩岸執政者，加緊民生建設，保障基本人權，擁護民族尊嚴，讓全體中國人展顏開懷，則統一自然水到渠成。我們此時保持淸醒，穩步向前，將來才能揮灑熱情，笑迎億萬個兄弟，慰問他們的刼波度盡。

八十年六月二十一日〈聯合副刊〉

國之重寶胡秋原先生

胡秋原先生成名甚早，二十二歲時卽因與「左聯」作家筆戰而聲動全國。近六十年來，先生以一支健筆，寫盡了對國族的大愛，也感召了千千萬萬個讀者。猶憶家兄南山出國求學時，隨身携帶的唯一中文讀物，就是先生的《國事四書》。影響我個人最深的長輩，除了父親世輔公，也正是先生。

「從中學起，我每在滿眶熱淚滿腔熱血中讀胡秋原先生的文章」。重溫自己在《中國時報》人間副刊的舊作，暖意仍在心頭。大學時適逢退出聯合國、保釣運動和中日斷交，我曾與同學聯袂請教，果見先生「激烈如大學生」，但印象最深的，則是先生雖具烈士性格，卻勸青年朋友不要當烈士，愛護之情溢於言表。先生的中學和大學同學，泰半死於非命，未能一展所長，而爲先生所痛惜。的確，要做好學問必須長壽，方豪先生曾提出「富貴考」三字，期勉青年同登此境，以利治學，考就是長壽。殷海光先生臨終時，也頗以五十之年思想正趨成熟時，卻要告別人世爲憾。先生今年八十初度，體健筆亦健，愛人又愛國，這是中華民族的福氣。

民國六十三年，我在政大東亞研究所就讀時，擬以「中國左翼作家聯盟研究」爲題，撰寫碩士論文。中有專章討論「左聯」對外的論戰，勢必寫到先生的主張。乃蒙世伯王健民先生函介，先生慨允擔任指導教授，令我喜出望外！從此十餘年，先生時常暫停自己的功課，解答我的疑惑。先生曾經指出，「左聯」人物在中國當代文化史上的意義，主要不脫「悲劇」二字。我試引申其意，一部中國現代史是全民共同演出的悲劇，而知識分子首當其衝；今後如何轉悲爲喜，知識分子尤其責無旁貸。先生在《古代中國文化與中國知識分子》內提及，古之儒者「戴仁抱義，雖有暴政，不更其所」，這不正是先生一生直道而行、不爲勢刼的寫照嗎？

先生挺立臺灣四十年的意義，在以其深不見底的學問，延續三十年代的學術命脈，成爲珍貴的人文景觀。更重要的是，先生以非官方的身分，高揭民族主義的大旗，保存並發揚了中國人的氣節，消泯或延緩了許多青年的分離意識，此實有功於中華民族。先生以史學家的素養，鑑往每每知來，憂心因而苦口，自不爲目光淺短者所喜。偏偏半個世紀以來的歷史證明，先生的危言往往成眞，遠之中蘇友好條約，近之各型臺獨，皆有害於中國與臺灣，而先生預見之，預警之，展現了知其不可而爲的精神。馬志尼謂義大利偉大而不幸，中國較之義大利，尤其偉大而不幸，此爲世所公認。先生目睹亂局，發憤爲文，志在救國，六十年來已成爲中國知識界的指標，其領袖地位不可移易。中國的政黨領袖若能體認知識的分量，進而尊重知識界領袖，納其無私的雅言，必可減少不幸，增加偉大，先生也就可以稍卸仔肩了。

近年來，我尤其關切先生的健康，甚至希望先生不問世事，不寫文章，節勞減憂，以享天年。但是，文章於先生而言，已成良性之鴉片，生命之部分，不可分割。「既然被目爲一條河，只有繼續流下去」，何況源頭的活水正旺，沛然莫之能禦。最近喜見先生宣布，《中華雜誌》已交編委會同仁，從現在起將專心寫《中國文化與中國知識分子》的中古篇與近代篇。此二篇完成後，先生或不能忘情於增訂《一百三十年來中國思想史綱》，該書從鴉片戰爭起算，今已一百五十年矣，書名自可稍換。鴉片戰爭一百七十年時，則爲先生的百歲華誕。八十初上壽，百歲再稱觴！

七十九年七月《中華雜誌》

細麗幽香

音樂中，我最愛聲樂；繪畫中，我最愛人物，皆取其中的人味濃厚，情感貼切。避居山林的雅士，聞人足音猶喜，何況我輩？有人作畫，畫中有人，躍然紙上，與我交融，這是何等美景？

我很幸運，自幼即識楊逢泰老師，拜讀有關民族與外交的大著，並仰望山高水長之風。老師擔任政大東亞研究所長時，與我服務的國際關係研究中心同址，但相隔數百公尺。每蒙下問，必步行再爬上四樓，來到我的辦公室，而不以電話召喚，因此有時不免撲空。長者忠厚，一至於此，令我無限慚惶。

楊師母曾縵雲女士是當代人物畫的大家，民國四十七年起，在國內外舉行過數十次聯展與個展，並出版多種畫冊，影響深遠。師母畫中的仕女，雖具《詩經》裏的容顏，巧笑美目如天仙，卻又不乏亮麗現代的身影，教人想起雲門的舞者。世間女子原本多樣，在師母的彩筆下，更像競艷的繁花，各吐芬芳，蔚爲壯觀。我細觀人物的裝扮，從髮型到衣飾，無一相同，五官亦多變化，此似爲最難處。無論在故宮或書中，歷代人物的造像頗見雷同，同一名畫家筆下的眾美女，往往更共用一張臉。師母的自我超越，也表現在人物的背後。布景多花樹，無一不美，亦無一重複，寫盡了經營者的苦心。

師母的畫中又有詩，圖文皆雅，相得益彰。去年上秋七夕作「清夜」，配詩「月到天心處，風來水面時，一般清意味，料得少人知」。畫中的少女，衣白如雪，椅柱陶然，手中還有一把未捐的秋扇呢。去年夏日作「怡」，配詩「水性自云靜，石中本無聲」。畫中的少女，長髮紅衣，浴後新涼，如脫兔之暫憩，則此空間捕捉了時間，化片刻爲長久。今年春月作「紫霧」，配上家喻戶曉的「花非花，霧非霧」，看似尋常，細睹滿地紫花堆積，連同一樹的主色，方知霧被目爲紫色，實因花所造就。畫中的少女，紅衣爲底，白衣爲罩，以其薄如蟬翼，故「衣」理分明。師母的巧手慧心，表現在每一細麗幽香處，窮理研幾，精緻入微，無非生命的藝術。

老師能文，師母能畫，數十年來，皆在本行造福了人羣，美化了人間。我不能文，更不能畫，今以誠摯之心，在師母的新展前夕，祝福這一對神仙眷屬，好景處處，康樂年年！

八十年四月二十六日〈中華副刊〉

輔園筆耕憶當年

民國五十八年，我以同等學歷考上輔仁大學法律系，次年轉入社會系，而於六十二年畢業。因此，這裏追述的輔仁筆耕生活，已是多年前的舊事了。

民國五十七年，我因不能忍受高中教育和其他原因，而於高二結束後自動退學，經過一年情緒的自熬和徹底的自棄，還好考到了輔仁。輔仁撫慰了我的叛逆個性，但並未稍減我對人與事的關心。民國六十一年，我爲《輔大新聞》寫社論，在〈與新同學幾句懇談〉一文中，提到如下兩段：

——這就是說，我們樂見更多燃燈的人，神采飛揚的面孔，和不辜負自己年華的新伙伴，能夠生活踏實，而天眼漫開，絕不自限於學院裏，時刻關懷時局和社會。君不見改寫歷史的許多前輩先生們，在我們這樣年歲時，已是一首首生動高越的歌！

——因此諸君若問，進入大學後首要做些什麼？我們只有重複兩個字：擴大擴大擴大！擴大交友圈，付出眞誠和協助，大學時代的友誼將是終及一生的，曾經閉關自守的人，幾乎無不後悔當時的愚昧，新來的人爲什麼要重蹈覆轍呢？擴大閱讀領域，尤其是正派的書報雜誌，圖書館裏所在多有，其中許多能發人深省，扭轉觀念，不可視爲消遣而已。擴大行路範圍，不僅可增廣見聞，免於長守塔井，更能培養仁民愛物的襟懷。

今天回顧這些文字，覺得也是對自己的鞭策。上大學之前，我有一種想法，長久以來繽紛在腦際，如夢魘般夜以繼日的侵蝕著。民國六十年，我在致友人書中指出：「我所以曾那樣不顧千呼萬喚的勸阻，拼著要堅持它，現在眞正淸醒了再檢討，無法不驚覺，我只似在以身作證幾部悲劇作品於現世中的眞實性！而那種情結，繫之於心，形之於外，流露在日常生活的待人接物，久之就變成一種過度的潔癖了。過去我念茲在茲的，又何嘗不是想保持自己『絕對的單純』？」

從自囿到擴大，是我生命史上的一個轉捩點。永難忘懷的是，那時我在輔仁。

民國六十年代前後，正是國家多事之秋，我們承受大陸失敗之後的所有屈辱，當時又達一高潮。青年學子誰不愛國？民國六十年，輔仁大學社會學會籌備期間，聯合國大會表決通過排我的消息正好傳來，幾位同學囑我擬稿，寫了〈共赴國難宣言〉，發表在學會成立的特刊上。該文的第一段如下：

——身爲社會學系的學生，時常敏感於周遭的種種景象，付出的關懷往往徒然自傷。這雖仍是一個安定的社會，安定之餘，卻暴露一般缺乏雪恥的決心。娛樂界的墮落被大眾傳播工具過分寵愛著，電視寫盡了臺北猶唱後庭花的悲哀，幾千年的文化結晶在這裏只據有幾個點，灑鮮血創民國的諸先烈只是忠烈祠的牌位。這裏是一派祥和，粉飾著世紀末的太平；當更多的人心淪爲買辦的時候，是眞不知退此一步卽無死所，還是已夢想做覆巢之下的完卵？果眞是人必自侮，然後人侮之？

這樣的言論不免激昂，但正如胡秋原先生所說：「年輕的時候不激昂，什麼時候激昂呢？」也幸好校方非常開明，我前後發表不少激昂文字，從未受到干涉，反而獲得稱許，誠非始料所及。

那時保釣運動風起雲湧，國內各大學頗受震撼，〈一個小市民的心聲〉也於稍後推出，引起言論界的辯論。民國六十一年左右，我在《輔大青年》上發表〈大國民和大情操〉一文，論述現代中國青年的愛國運動，並提到如下各段：

——〈小市民的心聲〉造成的影響深深令人引爲隱憂，因爲該文始終強調「安定」至上，而對蔣總統殷殷提出的「一切不容延緩的全面革新」，殊少交代和建言。全文不知山雨欲來，更不知有神州之失，遺民之痛。作者孤影先生自稱是「一個終年爲生活而奔忙的小市民」，由如此之身分，表現如此之情操，反映如此之心態，因而吐露如此之心聲，原是一件無庸憂國之士分析的事。

——我們對孤影先生自謂追求「卑微的生存」沒有任何意見，但對如此的低調造成如此巨大的影響表示痛心，一個人的自私蔽塞如果是全民的抽象，則國家將無前途可言。我們寧願相信還有千千萬萬奮起在心的同胞，不甘做一個碌碌的小市民終老此生。

——我們所以在此略述學生運動的歷史，乃因見孤影先生無視中國青年的愛國本質和傳統，始終以中共學潮和歐美學生暴動引爲我們的榜樣，置先烈先賢和前及輩當今愛國學生之血淚於罔顧。這是不是一種持平之論？

當時有關方面對〈小市民的心聲〉之用力推廣，以及處理釣魚臺事件的無力和畏懼，造成不少人的失望與懷疑，海外人心大失，即爲此事的後遺症。直待毛死江倒，中共在四人幫的審判諸事上自暴其醜，我們的海外工作才見好轉。如今回憶，仍感痛心。

民國六十一年，我在大四上學期時，擔任《輔大新聞》的總主筆，半年內所寫的社論中，以〈正告中央日報〉一文反應最烈。《中央日報》在日本宣布撕毀中日和約，並與我斷交不到兩週的時間內，多次刊出各達半版的巨幅日本奶粉廣告。我對此有不能已於言者，在社論中直指其「貪財」，另外還指出：

——《中央日報》又曾指責國際姑息妥協的氣氛囂張，但該報卻在國內助長姑息妥協，向我們的經濟敵人不但妥協，而且實際是屈膝！對國內愛國民眾的熱血行動卻多隱瞞和封鎖。

——《中央日報》又曾指責國際不講正義和原則，該報本身卻毫無正義原則可言。猶憶數年前因「周鴻慶事件」，該報率先倡導拒刊日本廣告，並呼籲全國同胞不買日貨不用日貨，結果全國團結民心振奮，蔚成一股不可侮的雄壯力量，促使日本政府存有戒心。今天中日關係已被日本破壞到無法挽回的地步，《中央日報》卻不能負起討伐日本與中共勾結的正義勇氣，只爲小利而喪失報格，刊登日本人欺騙我同胞的文字，而棄全民全黨全僑的心聲於不顧。我們發現，我們斥責日本人的話可以移贈給《中央日報》：「你，《中央日報》，昨天說否的是你，今天改口說是的，也是你！」

——我們是《中央日報》每天的讀者，更是永不改籍的中華民國國民，對於該報的不敵利誘墮落貪婪降志辱身，除了提出沉痛的聲討，更亟盼有關單位一本國家榮譽和民族尊嚴，從速整頓刷新該報！

這篇社論刊出後，《中央日報》曾經來函辯解，強調它必須依賴發行和廣告維持生存。時任《中央日報》社長的楚崧秋先生，也和我們談了一個晚上，多所說明。另外，教育部卻曾爲此文特地公開嘉獎了輔仁的總教官，因爲他「鼓勵學生愛國」，這種舉措令我驚喜，也令總教官驚訝。敬愛的于斌校長，也接見我們，多所慰勉。時任輔仁課外活動組長的張靜先生，自幼卽從事抗日工作，他以最開明的態度，支持我們撰寫愛國文字，而未做絲毫的干涉，令人懷念。

我爲《輔大新聞》撰寫的最後一篇社論，題目是〈革新片言〉，時爲民國六十一年底。文中呼籲政府儘可能的施行憲法之治，以完成民主，強化和大陸極權的對照，如此全民必心悅誠服，國際視聽也能扭轉。因此政府宜將有違憲法第七十七條的司法行政部現行管轄權，立卽改正移交予司法院，並將有違憲法第八十三條的人事行政局撤銷，使考試院的權責不致名存實亡。這篇社論還提出幾點：

——政治革新聲中另一重要問題，便在對知識青年的引導。今天國內青年欠缺一種熱烈的鼓舞，思想教育和民族精神教育的失敗，可由中共利用留美學生成功的各種事例證之。政府和執政黨各級人員亟應改變觀念，主動點燃千萬顆有志青年的火種，改防範爲領導，進疏通爲匯合，使其集成一股巨大的力量，每一分都用之建設國家，改良社會，如此何愁國家不能開創新局！

——是以知識青年的直接領導者，必須有眼光有愛心有熱情，年齡差距不可太大，願意付出協助和關切。而政府尤須爲其號召負責任，政府最近呼籲有志青年獻身農村建設，就應立刻在農村安排適合青年服務的環境，尊重地方自治幹部的地位，爾後中央、省縣各級公務及公職人員，必須以地方自治幹部爲其必具的經歷，一切依公平原則競爭，才能收鼓舞人才下鄉之實效。

民國六十二年初，輔大新聞社的全體工作人員總辭，其中包括社長蔡傳志（化學系）、總編輯蘇逢田（哲學系）、採訪主任蔡建仁（歷史系）、經理葉景成（經濟系），以及總主筆本人等。我在輔園密集撰寫政論文字的生活，也告一段落。

我爲《輔大新聞》所撰之稿，並不以政論爲限，而對輔仁的校園發展、學術水準、師資問題等，也多所探討。民國六十一年十一月，我以主筆室的名義，發表〈向學校當局做幾點建議〉，全文如下：

本學期起的《輔大新聞》，揭櫫愛國愛校的大纛，力掃不著邊際的文字，拒絕人云亦云的傳聲。主筆室每建一言，事先必多方搜集資料，力求有骨有肉，切中時弊，期能扭轉觀念，喚醒久蟄的人心，共積淬勵的心志。時局如斯，我們深深領悟到，所謂「不敢爲天下先，乃能成器長」的時代，已乘黃鶴遠去數千年了。國家我愛，校園我愛，一縷衷忱，念茲在茲，讓我們獻出年輕的勇氣和熱情來。

輔園之美，有口共談，幾年來游沐於此，榮辱與共的感情業已深植。我們首先感謝學校對同學氣質的提昇，這是全體師長辛勞的成果，較之許多私立大學，本校純潔的立校動機和較雄厚的物質準備，先已勝人一籌，多年來的穩定健全和擴充發展更是有目共睹，光明的前途是可以預卜的。

負責《輔大新聞》工作的我們，尤其深受他校校刊編輯同學少有的鼓勵，這就是學校當局審稿的開明作風。個中實情，透過本學期每一期已出版的本報，在在可視，作者和讀者諸君想已共見。我們試將全國各大校刊併覽比觀，了無愧色之餘，唯思進步再進步！

我們對學校亦作如是觀。全校師生本爲一體，互成因果，學校期待於我們同學者亦必殷切，輔大新聞社他日願專文與同學共勉，本期敢僅就如何促成學校本身的再進步，略獻千慮之得於後：

一、本校近年來對大學聯考的新生容納額，承擔重大的責任，人數與年俱增，以至一切設備追趕不及，例如教室、餐廳、宿舍、交通工具，每感人滿之患，於共同需要使用時，已無情趣可言。學校當局既不能拒絕教育部的安排規定，爲本身發展計，唯有從速解決各項問題。本校位於郊區，從泰山鳥瞰輔園，見綠色地毯包圍其周，擴充校地的可能性極大，學校似應考慮購置兩翼及後門隔貴子路的廣大稻田，做爲疏散現有系所及增設工學院之用。我們已知臺大收回新生南路違建戶佔用的校地，政大增建各學院館至道南橋側的河邊，師大因校區已無任何空間，乃設分部於公館，與上述諸校比較觀之，本校空間擴展大有餘地，應速排除困難，廣籌購地經費。而工學院之增設，不但配合時代需要，造福萬千甲組考生，尤爲再提高本校聲望與學生素質的良途。

二、本校現正在興建女生第三宿舍及商學院教室大樓，我們呼籲今後大興土木時，亦應以此類建築物爲優先考慮，尤其男生宿舍的不敷使用，已嚴重到無法掩眼。本校前門由於處於縱貫公路之側，校外環境欠佳，中途站永遠不能變爲終點站，又在較偏遠的市郊，「大學城」的構想頗難成立，唯有如前項所述充分發展腹地，擴大校園本身，以求儘量收回寄身在外的學子。所以在宿舍荒教室荒的此刻，當我們聽到學生活動中心要蓋保齡球館的消息，有飢饉之世聞「何不食肉糜」之感！爲了增加對同學的向心力，培養更多同學團結愛校的觀念，想學校當局必會做緩急之辨。

三、爲提高本校學術水準，鼓勵並便利同學深造，學校當局應考慮增設研究所。本校現有外語、中文、歷史、哲學四研究所，其中一二似採關門政策，致水準可能難謂太高，亦未聞在外有傑出表現與活動，且現有研究所似與大學部稍有脫節，研究生與大學部同學較少聯繫，亦未奠定領袖全校同學的地位，凡此皆待改進和溝通，此又與現研究生太少有關。而法商和理學院迄今無一研究所之設，其中企管系爲本校第一大系，同學約達七百人，欲繼續深造者不乏其人，校外的企管研究所以政大爲例，今年報考者多至二百四十人，而僅錄取三十人，競爭之艱苦可知，本校企管系成立研究所已不可再拖。又本校法律系成立多年，學生日多，規模亦具，卻爲全國大學唯一設有法律系而未設法律研究所者，他如數理化和生物等系，設研究所亦爲不容延緩之事。

四、本校師資問題最嚴重者，是專任教授太少，部分學院且不論專兼任教授都急缺教授研究室，師生皆感不便。我們呼籲學校速設教授研究室，一系至少一間，接受教授申請，每人至少一書桌一書架，輔大學風之得迅速重建，或賴於此。

最近我們獲知，確有部份學系年輕熱心的教授，每欲申請爲專任而不可得。專任教授已少，部份系主任又忙於兼課他校，較少餘暇致力於本務，有些學系除去助教，常呈眞空狀態。以輔大聞名國際，上述現象不宜長久保持。

本校自始卽無教授宿舍，似爲最大致命傷。擡眼望及山腰明志工專別墅式的教授宿舍，我們竟嘆不如一專校。至少在學校終極發展上，應盡力注意於此問題之解決。

他如今後學系之新設，應以社會的需要爲重，不應遷就私人原因而設。以及爲挽救名存實亡的導師制，應參照成效較佳的大學如政大等校辦理，切實推動執行。又應嚴格督導各學會的工作，績優者應予獎勵等。要而言之，大學應以學術的追求和時代感的培養爲首重，欲達此目的，先當解決師生的各項不便，進而求團結一致，閃現火花，貢獻社會，則我輔園之可愛，不僅是美麗而已。

多年後的今天重讀此文，欣見輔仁的各項進展頗多與之暗合者，例如擴充校園、增設學院之議接近成熟，增建宿舍，罷蓋保齡球館，增設研究所、教授研究室等，已一一付諸實現，令人覺得這是一所有希望的大學。「大學應以學術的追求和時代感的培養爲首重」，在此謹重申斯言，敢與母校的學弟妹們共勉。

民國六十二年六月，驪歌唱罷，我暫離了心愛的輔園，走向政大的研究所。「我去，是爲了回來」，是的，我經常回來。有時告訴自己，那時我在輔仁，曾經閃光留痕，實在不虛此行。

七十一年九月《新生代》雜誌

猶記來時路

民國三十九年底，我生於臺灣彰化的鄉下。父親爲感念主人王玉書伯伯，並以該地爲廣義的玉山下，因而命名。前此，南山哥生於南嶽衡山下；稍後，陽山弟生於陽明山下。我們三兄弟的得名皆與山有關，我這半生也的確與山有緣，十歲以前住在大屯山下，擡頭即見觀音山；十歲迄今住在指南山下，假日總能召來仁友。孔子觀水，感慨時間越來越少了；我望山，心情越來越淡了。

母親還離臺北生我，在躲可能的空襲。那是一夕數驚的時段，毛澤東揚言一年內「解放」全中國，包括西藏和臺灣，前者他做到了，後者則爲暴君畢生未圓的夢。那時爲躲警報，北一女的學生人手一塊綠布，以資掩護，後嫌麻煩，綠布直接穿在身上，成爲榮譽的象徵。就在那一年，蔣介石先生在臺灣推行地方自治，展開了「選舉萬歲」的旅程。稍早，他把黃金、軍隊和故宮文物運到臺灣，前二者穩定了民心，後者成爲今日臺灣吸引觀光客的最大原因。蔣先生功在臺灣人民，惟知者必須兼具歷史常識與良心，對某些先生女士來說，這些都是艱困的。

幼時家居北投，每天赤腳走路，有時皮開肉綻，痛後依然故我。上小學後必須穿鞋，回家的路上拎著走，十足的野孩子。遷居木柵以前，我從來沒有穿過襪子，同伴亦皆如此。當時物力維艱，我們到處搜集破銅爛鐵，以便換得一根麥芽糖。課外書很少，除了租來的漫畫周刊，就在重溫姑姑逢年過節送來的童書，也打開了一片想像的天空。

現在的孩子很難想像，我們削短鉛筆不堪執握時，戴個筆套繼續使用。十歲以前我就讀於北投的薇閣小學，有些同學的家長是顯要，更多的同學是孤兒，唱起「天倫歌」時，總聞哭泣的低音。戰爭的後遺症落在他們身上，個位數的年齡如何承擔此種悲哀？十歲以後我轉學到木柵的政大實小，物力依舊維艱，但充分沐浴在愛的教育裏，至今懷念不已。

當時還有初中聯考，我把成淵中學塡在前面，因此披星戴月了三年。黎明卽起，從政大禮賢新村的家騎腳踏車到木柵公路局，抵達臺北車站後，走到郵局附近換公共汽車，在中山北路臺泥大樓下車後，奔赴學校，如斯者一千天，不知計程車爲何物。稍後父親難卻朋友的盛情，也爲了貼補七口的家用，在別校的夜間部兼課。每小時的鐘點費只有一百元，往返當然搭乘客運。有時下課過於勞累，車抵終點指南宮才被搖醒，再換車下山。我們當時年幼無知，還取笑一番，父親也尷尬陪笑，誰解其中的辛酸！

初中三年是我此生最用功的時光，決計拚上第一志願的建國中學。小學畢業後，我原獲保送師大附中的木柵分部就讀初中，將來不難直升附中，但爲了建中而放棄該校。不想聯考失利，分發到成功中學，心中的痛苦多年不化。高二上學期主編校刊，下學期讀了一個好成績後，我不聽家人的勸阻，自動退學，一年後以同等學歷報考大學。整個中學時代，我活在聯考巨大壓力下，甚至在聯考結束後的十餘年間，仍常在難解數學題的夢魘中驚醒。數學使我無法進入第一志願的學校，告別聯考後迄今，生活中使用的數學從未超過小學程度，似乎白忙了一場。臺灣的中學教育多病，解藥之一，該是降低數學考試的走火入魔。

大學在輔仁度過，校園亮麗，精神愉快，物質的享受仍付闕如。從木柵到新莊，四年從未坐過計程車，可爲旁證。臺灣經濟的起飛，要在我政大東亞研究所碩士班畢業，乃至預官退伍後方能猛覺。大學同學先我兩年入社會，從商者就此發跡，購車置產，春風得意，時爲民國六十年代中期。我就讀文大三民主義研究所博士班後，臺灣的貧富差距逐漸拉大，待我取得學位，老同學的月入有十倍於我者。深造的得與失，都無比豐富。

民國七十七年十一月十四日，父親在撰寫回憶錄時倒下，留給我永不能消的悲痛。父親一生勤奮，留下可貴的遺產，包括文字和友誼，我在海外的中文書店流連時，赫然見到老人家的著作，激動之餘，倍感親切。隨時隨地，我都可遇到老人家的門生故舊，相談之下，無不緬懷其德。父親是一位有情有義的君子，憂懷國事，慷慨捐輸，不遺餘力，而自奉甚儉，直到八十歲猶爲公車族。我這半生飽享父母的關愛，回報卻不及於萬一，深重的罪孽感使我心喪三年，恐將延至今後三十年。

此刻回首來時路，我仍以與父親的步履重疊爲榮，雖然勤奮亦不及於萬一。寫作與教學是我全部的工作，沒有行政經驗，希望永遠都沒有。時間太可貴了，公文的批語如何傳世？父親的《中國哲學史》則不斷再版中。人壽有限，文章無窮。我深感戰後國共分途，結果共產黨盛極而衰，國民黨反敗爲勝，四十多年的物換星移，需要更多的紀錄與詮釋，如能寫出全中國的苦盡甘來，我將不虛此生！

八十年十月十七日〈青年副刊〉

第二輯

恢復江山死不辭

張玉法先生在《晚清革命文學》的〈編序〉裏指出：「辛亥革命是現代中國的第一個革命，它永遠活在中國人的心裏。」的確，辛亥革命所以歷久彌新，就因爲成立了一個今仍屹立的中華民國，而且愈挫愈奮，爲世所重，爲中國人所愛。職是之故，亂臣賊子的中共，基於統戰的需要，也不得不紀念起辛亥革命來，但又諱言其最大的成就——建立民國。中共的舉措，因此顯現著矛盾與尷尬。

辛亥革命與中華民國的密不可分，世人皆知。魯迅在〈中山先生逝世一周年〉中指出：「只要這先前未曾有的中華民國存在，就是他的豐碑，就是他的紀念。」又說：「凡是自承爲民國的國民，誰有不記得創造民國的戰士，而且是第一人的？」在〈中山大學開學致語〉中，魯迅也認爲中華民國是孫先生一生致力於國民革命的結果，留下來的極大紀念。此外，魯迅直到病逝前幾天勉力撰寫〈因太炎先生而想起的二三事〉，仍然表示：「我的愛護中華民國，焦唇敝舌，恐其衰微，大半正爲了使我們得有剪辮的自由。」凡此種種，說明了魯迅對孫中山先生、國民革命和中華民國的連鎖肯定。中共既然捧魯，對此何以不加深思？

中華民國開國前後，仁人志士留下了難以數計的篇章，表達了對民國締造之切與維護之情，也展現了他們的學養與文采。尤其可貴的是，他們不僅坐而論道，更起而獻身，從立黨、宣傳到起義，都不後人。以下舉三位先生的文字爲例，可見開國人士壯懷之一斑。

一、孫中山先生的宣言

「夫興亡有迭代之時，而中華無不復之日」，顧亭林先生此種民族信念，充塞在近代中國有志之士的心中。滿清入關，遺民淚盡，朱舜水先生「傷心胡虜據中原」的句子，是千千萬萬中國人的情感寫照，反淸的思想也就綿延不絕。鴉片戰爭公開了帝國主義的凶惡，也暴露了中國的積弱，從此以後，滿淸政府每在羞辱中與列強相見。

一八八五年中法之役，充分顯露滿淸政府的腐敗愚昧，孫先生遂決志「傾覆淸廷，創建民國」。一八九二年他大學畢業後，懸壺於澳門、廣州兩地以問世，實則爲革命運動的開始。一八九四年六月，孫先生上書李鴻章痛陳救國大計，但未獲採納，至此深知唯有革命方足以扭轉乾坤。同年八月甲午戰敗，更促成其組黨的決心，乃赴檀香山結合華僑志士，於同年十一月二十四日創立興中會。孫先生的〈興中會成立宣言〉，近九十年後的今天讀之，仍令頑廉儒立，匹夫有志，而文優詞美，猶其餘事。

孫先生在宣言中首先指出，中國的積弱已非一日，上則因循苟且，粉飾虛張，下則蒙昧無知，鮮能遠慮，造成強藩壓境，辱國喪師，「堂堂華夏，不齒於鄰邦；文物冠裳，被輕於異族」。孫先生感慨表示，以中國廣土衆民，本可發憤爲雄，乃爲庸奴所誤，以致一蹶不振。他痛切指出：「方今強鄰環列，虎視鷹瞵，久垂涎於中華五金之富，物產之饒，蠶食鯨吞，已效尤於接踵；瓜分豆剖，實堪慮於目前。有心人不禁大聲疾呼，亟拯斯民於水火，切扶大廈之將傾。用特集會衆以興中，協賢豪而共濟，抒此時艱，奠我中夏。」這種「庶我子子孫孫，或免奴隸於他族」的心願，說明了近代中國最待解決的是民族問題，而非共產黨所強調的階級問題。

檀香山興中會以「振興中華維持國體」爲號召，一八九五年二月設總機關於香港，主張設報館以開風氣，立學校以育人材，興大利以厚民生，除積弊以培國脈，「必使吾中國四百兆生民各得其所，方爲滿志」。由此再度證明，孫先生的行動是以造福全民爲目的，而其革命的進程中也一貫重視宣傳。孫先生後來檢討辛亥革命諸役時指出：「革命黨人以一往直前之氣，忘身殉國；其慷慨助餉，多爲華僑；熱心宣傳，多爲學界；衝鋒破敵，則在軍隊與會黨；踔厲奮發，各盡所能，有此成功，非偶然也。」換言之，辛亥革命爲工農商學兵的大結集，也正是孫先生所說的平民革命，即俗稱的老百姓革命。中共硬套馬克思的模式，指爲「資產階級革命」，與史實相去甚遠。

二、林覺民先生的信

林覺民先生的〈與妻訣別書〉，因曾選入中學國文課本，而爲大家一度熟誦，現在呢？林先生還有一封知者較少的〈與父書〉，全文四十餘字，寫盡了孝親但更愛國之情：「不孝兒覺民叩稟父親大人：兒死矣！惟累大人吃苦，弟妹缺衣食耳！然大有補於全國同胞也，大罪乞恕之！」林先生殉國後，不但父親、妻子、弟妹飽嘗艱辛，不久亦多死去，其子更流離失所。筆者前幾年讀到有關報導，鼻酸良久。

林先生寫訣別書時，並未想到會被公諸於世，且尚恐其妻對此長信「有不解處」，但他仍以血淚至情力透紙背，留下了這篇千古至文。「太上忘情，匹夫不及情，情之所鍾，正在吾輩」，林先生有感於此，不忍見天下人不當死而死，不願離而離，因此願犧牲己身的福利，寄情於天下人，爲天下人謀永福。他盼望妻子體此苦心，於啼泣之餘，也以天下人爲念。「汝其勿悲」，林先生這樣安慰妻子，但他又依依難相捨：「吾今與汝無言矣！吾居九泉之下，遙聞汝哭聲，當哭相和也。」終於，他在「一慟」中確定了獻身之志，割捨了親愛的人，也喚醒了後死者的心。

筆者不敏，曾以林先生的大名爲題，寫了如下這首詩，永念此位「生經白刃頭方貴，死葬黃花骨亦香」的烈士，題材則側重於他的生前死後：

「吾至愛汝，即此愛汝
一念，使吾勇於就死也」
三月二十六日夜四鼓
一雙不忍睡的眼灼爍如流星
筆墨迎接著淚珠
記憶迎向疏梅和月影
入門穿廊，後街那小屋
屋內右邊的人兒妳無恙？
「吾充吾愛汝之心，祝
天下人愛其所愛」
三天以後，廣州督署
我將首途

二十九日重創被執的手
有福了雖然你沒有完膚
從慷慨到從容，幾家能夠

從起義到就義，義無再辱
激昂過最後的演講，東市場
血泊處，摧割一訣成千古
二十五歲的靈魂冉冉向天路
眸光已黯猶回轉
在雲端，最後一聲輕輕喚
意映卿卿……

三、羅福星先生的詩

羅福星先生也曾參與廣州起義，重傷未死，與胡漢民先生等走避香港，後赴南洋。一九一二年十一月，他奉孫中山先生之命來臺組織，於苗栗密組支部。未一月，加入者數千。復擴分部於全臺各地，不經年，已有黨員十二萬。一九一四年三月三日，他被日本當局加害於臺北，就義前夕在獄中寫下了〈祝我民國詞〉：

中土如斯更富強，

華封共祝著邊疆。
民情四海皆兄弟，
國本苞桑氣運昌。
孫眞國手著初唐，
逸樂中原久益彰。
仙客早沾靈妙藥，
救人千病一身當。

這首詩說明了羅先生對民國的愛，以及對孫先生的信仰，而這正是日據時代衆多臺灣同胞的心聲。一九二五年孫先生病逝後，臺灣同胞集會追悼，由張我軍先生代表撰的弔詞，首段就指出：「唉！大星一墜，東亞的天地忽然暗淡無光了！我們敬愛的大偉人呀！你在三月十二日上午九時三十分這時刻，已和我們永別了麼？四萬萬的國民此刻爲了你的死日哭喪了臉了。消息傳來我島人五內俱崩，如失了魂魄一樣，西望中原禁不住淚落滔滔了。」由此亦可證明，羅先生來臺進行國民革命確已收效。

筆者也曾以羅先生的大名爲題，寫詩紀念這位高歌「殺頭有若風吹帽，敢在世間逞英豪」的烈士，或可爲其壯美的生史做一註腳：

「中華民國，孫逸仙救」
大牢內烈士悠然升起
受刑後仍寫詩的手
不顫抖，他緩緩抬頭
豆燈如晦，舉目者凛凛的眼神
穿越鐵窗是如此高遠
對東亞的一顆大星凝眸
那記憶，同國史不朽
火海親歷的三二九
天心相助的武昌樓
南京城上漢家氣象
眉目清揚，短髮的青年向南走
渡海殷勤，爲舊日兄弟們透露
祖國新春的梅花香瘦
無負全島奔忙，一年容易
十二萬粒種子紛紛已成熟

何計明朝侵曉，馬隊側立
不遠的絞架肅顏在等候
爲臺灣同胞血灑大地
看來日自由花開如雨
他浮起笑意，濶步昂首
沒有離愁

七十二年十月《文訊》雜誌

文學失土齊收復

整理中國新文學史料的意義

中國新文學史在時空上以民國爲主體，作家中也以民國人物爲主要。搜集、整理、研究、出版中國新文學史料的意義與價值，就在理解其眞貌，並收復民國史的失土。

中國新文學史中的三十年代文學，曾被部分反共人士指爲全紅，也被毛澤東、江青等視爲全黑。一九六六年二月，江青接受林彪的委託，在上海主持了「部隊文藝工作座談會」，會後她寫了一份紀要，經毛澤東三次親自審閱和修改才定稿，所謂「文藝黑線專政論」即由此提出。江青表示，大陸文藝界自中共建立政權以來，即被一條與毛澤東思想相對立的反共產黨、反社會主義黑線專了政，它是資產階級的、現代修正主義的文藝思想和三十年代文藝的結合。「我們一定要根據黨中央的指示，堅決進行一場文化戰線上的社會主義大革命，徹底搞掉這條黑線」。江青們如此說，也如此做，只是後來失敗了。

「紅」與「黑」之間的三十年代文學，其眞貌究竟如何？應以怎樣的態度來回顧？過去我們難免視它爲禁區，其實卽使劃地自限，也必須將它劃入民國文學史的範圍。斯賓諾沙說得好：「不哭不笑，但求理解。」事隔五十年，是加速正視這段文學史的時候了。

現階段整理此段史料者的介紹

筆者曾經撰文指出，討論中國新文學史的文字年有所增，此爲好現象，因爲它原本是民國史的一環，且與其他各環緊密相連。我們這一代在偏安中成長的青年，不幸生來卽不識中原，青山一髮的地理阻隔，急待信而有徵的歷史塡補，否則我們越是避而不談，共產黨越是振振有詞，我棄人取，難免會使若干不明瞭眞相又覺得受瞞的青年，一出國門，卽入左道，政府和家長辛勤培育出的一張白紙，就任由共產黨來塗紅抹黑，這是何等可惜！

從層層簾幕密遮中撥出眞理，是人類最可愛的天性之一。或亦本於這樣的動機，近年來海內外自由人士中，加入整理中國新文學史工作者日夥，他們勞心盡力，反覆爬梳，成果早已顯現。茲就手邊資料，列舉若干研究者的大名及著作如後，首先簡介現居臺灣的先生女士們：

1.蘇雪林女士曾著《文壇話舊》、《我論魯迅》等書，近又出版《中國二三十年代作家》，厚六百餘頁，論介了此一時期新詩、小品文及散文、長短篇小說、戲劇、文評及文派的作者。

2.梁實秋先生身歷三十年代的文學論戰，相關著作有《文學因緣》、《浪漫的與古典的》、《偏見集》等，前幾年整理以上諸書，合爲《梁實秋論文學》一巨册。他另著《談徐志摩》、《談聞一多》、《看雲集》等，皆爲三十年代的作家論。

3.鄭學稼先生著作等身，與三十年代文學有關者爲《魯迅正傳》、《由文學革命到革文學的命》等，前書近年增訂出版，篇幅擴充五倍有餘，聞大陸已有翻印本。

4.胡秋原先生不但著作等身，且亦親歷三十年代的文學論戰，相關著作有《少作收殘集》、《唯物史觀藝術論》等。前幾年出版的《文學藝術論集》，厚一千三百餘頁，爲胡先生三十年代以來文藝理論的總結。

5.劉心皇先生曾著《現代中國文學史話》、《徐志摩與陸小曼》、《郁達夫與王映霞》等，近又出版《抗戰時期淪陷區文學史》，新編《郁達夫詩詞彙編全集》，資料都頗珍貴。

6.侯健先生著《從文學革命到革命文學》，表揚反對文學革命的梅光廸等先生，以及反對革命文學的梁實秋先生。

7.王集叢先生從抗戰起就提倡三民主義文學，近著《中共文藝評論》、《作家·作品·人生》等，皆與三十年代文學有關。

8.玄默先生著有《中共文化大革命與大陸知識分子》、《從迷失到覺醒》、《中共對知識分子的統戰與迫害》等，對三十年代作家析述甚詳。

9.李牧先生著有《三十年代文藝論》、《中共文藝統戰之研究》等，前者爲研究三十年代文藝的入門書，後者內容主要爲三十年代的作家論。

10.陳紀瀅先生著有《三十年代作家記》等，追述與他熟識的作家們。

11.尹雪曼先生主編《中華民國文藝史》一巨册，近著《五四時代的小說作家和作品》、《鼎盛時期的新小說》、《抗戰時期的現代小說》、《中國新文學史論》等。

12.周錦先生曾著《中國新文學史》、《朱自清研究》、《朱自清作品評述》，近又編著《中國新文學大事記》、《中國現代文學作家本名筆名索引》、《圍城研究》、《論呼蘭河傳》等。

13.王章陵先生曾著《中共的文藝整風》，近著《中國大陸反共文藝思潮》等，皆與三十年代作家有關。

14.痖弦先生曾編《朱湘文選》、《戴望舒卷》、《劉半農卷》、《劉半農文選》等，近又著《中國新詩研究》，多與三十年代詩人有關。

15.舒蘭先生著有《五四時代的新詩作家和作品》、《北伐前後的新詩作家和作品》、《抗戰時期的新詩作家與作品》等。

16.秦賢次先生搜集三十年代文學作品亦不遺餘力，編有《郁達夫南洋隨筆》、《郁達夫抗戰文錄》、《梁遇春散文集》、《陸蠡散文集》等。

17.張放先生著有《中共文藝圈外》等，多與三十年代作家有關。

18. 蔡丹治先生著有《共匪文藝問題論集》等，亦述及三十年代文藝。

19. 古錚劍先生著有《千古傷心文化人》等，記述三十年代作家後來的遭遇。

20. 趙友培先生著有《文壇先進張道藩》等，張道藩先生是三十年代民族文學的鼓吹者。

21. 周伯乃先生著有《早期新詩的批評》等，亦論及三十年代的新詩。

22. 林煥彰先生編有《中國新詩集編目》等，自亦包括三十年代的新詩在內。

23. 周行之先生撰有《中共的革命文學》，為其在師大國文研究所的博士論文，內容從三十年代前夜談起。

24. 王玉小姐撰有《文學研究會與新文學運動》，為其在政大歷史研究所的碩士論文，主題止於三十年代前夕。

25. 林海音女士主編的《中國近代作家與作品》，輯有國內各家對三十年代作家與作品的評介。

臺灣研究三十年代文學有成者，至少還有謝冰瑩、楊昌年、林適存、陳繼法、尉天驄、李明、司馬中原、朱西寧、龔顯宗、陳信元、周麗麗、蔡義忠等先生和女士，恕未一一敬列其他研究者的大名。

海外研究三十年代文學的健者亦多，例如夏志清、李歐梵、劉紹銘、董保中、丁望、趙聰、丁淼、梁錫華、林毓生、余光中、黃維樑、金達凱、翟志成、柳無忌、黃載生、叢甦、王家聲、周芬娜等先生女士，也請恕筆者有所遺漏。

搜集經驗與成效的自我評估

筆者於一九七三年起正式研究三十年代文學，兩年後以《中國左翼作家聯盟研究》書稿獲碩士學位，該稿要目如左：

1. 緒論：左聯以前的中國文壇
2. 左聯成立前後
3. 左聯對外的論戰
4. 左聯的解散與轉化
5. 結論：由左聯人物的結局論左聯起沒在中國當代文化史上的意義

筆者近年來繼續從事相關研究，而於一九八三年出版《文學邊緣》，收文五十篇，泰半與三十年代文學有關。一九八四年出版《大陸文藝新探》，收論文十篇，要目如左：

1. 中共對三十年代作家的「解放」
2. 中共對四人幫文藝觀的批判
3. 中國大陸的傷痕文學

4. 中共對三十年代文藝運動的重估
5. 「中國左翼作家聯盟」新探
6. 「中國左翼作家聯盟」再探
7. 從胡風的悲劇看中共文藝政策
8. 白樺事件
9. 魯迅與中共
10. 大陸作家在海外

筆者於一九七五年撰就碩士論文時，曾在前言中指出：「本稿之作，一償筆者的宿願，即探討三十年代文壇與國家命運的關係。中學時代，髮猶青青，常在巨大的聯考壓力下搶閱課外書籍，思索有關問題。大學時代，以一個法學院的學生而積書數千，多屬文學，時被視爲異端。兩年前考入政大東亞研究所，資料取用便利，眼界更寬，乃決定以此爲碩士論文題材。」此處所謂「取用便利」，只是與過去相較而言，實際仍須「上窮碧落下黃泉，動手動腳找資料。」除了同址的國際關係研究中心圖書參考室屬於現成者外，臺北的新書店和舊書攤，乃至軍事和情報機構的資料室，筆者都不時叩訪，總算功不唐捐。

然而「中國左翼作家聯盟」在三十年代屬於秘密團體，有關資料公開者原本不多，臺灣可見者更要打折，因此論文雖如期交卷，筆者當時即決定增寫後方可正式出版。該稿乃蒙碩士論文的口試委員王集叢先生厚愛，主動推薦給中國文藝協會，獲該會頒發文藝理論獎，使得筆者慚惶更意外。其後又蒙兩位師長提及介紹出書，筆者感激之餘，以不滿自作而婉拒了。一九八〇年值「左聯」成立五十年，中共擴大紀念，許多史料和回憶錄得現人間，值得我們過濾與研究，但筆者近忙於不同專題的博士論文，該稿的增寫與出版勢須延後數年。將來必正式出版碩士論文《中國左翼作家聯盟研究》、博士論文《五四運動與中共》，以就教於方家。

史料的分布與運用的難易

即在臺灣，對三十年代文學的評價也頗不一致，或謂造成大陸赤化的遠因，或謂「豈有文章傾社稷」？不一而足，偶見爭議。近年來社會更見開放，但三十年代文學史料仍非全面解禁，此亦十分可解之事，無庸深怪。如前所述，若以三十年代文學爲題寫作碩士論文或長篇論著，似無單一機構的資料可稱完備。而據筆者所知，許多私人藏書家雖各顯神通，也仍以搜集不全爲苦。是以三十年代文學的研究，在臺灣仍可謂之「絕學」。

然而「天下豈有圓滿之宇宙」？即在大陸和海外，有關史料也非唾手可得，只是我們猶有餘痛，所以部分列入管制罷了。但有心從事研究的人士，仍可憑公函進入各機構的資料室閱讀，機構內的人員也可塡單請購缺書，雖較費時間，仍指日可待，若因此而撰就一本專書，苦盡甘來的喜悅是當可想見。

過去整理史料的缺失與改進意見

論者或謂，臺灣過去整理三十年代文學史料，固有貢獻，也有缺失。引起批評的主要原因，是研究文字不免於政治教條，此種現象近年來已有顯著改善。隨著言論和學術的更加自由，以及編者和讀者眼光的更加提高，今後當然會更見進步，而不可能開歷史的倒車了。

過去整理史料似有另一缺失，即除少數專案外，多屬各自爲陣，因此研究成果雷同和重疊處不少，其中又偏重於人物論，尤其是三十年代作家的被鬪被整。此固由於中共的不仁，彰彰在世人耳目，資料不難覓得，也由於臺灣反共的需要。今後宜加強作品研究，如此不但可收正本清源之效，且有助於史料研究的學術化，又能吸引一般讀者的興趣。

各方應如何配合以達國際水準

中國新文學史料的整理與研究，今後欲更上層樓以達國際水準，必須各方配合努力，筆者管見以爲：

1.就政府方面來說，行政院文化建設委員會管理的國家文藝基金會，宜增設新文學史料研究獎，以玆鼓勵。文建會並宜成立專司小組，從事新文學史料的搜集與整理工作，俾於將來設置臺灣最完善的新文學史料室。

2.就民間團體來說，應儘速成立「中國新文學研究會」，出版「新文學研究」雜誌，此舉有賴文藝界領袖登高一呼，各界熱心支援，政府宜樂觀其成。

3.就學校方面來說，各大學有關系所應鼓勵學生撰寫新文學的論文，以提高研究水準。據最近的統計顯示，臺灣各大學中文研究所的博士論文，以新文學爲題者似僅前述周行之先生一人，比例百不得一。今後校方應開放心胸，允許並支助研究生執筆。

4.就出版社來說，應出版新文學史料套書。軍方設立的臺北黎明文化公司，最近出版了一套【中共問題原始資料彙編】公開發售，各方譽爲開明之舉。相形之下，新文學史料更可選擇出版，每本書宜有編輯說明、資料簡介、注解等，以利青年閱讀。黎明文化公司既有成例在先，又出版過一百餘册的中國新文學叢刊，今後負責編輯出版「新文學史料彙編」，當非難事。

前述尹雪曼先生主編的《中華民國文藝史》，是由執政黨設立的臺北正中書局出版，該書截稿於一九七〇年左右，如今急待增訂再版，以後也宜於每十年增訂一次。若因篇幅過厚，自可分册裝訂。

筆者又曾呼籲，各機構和出版社應通力合作，舉辦一次新文學書展，展示現有成果並出版詳細目錄。此亦非難事，盼能在今年內付諸實現。

5.就個別研究者來說，今後更宜加強連繫，互通有無，並且分工合作，共同編寫出版有關史料，以收集思廣益之效。最後敬盼從事中國新文學史料研究的先生女士都能健康長壽，不虞匱乏，繼續獻力，向國際水準邁步！

七十三年五月《文訊》雜誌

梁實秋先生與魯迅論戰的時代意義

三十年代前夕，梁實秋先生在上海從事文學批評，鼓吹人性論，引起魯迅的不滿，舉階級性以攻，致引發論戰，延續經年。雙方於一九二七年正式交鋒，至今已屆一甲子。

二十年代中期，革命文學的口號推出後，創造社和太陽社曾圍剿魯迅，指爲「封建餘孽」、「不得志的法西斯蒂」、「資產階級的代言人」等，不一而足。魯迅的戰志雖昂，但在眾矢之下，不免感到受困。待梁先生出現，彼等遂引爲共同的下臺階，「誤會」消除後，中國左翼作家聯盟問世，更見黨同伐異，形成三十年代文壇的風暴中心。

中共從此對梁先生施展王婆戰術，喋喋半世紀以上而不休。毛澤東親自出馬，在延安文藝座談會上對他點名批判，大陸的文學史家亦步亦趨，用最卑劣的形容詞加諸其身，例如一九八六年江蘇出版的《魯迅研究的歷史與現狀》，就多次以「走狗文人」痛詆梁先生，去眞正的文學批評實在太遠了。

梁先生在自由的天地裏馳騁了一輩子，用文字與行動證明自己的不黨不賣，卓然自立。他遠離政治，優游學海，偶有回憶魯迅的文章，也心存忠厚，下筆慎重，雅不欲計較昔日之短長。我生也晚，今試根據史實，逐條析論這場論戰的時代意義。

一、人性與階級性問題

梁先生當年指出，資本家和勞動者是有不同之處，例如遺傳、教育和經濟環境，因此生活狀況也不同，但他們的人性並無二致，都感到生老病死的無常，都有愛的要求，憐憫與恐懼的情緒，倫常的觀念，也都企求身心的愉快，文學就是表現這些最基本人性的藝術。無產階級的生活苦痛固然值得描寫，但如其深刻，必不屬於某一階級，人生有許多現象面都是超階級的，例如戀愛本身的表現，歌詠山川花草之美，都沒有階級之分。估量文學的性質與價值，須就作品本身立論，不能連累到作者的階級和身分，也不能以讀者數目的多寡而定；同時，知音不拘於某一階級，因爲文學屬於全人類。

梁先生此種純正的文學觀，自與服膺文學是鬪爭武器者大相扞格。魯迅左轉以後，力言在有階級的社會裏，文學斷不能免去所屬的階級性。他雖然承認「喜怒哀樂，人之情也」，但指出窮人絕無開交易所折本的懊惱，煤油大王也不知道撿煤渣老婆子的辛酸，飢區的災民總不會像闊老太爺一樣種蘭花，賈府的焦大也不愛林黛玉。由此可知，梁先生旨在闡揚人性的共通處，魯迅則強調生活的相異點，尤其著眼於職業造成的差距，以及社會的不平。

我們客觀檢討以上不同的觀點，當可發現人性論雖然有些籠統，但階級的文學觀更掛一漏萬。強調階級性的錯誤何在？在於衡量作家與作品的標準應有諸多因素，從個人的品味能力到民族性、歷史傳統等也都很重要，非階級性所能涵蓋。例如兩名不同國籍的勞動者同觀一幅「魚」畫，中國籍的或許會想到「年年有餘」，西洋籍的就極難具備此種觀念，這是受民族文化認知的影響，階級性無法釋之。

尤有甚者，毛澤東後來批判梁先生時堅稱，在階級社會裏，沒有超階級的人性，要在全世界消滅了階級後，才會有人類之愛，「但是現在還沒有」。此爲抄襲馬克思的人性論，與中國的四海一家及大同思想頗有出入。列寧曾經高呼：「打倒非黨的文學家！打倒超人的文學家！」毛澤東師其故技，直指爲藝術的藝術、超階級的藝術、與政治並行或互相獨立的藝術，「實際上是不存在的」。他爲了向這些不存在的敵人宣戰，數十年來展開多次整風，致使萬馬齊瘖，甚至人頭落地。時至今日，鄧小平又祭起了反資產階級自由化的大旗，並且聲稱鬥爭要延續到下個世紀。凡此皆可證明，大陸文壇有無數個梁先生的化身，在爲人性的尊嚴和文藝的自由而戰。

二、文藝政策問題

共產黨視藝術爲政治的一部分，因此有文藝政策之設。梁先生在論戰時指出，文藝而可以有政策，本身就是名詞上的矛盾。俄共頒布的文藝政策顯現了兩種卑下心理：一是暴虐，以政治手段剝削作者的思想自由；一是愚蠢，以政治手段強求文藝的清一色。昔日的俄共如此，今日的中共亦然，因爲中共的文藝政策原就脫胎於俄共。大陸作家現已呼籲，要改變「驚弓之鳥」的現象，首應消滅「驚鳥之弓」。此「弓」即爲文藝政策，長期以來由共產黨掌握，偶有鬆手之時，但無棄弓之日，從過去到現在，莫不如此。

或許正因俄共和中共文藝政策的惡名昭彰，自由世界多罕言文藝政策，梁先生也不贊成制訂。然而我們既不能放棄文藝，又要避免重蹈共產黨的覆轍，因此提出文藝主張時，對作家應只有鼓勵，沒有責罰。換言之，中華民國若言文藝政策，則主要依據有二：

一、爲三民主義。我們需要一種反映對民生的關懷，對民權的熱愛，並爲民族的喜怒哀樂呼號之文學。文學是哲學的藝術化，三民主義文學自以民生史觀爲其哲學基礎，兼顧精神與物質。在民族主義方面，重視孫中山先生恢復民族精神與地位的主張，以文學爲喚起民眾的最佳媒介，而以恢復固有道德爲主要表現。在民權主義方面，闡揚全民政治的理想，兼及自由與平等的精義。在民生主義方面，展示全民生活的風貌，尤重育樂兩篇補述中的心理康樂，該處提倡民族文學，反對商業化文學的氾濫，如今更値得我們警醒。

二、爲中華民國憲法。憲法第十一條規定，人民有言論、講學、著作及出版之自由。第一百六十五條規定，國家應保障教育、科學、藝術工作者之生活，並依國民經濟之進展，隨時提高其待遇。凡此條文，均應力求實踐。

三、貨色問題

自古至今，文藝並非若干理論家搖旗吶喊便可成功，須以有力的作品證明其本身價值。當時普羅文學的聲浪甚高，艱澀的理論也出了不少，於是梁先生要求對方提供幾部有關作品，「我們不要看廣告，我們要看貨色」。偏偏左翼作家生硬的理論過剩，值得一讀的作品則不多見，因此刀筆如魯迅者，也無法圓說這個問題。

身爲「左聯」的名義領袖，魯迅晚年頗感自哀，一九三五年九月十二日，他在致胡風函裏透露被壓迫的實情：「一到裏面去，即醬在無聊的糾紛中，無聲無息。以我自己而論，總覺得縛了一條鐵索，有一個工頭背後用鞭子打我，無論我怎樣起勁的做，也是打，而我回頭去問自己的錯處時，他卻拱手客氣的說，我做得好極了，他和我感情好極了，今天天氣哈哈哈……。眞常常令我手足無措，我不敢對別人說關於我們的話，對於外國人，我避而不談，不得已時，就撒謊。你看這是怎樣的苦境？」

所謂「裏面」是指「左聯」、「工頭」卽中共的文運負責人周揚。胡風曾問魯迅，三郎（蕭軍）應否加入「左聯」？魯迅在同函中明白答覆，「現在不必進去」。他覺得還是外圍出了幾個新作家，有些新鮮的成績，加入後則像他一樣苦在其中。由於「左聯」以文學為名，積極從事政治活動，中共又賦予盟員過多的鬪爭任務，致使他們無法定下心來寫作。魯迅的傑作都發表於入盟前，入盟後主要就只有「雜感」了，這是他文學生命的一大浪費。

是否正因有感於此？或臨終仍不忘責人？魯迅在一九三六年九月五日預留遺囑，提到「孩子長大，倘無才能，可尋點小事情過活，萬不可去做空頭文學家或美術家」。空頭文學家即交不出貨色的人，此語無異承認梁先生的先見之明，足為文壇上乏善可陳者戒。為什麼交不出貨色？倘因當局堅持四項基本原則，查禁作品在先，勒令封筆在後，則縱有周公之才之美，也難乎其為作家了。魯迅晚年深惡的鐵索與鞭子，如今又到大陸作家眼前來，共產黨的廣告還有買主嗎？從普羅文學、工農兵文學到為社會主義服務的文學，為什麼總是缺貨呢？我在仰之彌高郎之也溫的感覺中，細讀梁先生新近出版的《雅舍小品》合訂本，感其創作力的厚實長青，不禁想到海峽兩岸的「比較文學」以至「比較政治」這些課題來。

七十六年五月二十七、八日〈聯合副刊〉

聘書大觀

我接過多種聘書，印象最深的發自學校。

聽說中國人最尊師重道，上自總統，下至庶民，無不以師爲貴。以師爲賤者，其惟學校當局乎？

我保存了五所大專院校的聘書，併展細讀，發現無一不是罰則。或曰「接到聘書後應於五日內填送應聘書，否則以不應聘論」；或曰「如未經請假核准委由他人代授者，一經查覺，由學校自行改聘」；或曰「必須義務超授鐘點時，授課教師應無異議」；或曰「授課外有輔導訓育擔任導師及分擔一切課外活動之義務」；或曰「不得兼任校外職務及課務，如有特殊情形經校長同意後方可兼任」；或曰「專任教師對外進行研究合作或建教合作等事項，必須透過本校資訊中心或建教合作中心統籌辦理，不得私相洽辦，接受報酬及利用設備等情事」。如此防師如防賊，入校如入囚，張張出自刀筆吏，條條高懸「不得」、「否則」等禁令，獨缺一個最起碼的「請」字。

前幾年家姐接獲某新聞專科學校的聘書，密密厤厤數十條，更集多疑寡恩之大成。未審社會禮貌普遍進步的今日，該校的「狀子」可曾換面？

教師在臺灣仍受尊敬，這是我未改行的主因，而唯一的無禮竟來自校方。興國有賴良師，尊師先求勿辱；敬重教師之人格，請從改良聘書起！

七十六年二月七日〈聯合副刊〉

請以七七為國定紀念日

七七抗戰至今，忽焉半個世紀，當年身殉祖國的千萬軍民，早已默爾而息；領導民族保衛戰的蔣委員長，亦已靜眠於慈湖。後死者如我，忍見日本年年紀念廣島被炸，儼然以唯一的受害者自居，能不感慨萬千？

國史上最悲壯的戰爭，非抗戰莫屬。蔣委員長在中國慘勝之際，以東方聖哲的襟懷宣布以德報怨；結果日本以怨報德，千方百計塗改歷史，欺騙我們猶新的記憶，而共產黨也加入這場記憶毀滅戰。以吉星文將軍爲例，他是我大學同班同學吉民中的父親，共產黨極力推崇其守護盧溝橋之功，繼則指稱毛澤東領導了抗戰。大陸青年可能受此誤導，以爲兩人有關，殊不知吉將軍是反共健者，且不幸因八二三炮戰捐軀。自由中國天眞的青年，知曉吉將軍事蹟的又有幾人？

過去我們不紀念七七，或因有礙中日邦交，如今兩國之間已無邦交可礙，而中國現代史的失土尚待收復。爲了告慰蔣委員長和殉國軍民的天靈，爲了和共產黨等爭一頁最光榮的歷史，爲了子孫萬代不忘自己是堂堂正正的中國人，我以熱淚、以熱血，呼籲政府宣布七月七日爲國定紀念日，自今年始！
遲來的紀念，勝過沒有紀念，雖然遲來了五十年。

七十六年二月九日〈聯合副刊〉

為第四次文藝會談催生

民國七十年十二月，第三次文藝會談在陽明山舉行。六載以還，國家在各方面都展現了新貌，而爲舉世所重。以言文藝，誕生了中文世界最好的文學刊物（最好的副刊早已在臺灣），成立了風格互異的文學社團，造就了更多更年輕的文藝工作者，推出了更優秀更開放的各類藝術，令海外人士刮目，也換來大陸同胞的羨慕。

最近政府宣布解嚴，更使得國人信心倍增，召開第四次文藝會談的時機也日益成熟。誠然，作家因作品而得名，不待開會而後壯，但會議有助於溝通，彼此久仰的同行可結善緣，「年久失修」的朋友得敍離情。尤以解嚴後的文藝界，如何接受鼓勵回饋社會？如何相敬相親化解誤會？如何面對大陸人民與作品？如何尋覓世界地位？諸多重要課題，恐非羣策羣力不爲功。因此，主管單位宜以開闊的胸襟，廣邀不同見解的先生女士與會。會議如能在今年之內舉行，最具時代意義。

文藝工作者往往各行其是，且各是其是，此不足爲奇。筆者深信，此時此地，乃至今生今世，我們有這個起碼的共識：要做自由人，要做自由中國人！

七十六年八月一日〈聯合副刊〉

我們急需工具書

臺灣的出版業盛則盛矣，獨缺燦然大備的各科工具書，至少在人文和社會科學方面是如此。

臺灣許多大學設有文學院，文學人口亦為可觀，但迄無一部涵蓋中外的文學辭典，不可不謂憾事。最近坊間突然出現一册有關辭書，公開發行，到處有售，首頁首條「文學」欄即指出，在階級社會裏，文學帶有一定的階級性，「作家總是站在一定的階級立場，用一定的世界觀去認識、評價和反映生活，表現出一定的階級傾向」。凡此馬列主義的論調，充斥近六百頁的書中，對讀者的誤導可以想見。原來該書是根據一九八三年四月湖北人民出版社的版本而排，至少說明了業者的不察，而我們自己沒有一部完整的文學辭典以資取代，也說明了大家的懶惰。

臺灣商務印書館在十六年前出版了《雲五社會科學大辭典》，嘉惠士林，功不可沒。惟主事者原盼每五年增訂一次，與世界潮流同步，如今三個五年匆逝，增訂一次也無，則其落後亦可想見。誠然，編纂與增修辭典皆為大事，但收獲也是非同小可的。「剖雲行白日，翻海洗青天。辦得大事了，胸中方泰然」。萬千讀者急缺工具書，有司者能否泰然於胸呢？

七十六年九月二十日〈聯合副刊〉

大陸出版品在臺灣

大陸同胞數逾十億，其中固多文盲，亦不乏飽學之士，近年來他們利用中共的偶亦寬鬆，發表了許多心血之作，堪稱中華民族的可貴資產。政府有感於此，允許大陸出版品適度在臺出版，可謂明智之舉。

現行「申請出版淪陷區出版品審查要點」，業經行政院核定，然各方意見仍多，新聞局亦思修訂。鄙意以爲，第三條「出版淪陷區出版品，其內容以屬於科技、藝術、史料文獻、反共言論以及相關出版品爲限」，似可簡化爲「出版淪陷區出版品，其內容不得宣傳馬列主義」。同理，現行「淪陷區出版品審查作業須知」第五條規定，淪陷區出版品宣傳共產意識者不予受理，此條若改爲宣傳馬列主義者不予受理，方更精確，否則嚴格執行之下，康有爲的《大同書》自當查禁，甚至《禮記．禮運》篇亦難倖免。大同主義式的共產意識，以博愛利他爲出發點，孫中山先生稱頌不已，且以民生主義相擬，其有異於馬列主義的仇恨鬪爭，本爲有識之士所共知。馬列主義經中外的實驗證明，已是一枚臭蛋，大陸同胞人見人厭，臺灣同胞不必加入逐臭之行列，諒爲絕大部分中國人所首肯。

現行「審查要點」第九條提及，申請出版淪陷區出版品，經新聞局審查後，出版業應依審查意見辦理，並重新整理編印，將簡體字改為正體字出版。換言之，出版業可持有簡體字的版本，而不可謂為非法。

相形之下，研究人員對簡體字的版本僅有使用權，而無所有權之限制，亦應放寬。或謂何不等待出版業將簡體字改為正體字出版後，再行購閱不遲？須知研究人員職司辨偽導正，無法不讀馬列主義的原著，此類書籍既不可在臺灣出版，研究機構又因經費所限，添補不易。

至盼新聞局同等對待出版業與研究者，允許後者進口大陸出版品，並立書切結，不得翻製圖利，並自負保管之責。時至今日，研究人員如欲「自費反共」，實應予以適度鼓勵。

七十七年三月十六日〈中央日報〉

為「國家文摘」催生

您有沒有這樣的經驗？三天前的報紙，上個月的雜誌，分別刊出了好文章，結果稍縱即逝，再尋費時，閱讀之樂早被奔波之苦取代，如何是好？

爲什麼不辦一份「國家文摘」呢？

我們已有進口的《讀者文摘》，以及土產的《講義》雜誌，兩者的印刷皆稱精美，內容同樣偏向勵志修身，加上新知介紹，走的是軟性路線。理想中的「國家文摘」，則爲軟硬兼施，大開本、厚頁碼，廣收國內外報刊一兩個月前的佳作，內容兼顧政治、經濟、社會與人文，從總統在記者會上的講話，到副刊的雋永創作，一體收錄，以利存讀。另應附國家每月大事記、學術與出版動態，提供讀者參考。不在話下的是，每篇文章均應徵得原作者同意，並附轉載費。

報禁解除以後，很少人能盡覽數十家增張的新聞紙，數百份浩如煙海的期刊更無論矣。「國家文摘」一出，則官民兩便，既可保存文獻，又可怡情悅性，允稱功德一件。現在的新聞局、文建會或中央圖書館，都是主其事的理想機構，如能因此成立一專職單位，尤爲適當。

較之大陸上的《新華文摘》，我們起步已晚了多年，此原不足懼，就怕根本自我禁足。臺灣的文風極盛，現成的好文章無虞匱乏，此刻著手，三月有成，我們期待明年一月看到創刊號！

七十七年九月二十日〈中央副刊〉

臺北學運

四十年來，臺北可謂無學運。民國七十九年三月十六日至二十二日，來自全省的大專學生聚集中正紀念堂廣場，主張解散國民大會、召開國是會議、訂改革時間表、廢除臨時條款。這場延續一百五十小時的靜坐示威，在李登輝總統接見學生代表後收場，亦極一時之盛。

我在三月二十一日下午身歷其境，飽受民主的洗禮，並與同學交談。論者或謂此次學運傳承了五四精神，其實有異有同。五四運動始於涉外，民族主義的成分高於其他，而以愛國爲第一要義，臺北學運的內涵自不相類。廣義的五四運動則爲文化運動，提倡民主、科學與文學革命，形成一種思想運動，雖然不甚徹底，猶勝臺北之從缺。一部中國思想史主要就是思想家史，今天大家爭權奪利，思想家在臺灣不易存活，如何展開思想運動？此事責任泰半不在學生，而在大人世界。我憶起了童年所聞的順口溜：「書生書生，去問先生，先生先生。」第一句和第三句尾的「生」字，皆指生疏而言。看來激情過後，學術界推行一個讀書運動，已刻不容緩。

以羅家倫先生爲例，他在民國八年五月四日當天，不但撰寫了「外爭主權，內除國賊」的宣言，遊行示威時走在前頭，且向東交民巷的美國公使館遞送說帖，學生領袖的地位自然無疑。值得留意的是，羅先生次年卽出國深造，奠定了學術領袖地位的基礎，否則流連街頭廣場，書劍兩荒，何以終老？臺灣的民智已開，工商繁榮，列寧式的職業革命家沒有立足之地，此次學運的和平落幕卽爲旁證。同學們幸得把握時間，救國不忘讀書，令人額手稱慶。「中華民國憲法」、「中國現代史」、「政治學」等，坊間不乏析論詳實者，可列優先。

此次學運的精神象徵是野百合花，取其純潔與本土性諸義。讀史可知，早在四〇年代，延安共區卽爆發「野百合花事件」，王實味以「野百合花」爲題，撰文批評所謂解放區的衣分三色，食分五等，結果死於非命。野百合花是延安山野間最美麗的花，王實味用以移贈女共產黨員李芬，後者犧牲於民國十七年。此外，野百合花的鱗狀球莖，雖帶苦澀，卻有藥用價值，這不是良藥苦口利於病麼？

五十年來的兩次野百合花事件，一以悲劇見終，一以喜劇收場，顯示了國共之間的極大差異。國共之間的另一極大差異，更表現在世人皆知的天安門事件和此次臺北學運上。中國的希望在臺灣，如今益見分明，誠盼朝野老少皆能恢宏氣度，從本土走向全國，共促民主的芬芳遍灑神州。

七十九年四月十九日〈中華副刊〉

劉項從來不讀書

民國七十八年的最後一天，臺北三民書局在下班後拉下鐵門，全體員工開始盤點架上的書，並逐一登記成册，結果窮一晚之力完成，合計六萬五千種。

這是一家大書局的選樣，以三民書局經營之成功，其中暢銷書仍恐百不得一。我在二樓長排的文史書架前，只見到幾個寂寞的身影，也在想像作者和出版者憂愁的臉，誰來買書呢？

九歌出版社的主人蔡文甫先生告訴我，文學新書購買者的年齡，主要在高中一年級到大學二年級。換言之，正是少年十五二十時。二十歲以後爲前途奔忙，文學變成偶然，不能忘情者往往付出慘痛的代價，暢銷書也就以二十歲的大學生爲高標準。我回顧自己當年的稚嫩，不能苛求此年齡層的深度與廣度，他們若長壽，目前只走了四分之一的人生。問題是：二十歲以後的六十年，他們讀什麼書？

臺灣人口兩千萬，大專程度者近百分之十五，約三百萬人。倘其中千分之一買同本書，該書卽可再版；倘其中百分之一買同本書，該書卽稱暢銷。今試問能有幾册硬書，得臻此境？世間又有多少學問，可自軟中求？臺灣的文盲不及百分之十，廣大的識字人口中，離開校園後仍常讀書者，恐十不得一。換言之，絕大部分的成年識字者，委身於「不讀書界」，以至終老。書寂寞，他們的精神也寂寞。

智者告訴我們，這是一個不思不想的時代，也是一個多層淺薄的時代。硬書難讀更難寫，學界的朋友於是相約，升到教授後不再寫書，以免自累累人。因此，我們不乏經常上電視五分鐘，出席座談會半小時，發表演講兩個鐘頭皆能侃侃的學者，卻十年也寫不出一本書來。除了考試升等，讀書與寫書的報酬太低了，從政不必以此爲晉身階，升官它不如高爾夫，即欲擔任學校主管，也不必拿來當敲門磚。書在學界，已是許多人的絕緣體，遑論農工商？我們有限的書肆，遂靠年輕朋友支撐；年輕朋友沒有收入，書款往往靠父母提供。臺灣許多父母，有錢買書，無力讀書，未竟之志寄望兒輩成之，兒輩未竟之志則待孫輩成之。長此循環，大家都會變老，只有很少人成長。

是的，劉邦和項羽從來不讀書，也曾雄霸一方；成吉斯汗打到莫斯科時，似乎還是一個文盲。上述諸例，足供反智者宣揚終生。但是，我們當得了劉項嗎？現代的劉項又豈能廢書不觀？那個中國有史以來最大的暴君，自認「惜秦皇漢武，略輸文采；唐宗宋祖，稍遜風騷。一代天驕，成吉思汗，只識彎弓射大雕。俱往矣，數風流人物，還看今朝」。今朝他已贏得無限罵名，當與有生之年重視權謀相關，權謀與學養背道而馳，與不嗜殺人的聖賢書，相距更不可以道里計。時近新世紀，寄語兩岸國人，記取獨夫的教訓，當以學問爲濟世之本，而非殘民之斧。新春開卷，自《孟子》始！

七十九年三月《文訊》雜誌

兩岸文化交流的省思

文化與自然相對，原本泛指一切人爲的表現，是一種事實的陳述。文化要發展到某一階段，才能稱爲文明。文明與野蠻相對，是一種價值的判斷。學術界對文化一詞最早的定義，來自英國人類學者泰勒，以文化爲一複合體，包括知識、信仰、藝術、道德、法律、風俗，和一切人類社會的能力與習慣。準此以觀，文化涵蓋精神與物質生活，尤以前者爲重。

共產黨則基於唯物史觀，認定人類在歷史實踐中，文化隨著物質資料生產方式的發展而豐富和積累，具有歷史的繼承性。至於社會主義文化，亦即無產階級文化，通指社會主義的教育、科學、哲學、文學、藝術等社會精神生活形式的總和，以及與之相適應的設施。它是社會主義政治和經濟在意識形態上的反映，並對社會主義政治和經濟產生巨大的影響。中共現仍強調，堅持馬克思主義，堅持無產階級政黨領導，堅持社會主義道路，堅持人民民主專政，是社會主義文化發展的基本原則。由此可知，共產黨的文化觀，不脫爲政治服務的舊調，且由於政治的強力主導，文化的附屬性和教條化尤顯強烈，時有悲劇穿插其間，已爲世人所共見。

因此，就理論而言，臺海兩岸文化交流是相當困難的。大陸只要是共產黨執政一天，就不易放棄馬列主義文化，卽前述的社會主義文化。它與中華文化最大的差異，就在對傳統和個人的尊重與否上面。傳統與現代之間原非全盤對立，共產黨卻常把自己不能解決的問題，歸諸傳統的所謂封建制度使然，近年又添一罪狀，卽資本主義的嚴重污染。我很少不相信別人，但證諸四十年的史實，我無法太過相信共產黨會尊重中華文化，尤其是來自臺灣的文化。在共產黨領袖的心目中，那不但是邊陲的文化，而且是污染的文化。以中華文化統一中國，雙方的認知相距甚遠，還有漫長的路要走。

我們也不妨反躬自省。文化建設在臺灣各項建設中，投資最少，收效甚微，自己都不滿意，還能以何種身段驕人？舉國敬重的孫運璿先生，就不止一次因當年的相關施政致歉，然而教訓並未爲後繼者全面記取，原本可憐的文化預算，又被不分朝野的立法委員羣起刪之。這牽涉到幾個基本問題：究竟誰是文化人？究竟誰具備文明人的心態？以簡單粗暴的手段面對千秋功業，良心與快感孰重？

一言以蔽之，我們在進行兩岸文化交流時，宜先改善自己的文化面貌，驅除各種反文化的現象，保障文化人的生活，並依國民經濟的進展，隨時提高其待遇。此爲中華民國憲法第一百六十五條的規定，我們做得並不够。文化的現代定義，偏重精神生活的表現，臺灣於此更有待全面提昇。我雖不敏，在此呼籲一個讀書運動，政府首長如能爲民表率，自然上行下效，出版界也不致日益窘困。是的，我們是外匯存底數一數二的國家，卻也是精神生活相當貧乏的國家。承認自己的不足，是走向富足的第一步。

然後，我們在言論與行動上，都要區分中共領袖和大陸人民，而予後者中的文化人適度的支援。容我在此重申三個具體建議：一、籌設「文化中國基金會」，以研究費和獎學金，嘉惠大陸學者和研究生。二、創辦「文化中國雜誌」，刊登大陸學者與作家的文稿。三、成立「文化中國出版社」，出版大陸學者與作家的書稿。凡此措施，可改善大陸文化人的物質與精神生活，必能獲得善意的回應。文化是人的行爲，當然應該以人爲重。臺灣的財力豐厚，原本不是罪惡，若能用在文化事業上，更能赢得世人的稱頌。

臺灣自古是中國的邊疆，此不但受限於地理與政治，也受限於文化。今天我們希望以對等的地位和大陸交流，誠屬不易。然而正因如此，我們才有事可做，不致枉活。至盼朝野人士，皆能靜心思考，然後化爲行動，以百年之身，定百年大計！

八十年一月《文訊》雜誌

我們怎樣對待文化人？

文化涵蓋物質與精神生活，而以後者爲重，文化人主要就是從事精神勞動的人，如教師、作家、藝術家之屬，他們提昇別人的精神層次，也靠工作獲得自己的物質所需。國家富裕後，他們的角色更形重要，生活也應改善到恰如其分，這是文明社會當有的認知。

臺灣目前的外匯存底勇冠全球，國民平均所得約爲美金八千元，折合臺幣二十一萬六千元，如果文化人要養活一父一母一妻一子，連同本人，則一年收入須達一百零八萬元，每月恰爲九萬元，試問幾人能臻此境？換言之，臺灣的文化人仰不足以事父母，俯不足以畜妻子，在這種情境下講學或創作，內心是很難完全平衡的。然而，我們的社會從貧窮到富裕，都漠視這個問題。

二、三十年前，王平陵先生垂危時，家中沒有送醫的車錢，從景美王家到臺大醫院，今天的計程車費也不過一百元。倒在血泊中的鍾理和先生，病中叮嚀其子，將來傳話孫輩，生生世世不要當文人。方東美先生買了一套心儀已久的《大藏經》，一直覺得對不起夫人。殷海光先生無法和林毓生先生多通信，因爲負擔不起每封十元的航空郵資。司馬中原先生瘦得像耶穌一樣，說孩子在吸他的血，而孩子也都瘦得像耶穌一樣。朱西寧先生直到前幾年，收到一家著名出版社的版稅，多本暢銷書結算下來，一年合計只有千把元，別人在吸他的血！舊的悲劇落幕了，新的悲劇仍層出不窮的演出，錢穆先生被逐出素書樓，以致身死，這是大事還是小事？或者根本沒事？

社會評價第一的大學教授，目前兼課的鐘點費不過六百元左右，路途奔波與誤餐諸事自理。口試一本研究生的論文，從十萬字到三十萬字不等，不但要詳加閱讀，提出問題，還要到校會審，前後至少耗時一個星期，最後領得一千元，教育部對此完全沒有感覺。有的報館仍在發十年前的稿費，同樣的版面，可以收回將近一百倍的廣告費。作家一年的稿費，超過十八萬元就要課稅，這樣可悲的減免，財政部還不想放過。凡此種種，談什麼教育與文化是百年大計！朝野合力剝削文化人的結果，臺灣的文化風貌如此不堪，我們求仁得仁，又有何怨？

文化人提昇別人的精神生活，而自己的精神食糧充足否？時至今日，喜愛《大藏經》的教授仍難心想事成，每月撥出一成研究費購書者更屬寥寥，買書、讀書與寫書的誘因太低，遂令鍾理和先生的話語，重現別的作家身上。鄭學稼先生的女公子讀物理，胡秋原先生的公子亦然，皆受到兩位學問家的忠告。家兄南山讀工程，也是父親督促下的結果；父親見我伏案寫作，感慨兒子和他一樣命苦。許許多多第一流的人才，不敢或不願加入文化界，後繼乏人的隱憂，正是最大的悲哀。誰無子女？忍見他們成爲窮酸！試看經建會與文建會，兩者都是行政院的部會，編制與權限卻天差地別，可見政府首長的心態，文化大國云乎哉？以文化爲先鋒的大陸政策又算什麼？

一連串的問題，有待我們懷著懺悔的心，向列祖列宗請罪，對後世子孫交代。韓國古都慶州的石碑上，記載了新羅對中國的感念；日本大小城市的街頭，漢字教我們不致迷路。中國文化的慈恩廣被，使東方各國同蒙其惠，我們置身其間，不禁感激老祖宗的貢獻，而現代同胞的昏饋與不肖，遂令彼邦人士，貴中國的古，賤中國的今！有人痛言今日臺灣是富而無禮，今日大陸是貧而無恥。無禮與無恥的共同救藥，就是一帖文化。兩岸的政府與人民，請聆聽中華民國國旗歌的勸言：「守成不易，莫徒務近功。」船堅礮利派的信徒們，請記取前人的教訓，正視文化的終極影響，加強文化的萬般投資，並以改善文化人的物質與精神生活，為千里之行的開端。與百年業，自今日始！

八十年六月《文訊》雜誌

第三輯

棒子下的大陸文壇

中共的文藝整風始自延安時期，至文化大革命達一高潮。此次中共發動清除文藝界的精神汙染，是鄧小平師效毛澤東，親自主持的一次新整風。

一九八三年十月，鄧小平在中共十二屆二中全會上，提出思想和文化戰線清除精神汙染的問題，正式揭開了對理論界、文藝界等的全面整肅。中共自稱近年來造成汙染的因素主要有二：一爲封建主義殘餘的影響，一爲資本主義思想的侵蝕。其實，後者尤爲中共所懼恨。一九八一年四月，《苦戀》的作者白樺被攻擊時，罪狀也正是「無政府主義、極端個人主義、資產階級自由化」等。此次中共極欲清除文壇所受的汙染，說明了歷來對作家示警的無效，更暴露了外國思潮對大陸的廣泛影響。

十月三十一日，《人民日報》評論員發表了〈高舉社會主義文藝旗幟，堅決防止和清除精神汙染〉一文，以大量篇幅譴責大陸文壇的各種現象，認爲造成了相當嚴重的混亂——有些作家對中共提出的文藝口號表示淡漠，對黨的業績缺少加以歌頌的熱忱，反而熱衷於寫陰暗的東西。有些作家大肆鼓吹西方的現代派思潮，宣揚新的美學原則之崛起，以文藝的最高目的就是表現自我。有些作家宣揚抽象的人性論、人道主義，認爲社會主義條件下人的異化應當成爲創作主題。凡此對大陸青年所產生的影響，評論員認爲不容忽視，必須在四項基本原則的指導下，認眞加以解決。我們知道，《人民日報》評論員實卽中共中央的化身，大陸作家爭自由的熱烈表現，已使中南海的權貴們寢食難安。

中共此次文藝整風，自不以一二作家爲限，於是穿制服的文藝官僚們紛紛表態，加入了批評和自我批評的行列。白樺的《吳王金戈越王劍》，徐敬亞的〈崛起的詩羣〉，以及河南省的《奔流》，福建省的《水仙花》，浙江省的《江南潭》等文藝刊物，都遭到批判。白樺這部歷史劇所獲的罪名，是「和社會主義精神背道而馳」；《苦戀》也被舊事重提，指其表現人的異化，顯示共產黨在壓抑和摧殘人性，因此它和近期出現的中篇小說〈離離原上草〉一樣，都在醜化社會主義制度。《苦戀》似乎帶動了大陸文藝創作的異化，中共因此餘恨未消，而對白樺的新仇又來。

五十年代曾被列爲右派的王蒙，現任中共中央委員，不惜以今日之左否定昨日之右，強調要在思想文化戰線上消除精神汙染，目前應該反對右傾和資產階級自由化的思潮，而以毛澤東的舊文〈反對自由主義〉爲武器。十一月七日，他更在《光明日報》上承認，西方資產階級的影響不止一端，「有的則是露骨的或者稍加打扮的反共主義」，在一些翻譯著作中滲透進來；甚至中性或較好的西方學術、文藝作品中，「也難以完全擺脫它們的產地的根深柢固的反共偏見的影響」。更令王蒙怵然驚心的是，這種影響遍及大陸的理論界和文藝界，使得文藝創作上問題屢見不鮮，「有的作品甚至發展到美化國民黨」，王蒙終於說出了中共最畏懼的實情。大陸作家與中共之間，已由內部矛盾提高到敵我矛盾了，在中共看來，這無異是反革命！

一九七九年才獲平反的丁玲，一九八一年訪美時處處替中共辯護，表示大陸文壇容許百花齊放。現在她表示：「近幾年來，我們很重視文藝創作的繁榮，往往忽略了文藝思想的混亂。一個時期來，有人提出黨最好少管或者不管文藝，有人嚮往資產階級自由化，有的青年作家以爲創作可以不要生活，也不要政治，翻開某些文學刊物，很少能讀到鼓舞人向上的作品。還有一些跡象，比如劇場裏傳出靡靡之音，會博得一片喝采；聽嚴肅的歌曲，掌聲寥寥。就連唱『沒有共產黨就沒有新中國』，竟有人發出笑聲。某些戲劇電影的編導，藉古喩今。有些作品只重趣味而缺乏政治，不講思想。」丁玲的話說明了大陸上信仰危機的嚴重，也證實了作家對中共文藝訓令的否定，已普遍又深入；白樺的歷史劇正是藉古喩今，諷刺毛澤東的暴虐。而大陸人民對共產黨的冷漠，更已形諸於色了。

中共的文化部長朱穆之也指出，精神汙染大體有兩類，一是背離馬列主義，一是宣傳資產階級生活方式，前者包括抽象地宣揚人的價値、人道主義和社會主義異化等。一九八三年十一月六日，周揚對新華社記者發表的談話見報，他就承認自己在三月紀念馬克思逝世一百周年的學術報告會上，提出有關異化的文章本身「確有缺點」，因此深感「有負黨和人民的委託」。周揚還表示，他對理論界、文藝界大量「精神汙染」的現象，既缺乏了解，又缺乏研究，對它所造成的嚴重後果更是估計不足，所以輕率地、不愼重地發表了那樣一篇有缺點、錯誤的文章。「這是一個深刻的教訓」。周揚長期擔任毛澤東的文藝劊子手，文革時自身也無法倖免於難，前幾年復出後態度稍見修正，三月間他談異化的文章批評到專制主義，令人耳目一新，如今已成罪狀。

我們不知這次是否周揚最後的自辱，可以確定的是，中共的文藝整風已成惡性循環。十一月十九日，《光明日報》發表了〈社會主義異化論和文藝領域的『異化熱』〉長文，認爲根源於資本主義現實土壤之上，以異化論爲支柱的現代主義文藝，不可能在社會主義的時代條件下，找到它安身立命的基礎。「因此，近年來文藝領域出現的這股『異化熱』遲早總要成爲歷史的陳迹」。中共以此自慰，它現在所要做的，也就是加速消滅這種資本主義思潮，但果能如其所願嗎？

毛澤東曾經表示，五四運動之後，中國新文化屬於世界無產階級的文化，與資產階級的文化分袂。結果直至六十年代，他還不得不斥責大陸文壇走到資本主義的路上。毛澤東在延安文藝座談會上又曾表示，爲藝術的藝術、超階級的藝術、和政治並行或互相獨立的藝術，「實際上是不存在的」。他爲了向這些不存在的敵人宣戰，數十年來展開了多次的整風和運動，然而至死仍是個輸家，此可由其身後地位的一落千丈，以及大陸文壇始終傳遞的自由香火得知。現在鄧小平接下了這個違背文學天理的棒子，徒然證明了人們心有餘悸和心有預悸是非常合理的，更顯示了大陸作家和廣大知識分子中還有無數個不屈的靈魂。當棒子舉起，作家的心，連同借重知識分子方能推動的四個現代化浮標，無疑又都漂遠了。那麼，中共在這次和下次的文藝整風中，會是個史無前例的贏者嗎？

七十二年十二月二十九日〈聯合副刊〉

中共的臺港文學研究

從一九四九年到一九七九年以前，臺灣文學和香港文學在中國大陸一直屬於禁區，三十年間沒有一部相關論著，其時出版的所有中國現代和當代文學史，也幾無任何篇章探討及此。一九七九年起，隨著中共加強對臺灣的和誘攻勢，以及收回香港的日期逼近，臺港文學便配合政治的需要而開始露臉，作品的介紹與研究也如雨後春筍，層出不窮，且有越演越烈之勢。

中共有關臺港文學研究的立場、內容與走向，可由兩次「臺灣香港文學學術討論會」見之。一九八二年六月，第一次討論會在廣州暨南大學舉行，與會者提交了四十篇論文，中共後來選定其中十六篇，經修改後結集爲《臺灣香港文學論文選》出版。該書專論白先勇和陳映眞各兩篇，賴和、吳濁流、聶華苓、張系國、王禎和、黃春明、宋澤萊、劉以鬯各一篇，顯見偏重於臺灣文學，香港文學僅爲陪襯，小說討論又佔全書的絕大比重。該書的代序由《海峽》編輯部署名，這份雜誌曾在創刊號提及，它將「熱情介紹臺灣作家展示臺灣現實生活中矛盾鬭爭的佳作」，如今它又重申這個宗旨，不掩共產黨「旣聯合，又鬭爭」的統戰原則。

「中國當代文學學會臺灣香港文學研究會」的會長曾敏之，爲討論會的發起人之一。他在總結時承認，若無葉劍英「九點和平方案」的提出，以及中共對外政策的改變，臺港文學就提不到議程上來，而討論會「是會爲臺灣回歸祖國，完成統一大業作出一點貢獻的」。中共開會的實際目的，至此昭然已揭。他還表示研究臺灣文學時，「要用馬列主義的立場、觀點、方法去綜合、分析、提煉材料」。事實上，會中不少論文就是以辯證唯物論和歷史唯物論的觀點與方法，套用列寧的「兩種文化」說，把臺灣文學區分爲二，一是「愛國的、進步的、健康的」，二是「反動的、落後的、腐朽的」。我們由現代史得知，中共早從二、三十年代起，就慣將作家與作品貼上「非此卽彼」的政治標籤，如今故技又見演出。

參加此次會議的復旦大學、中山大學、暨南大學中文系教員，也報告了三校開設臺港文學課程的經驗。這門課受到學生的歡迎，「因爲它既是一門文學的選修課，又是一門愛國主義教育課」。此說無視於大陸青年對臺灣香港的好奇與嚮往，而生搬硬套中共近年來的政治號召。會議並就暨南大學中文系臺港文學研究室編寫的「臺灣香港文學教學大綱」進行討論，這份大綱的擬訂者就是《臺灣香港文學論文選》的編者，政治領導教學的立場可以透見。

一九八四年四月，第二次討論會在厦門大學召開，與會者提出論文五十八篇，對近年大陸的臺灣文學研究，做了充分的自我肯定，但也指出還要加強探討臺灣的散文、戲劇、電影等。事實上，中共的有關研究始終以小說爲主，新詩次之，散文等的評論則不多見。此固由於臺灣小說的豐收所致，也因小說描述了較多的衝突現象，而爲中共所樂於援引。

在談到臺灣鄉土文學派和現代文學派的發展趨向時，有人認爲近五、六年來，特別是進入八十年代以來，兩派作家互相學習與吸收。現代派在內容和題材方面向鄉土派靠攏，努力面向現實、羣眾與下層，在藝術表現方面注意民族化和通俗化；鄉土派則注意吸取現代派的表現技巧，注意描寫人物的內心世界。也有人不同意合流說，認爲兩派在藝術觀、人生態度、思想傾向等原則問題上，仍存有深刻的分歧，各自的旗幟分明，「要兩派硬合恐怕不行」。此原爲第一次討論會時的舊曲，但中共爲強調派別的矛盾，自不吝刻意重彈，以便符合列寧的「同一地區兩種文化」說，而其所褒者爲鄉土派，所貶者爲現代派。

與會的香港代表則介紹了該地的文學活動，表示要促進大陸和臺港的三邊文學交流，又認爲當代香港文學和臺灣文學一樣，是中國文學的組成部分，但由於香港與大陸處於隔離狀態，使其文學走上相對獨立的發展階段，因此具有地區性、開放性、商品化等特點。會議進行至此，終於不可避免地出現了下面這段話：「在香港也存在著進步的、健康的、嚴肅的文學創作，它們有的和祖國內地的社會主義文學緊密聯繫，歌頌社會主義祖國，揭露資本主義現實，關懷下層人民的命運；就是在受西方現代主義影響產生的文學創作中，也不難看到以象徵荒謬、變形各種方式來揭露資本主義社會的病態，具有一定的認識意義與藝術價值。」由此可知，與會的香港代表就是中共駐港人員。這種「歌頌自己，打擊敵人」的文學觀秉政治觀，抄襲自毛澤東在延安文藝座談會上的講話，四十多年來已被眾多大陸作家所摒棄，如今卻在香港重演，導演的身分已為人知，然而誰是其中「藝術價值」的欣賞者呢？

中共有關臺港文學的研究文字，除集中在兩次討論會提出外，近年來還出版了若干專書，如《臺灣小說主要流派初探》、《臺灣詩人十二家》等。又編輯了《臺灣小說選》、《臺灣作家小說選集》、《楊逵作品集》等，配以解說文字，皆能表明中共的立場。此外，《海峽》、《港臺文學》、《收獲》、《當代》、《人民文學》、《福建文學》、《上海文學》等刊物，也在介紹臺灣作家與作品時傳播了類似的訊息。

中共研究臺港文學的動機，在直接或間接為其政治服務，以求贏得一場不聞槍聲的戰爭。它現在以愛國主義拉攏臺灣作家，憑藉地理的優勢自稱代表中國，略而不提炎黃子孫一向重視的歷史觀點，即與中國自古以來文化的民族主義互相鑿枘。中共此刻對外暫隱四個堅持的教條，對內則自承所謂愛國主義就是走向共產主義的階梯，也就是熱愛中國共產黨，愛社會主義，與海內外中國人心之所繫者名同實異。

中共此舉旨在爭取可資利用的作家，試圖重演三十年代的景觀。然而八十年代的中華民國早已進入憲政時期，臺北在政治、經濟、社會、文化各方面的成績迥異於昔日的上海，加之中共四十年代以來迫害作家的紀錄不絕，彰彰在世人耳目，對臺灣作家實無吸引力，因此其如意算盤不免落空。為了愛護作家的慧心妙手，以確保自由中國文壇的繁花似錦，我們宜使中共的算盤繼續落空下去。

七十四年二月十六日〈聯合副刊〉

中共眼中的香港文學

一九七九年起，中共開始加強研究臺灣和香港文學，以資配合其越演越烈的統一攻勢。由於收回香港已成定局，加上中共的長期大患是臺灣，因此大陸的臺港文學研究重點不在香港。雖然如此，中共並未忽視香港文學。

中共政權成立以後，香港成爲避秦者的樂土，香港文學也迥異於大陸，走上獨立發展的道路，此爲人盡皆知之事。因此，中共今天雖以當代香港文學爲中國文學的組成部分，但也承認它具有自己特殊形態。中共認爲香港文學的特殊性，主要在反映資本主義社會生活，並因香港的政治、經濟地位和文化環境，形成如下特點：

一、**地區性**：香港文學的地區特色在五十年代以前並不明顯，五十年代末葉以後，本土作家開始著力描繪香港社會生活的圖景，大陸南下的作家也轉而面向香港現實，香港文學才日益確立自己的特色。隨後有反映下層社會人情風貌的鄉土小說，有揭示商業城市矛盾的都市小說，有表現資本主義制度下荒謬形態的現代派小說，這些作品表現了香港的地方色彩和獨特生活。

二、開放性：香港是一個國際貿易港口，三十年來成爲東西方經濟交流的中心。隨著自由貿易的發展，西方各種文化思潮和文藝形態紛紛流入，使香港成爲世界文化的橱窗，形成香港文學中西交融、新舊交呈、流派紛紜、魚龍混雜的特點。

三、商品性：香港文化是消費文化，書籍與報刊的命運在於能否暢銷，戲劇與電影的上演取決於票房價值，電視與廣播千方百計招徠觀眾與聽眾，許多文學創作者幾乎成爲寫作機器，爲了謀生不得不服從市場經濟的規律，聽命於文化老闆，努力製造具有競爭力的文化商品。嚴肅健康的文學期刊難以出版和維持，眞具文學價值的作品得不到發展機會，以筆謀生者稱爲爬格子的動物，嚴肅的作品叫做奢侈的精神享受。

以上對香港文學的分析偏重於缺點方面，至於大陸作家嚮往的另一特點——與開放性密不可分的自由性，中共自不便提及。中共同時強調，由於特殊的政治地理位置，香港成爲溝通臺灣海峽兩岸文學的渠道，大陸文學和臺灣文學在這裏各自傳播，相互影響。香港又是海內外華人文學的匯集地，海外華人以此地維持民族文化傳統的聯繫，他們的生活與經驗又構成了香港文學的一大特色，「豐富了民族文學」。以上這段話發於加強統一攻勢的今天，非文學的政治意圖非常明顯。

中共在回顧香港新文學的傳統時，自然特別推崇左翼作家的貢獻。魯迅曾應邀到香港演講，並撰文〈略談香港〉，就被視爲寫下了第一章。此後歐陽山等人南來香港發表作品，顯示香港新文學開創時期的可喜局面。不過，文學研究會發起人之一的許地山也爲中共所肯定。許氏於一九三五年到香港大學任教，改革該校的文科教學，同時爲培養文學青年、組織文學活動而奔走。抗戰爆發後他又主持全國文藝界抗敵協會香港分會的工作，終其一生鼓吹抗日救國。

抗戰軍興後不久，上海、廣州等城市相繼淪陷，大批文化界人士紛紛赴港避難，其中包括蔡元培、陶行知、薩空了、鄒韜奮、茅盾、夏衍、歐陽予倩、蔡楚生、司徒慧敏、于伶、章泯、葉以羣、蕭紅、端木蕻良、駱賓基、戴望舒等，香港的新文學運動因此而空前活躍，成爲中國抗戰前期的文化中心之一。中共現在最推崇茅盾的貢獻，茅盾在港期間寫下〈第一階段的故事〉和〈腐蝕〉等小說，其實他只停留了一年半而已。

一九四六年國共戰爭全面爆發，大批文化人又陸續南來香港，其中包括茅盾、夏衍、歐陽予倩、蔡楚生、柳亞子、郭沫若、黃藥眠、馮乃超、孟超、巴人、周而復、邵荃麟等，以及許多在抗戰烽火中成長的嶺南作家。此時香港的文學刊物有司馬文森主編的《文藝生活》、夏衍主編的《野草》、茅盾主編的《小說》月刊、邵荃麟主編的《大眾文藝叢刊》，以及夏衍主編的《華商報》副刊「茶亭」、聶紺弩主編的《文匯報》副刊「文藝」等。此外，司馬文森的長篇小說《南海淘金記》、侶倫的中篇小說〈無盡的愛〉、陳殘雲的電影劇本《珠江淚》、黃谷柳的長篇小說《蝦球傳》等，都是富於地方特色的作品。一九四九年中共政權成立前夕，大部分共產黨和左傾的文化工作者相繼回到大陸，香港文學走向獨立發展的局面。

五十年代初期，逃避赤禍的中國人來到香港，痛定思痛，自然興起了反共文學。中共現以「喧囂一時」形容它，並且一筆帶過。其實，彼時的作品中不乏足以傳世者，例如張愛玲女士的《秧歌》、趙滋蕃先生的《半下流社會》等，影響至爲深遠。中共現舉阮朗(唐人)的小說和劇本爲例，說明進入五十年代後期，「反共的美元文化」卽已潰退，香港的現實主義文學進展神速。其實，共產黨員唐人的《金陵春夢》等書，集造謠譭謗之大成，去現實主義的純正文學甚遠。

五十年代初期活躍香港文壇的本土作家，中共認爲只有三蘇（高雄）、侶倫等少數人，到了五十年代末六十年代初，年輕的香港作家開始嶄露頭角，一九六二年出版的短篇小說集《市聲、淚影、微笑》和散文集《海歌、夜語、情思》共收三十多位作者的六十多篇作品，集中展現了該地青年的文學風貌。舒巷城從五十年代初期的〈鯉魚門的霧〉，到七十年代中期的〈雪〉，其短篇小說多爲中共所稱頌，長篇小說《太陽下山了》更被視爲現實主義的傑作。舒氏描繪了香港底層社會的眾生相，展現了繁華都市背後勞動人民的辛酸，人稱之香港的鄉土作家，中共自然說他當之無愧。

依中共之意，從五十年代到七十年代的香港現實主義文學，雖然經歷了一段曲折的道路，卻取得了重大的發展，「它繼承了五四以來的新文學優良傳統，接受新中國社會主義文學的影響，在反映香港社會現實和人民生活以及海外華僑生活，揭露資本主義制度的矛盾和本質方面，做出了可貴的努力和成就。」這種政治導向的文學觀，也出現在一九八四年的第二次「臺灣香港文學學術討論會」上，中共在接收香港的前十多年，就露出毛澤東當年準備發動文藝整風時的臉色，一九九七年以後香港文學的命運，現已不難預估。徐訏和余光中等先生在港期間的文學貢獻，原已被中共阿Q式的抹殺，大限來時又如何令人樂觀？我們爲香港文學的前途憂！

七十四年十月《文訊》雜誌

餘悸與預悸

一、回顧

一九八五年的大陸文壇一如往昔，在中共宣稱的文藝春天裏，仍見幾番風雨。年初「作協」第四次大會閉幕後，歷經胡風之死、劉賓雁事件等，不可謂之平靜，也皆有脈絡可尋。此處先回顧一九八五年以前的大陸文壇，以明其背景，再就上述諸要事加以剖析，並展望其前景。

四人幫被捕後，追述文革罪惡的傷痕文學盛極一時，結果如堂堂溪水出前村，有沛然莫禦之勢，在內涵上也不以控訴四人幫爲限，實際透露出共產制度的諸般缺點。中共當權派驚惶之餘，便自毀承諾而横加阻擋了。鄧小平在一九七九年的第四次「文代會」上，就發表過如下的祝辭：「我們要繼續堅持毛澤東同志的文藝爲最廣大的人民羣眾，首先是爲工農兵服務的方向。」這種其實是爲中共服務的論調，與四人幫的主張無異。周揚在同一會議上也表示，他不贊成以自然主義精密細緻的方式反映傷痕，以免造成不利的思想與情緒。由此可知，中共推許傷痕文學純爲一時之計，無意予以全面肯定。

一九八一年初，中共中央又下達第七號文件，再度顯示對文藝的收風，大陸作家的處境也益形艱難。這份文件的總精神就是強調思想控制，其中明言不得寫反右和文革期間的傷痕文學，必須努力表現「四化英雄」和四個堅持。該年四月，《解放軍報》等公開批判白樺的劇本《苦戀》，形成圍剿的高潮。七月十七日，鄧小平親指該劇在醜化社會主義制度。八月三日，胡耀邦也表示《苦戀》不是一個孤立的問題，類似脫離社會主義的軌道、脫離共產黨的領導、搞自由化的言論和作品不止一端，「對這種錯誤傾向，必須進行嚴肅的批評而不能任其氾濫」。凡此用語，幾與《解放軍報》全同，白樺因此被迫自我批評。九月間，他寫了書面檢討，但未獲通過。十月間，鄧小平親令批判《苦戀》的文章在《文藝報》發表，《人民日報》奉命轉載，白樺終於公開認錯。

白樺事件告一段落後，中共又於一九八三年發動了新整風。該年十月，鄧小平在十二屆二中全會上提出思想和文化戰線清除精神污染的問題，正式揭開對理論界和文藝界的整肅。中共此次對大陸作家的示警，延續到一九八四年。該年二月，《文藝報》重刊了陳雲在延安「黨的文藝工作者會議」上的講話，指出從事文藝工作的中共黨員有兩個缺點，一是特殊，一是自大。解決之道，就是要毫無例外地實行中共黨章第四十四條：「嚴格的遵守黨的紀律爲所有黨員及各級黨部之最高責任。」假如不要紀律，就是毛澤東講的六個字——亡黨亡國亡頭，必不可免。至於認爲作家可以不學習政治，「實際上就是否認文藝要服務於政治、服務於羣眾的意見」。陳雲在四十多年前的上述舊調，中共此時又加以重彈，證明了共產黨迄仍堅持文藝要爲政治服務，也顯示了大陸作家長期抵制這種政策。

然而鄧小平近年來倡言的四個現代化，必須利用知識分子的智慧與力量來推動，因此中共在整肅大陸思想界與文藝界之際，又恐後遺症太大，不利於建設，甚至影響外資外才的吸收，所以中共的文藝政策就表現收放兩難的面貌。一九八四年八月中旬出版的《紅旗》雜誌，就強調文藝評論時，澆花與鋤草兩者缺一不可，因爲鮮花與雜草之間的矛盾鬭爭，是此消彼長、彼消此長的。該雜誌又稱要實行毛澤東的三不主義——不抓辮子、不扣帽子、不打棍子。其實三不主義與雙百政策——百家爭鳴、百花齊放，都是毛澤東的「陽謀」，且其惡行劣跡彰彰在世人耳目，中共現又以此爲號召，想要盡掩大陸作家對毛澤東猶新的記憶，除了暴露中共中央理論雜誌內容的貧困，也令人懷疑其誠意。明白以上背景，就無法對一九八五年及其後的中共文藝政策，抱以過度的樂觀。

二、「作協」第四次大會

一九八四年十二月二十九日至一九八五年一月五日，「中國作家協會」第四次會員代表大會在北京舉行，胡耀邦等出席了開幕式，胡喬木和鄧力羣則因未到會而引起外界的討論。大會閉幕後，選出巴金爲「作協」主席，丁玲、馮至、馮牧、艾青、沙汀、張光年、陳荒煤、鐵衣甫江等連任副主席，新增的三名副主席是劉賓雁、王蒙、陸文夫，取代了以左傾聞名的劉白羽、歐陽山、賀敬之。本次選舉與一九七九年「作協」第三次大會不同者，爲標榜代表們自由票選理事，再從理事會中選出上列負責人。果如是，則大陸作家的心意由此可見。

誠然，開幕典禮上的若干講詞，表達了追求創作自由的願望，閉幕式上通過的新章程，也寫進「充分尊重文學藝術規律，發揚文藝民主，保證創作自由」等字句，爲與會作家重燃一些希望。但是徒法不足以自行，鄧小平在第四次「文代會」上也說過：「文藝這種複雜的精神勞動，非常需要文藝家發揮個人的創造精神。寫什麼和怎樣寫，只能由文藝家在藝術實踐中去探索和逐步求得解決。在這方面，不要橫加干涉。」言猶在耳，稍後的批判《苦戀》和清污，卽由鄧小平發動或認可。鄧小平若想起當時全場感激的掌聲時，能不羞愧自己的寡信？而此次大會重演的掌聲，事實證明又鼓早了。

大會召開當天，《人民日報》評論員撰文「祝賀」，除重申「三不主義」外，又指出「對於資產階級腐朽思想的侵蝕，封建主義思想的遺毒也要加以抵制」。後二語和「清污」運動的內容全同，也爲中共「中央書記」胡啟立在會場所重申，他並引用了史達林的名言：「作家是人類靈魂的工程師。」這與其說是對作家的恭維，不如說是訓令。中外共產黨人都深感要改造世界，必先改造人心，作家就得執行這項洗腦的任務，而其本身當然要先接受洗腦。「作協」第四次大會就是一次洗腦大會，問題是它能否如願？

胡啟立的講詞不止一端。爲了安撫人心，他承認共產黨對文藝的領導有如下缺點：一、存在著「左」的傾向，長期以來干涉太多，帽子太多，行政命令也太多。二、派了一些幹部到文藝部門和單位去，他們有的不大懂文藝，這也影響了共產黨和作家、文藝工作者的關係。三、文藝工作者之間，作家之間，包括黨員之間，黨員和非黨員之間，地區之間，相互關係不够正常，過分敏感，彼此議論和指責太多。胡啟立公布的解決之道，是要改善和加強共產黨對文學事業的領導。此說證明了中共不想放鬆控制，減輕大陸作家所受的壓力，也無視老演員趙丹的遺言：「管得太具體，文藝沒希望。」胡啟立一面承認干涉太多是缺點，一面卻誓言要加強領導，此種明顯和立卽的矛盾，本不值識者一笑，中共卻以此爲辯證唯物主義和歷史唯物主義而自得，其鄙陋可見。

胡啟立認爲共產黨對文藝工作的領導，「總的來說是好的」；他又引列寧語，直謂社會主義文學是眞正自由的文學。凡此皆與史實恰好相反。中共自延安時期始，文藝領導就與文藝整風結下不解之緣，從王實味的死於非命，到白樺的被迫自辱，大陸作家的血痕猶在，餘悸猶存，共產黨對文藝工作的領導，總的來說是極壞的，而其罪惡的根源正是列寧主義。一九〇五年十一月，列寧在〈黨的組織和黨的文學〉中，宣稱文學是黨的工具，是整個無產階級機器中的齒輪和螺絲釘，依黨性原則運轉，因此他高呼：「打倒非黨的文學家！」毛澤東師其故技，一九四二年在延安文藝座談會上規定，文藝要服從一定的政治路線，站在共產黨的立場來暴露和打擊敵人。他並且重申，齒輪和螺絲釘的位置業已擺好，所以絕無自由運作的可能。數十年來中共據此展開整風與運動，連人頭落地都不惜，作家的不自由又豈爲其所掛意？

如何使大陸作家眞正進入自由創作的境地？胡啟立開出的藥方，竟是「反對資本主義的腐朽思想和封建主義的遺毒」等，此種官式語言的錯亂，令人啼笑皆非。「作協」新章程也依然規定，要在中共的領導下，以馬列主義和毛澤東思想爲指導。此項規定與「保證創作自由」列於同條，再度顯露陷阱與矛盾，眞正自由的文學云乎哉？大陸作家的新希望又在何處？

三、胡風之死

一九八五年六月八日，胡風因癌症在北京逝世，終年八十三歲。多月以來，不但未見他的喪禮，悼文也極少見，可謂生哀死寂。追悼大會延遲舉行的原因，是悼詞送審後無法定稿，例如談到胡風在一九四九年前後，被改爲「帶著複雜的情緒，迎接新中國」；論其遭到整肅，則說肇因於「有這樣那樣的錯誤」，而爲家屬所拒絕接受。毛澤東當年欽定了胡風的罪狀，現若替胡風平反，無異否定毛澤東，中共當局爲此躊躇不決達半年之久。

胡風於一九七九年一月獲釋，此距其一九五五年七月被捕下獄，已近二十四年。一九八〇年三月底，他到北京就醫，正值「左聯」五十週年紀念的高潮，人們見到胡風，不免議論三十年代的功過是非，他聞後由於躭憂，在六月間精神病復發，出現了幻聽，有時深夜起來穿衣，說是要去受審。十月間，海外來人在醫院和他見面，此時的胡風已是一名兩眼無神、口齒不清、涎水直流、衰頽不堪的精神病兼腦動脈硬化症患者。當訪問尚未結束，胡風的心因病突發，眼神驟變，表情冷峻，用嘶啞的聲音趕走訪客，帶給衆人無窮的傷感，也爲其悲劇寫下漸終的篇章。

一九四九年十月中共政權成立，次月起何其芳、蕭三、周揚、林默涵就先後攻擊胡風。一九五二年底，林默涵和何其芳正式宣布其罪狀，包括拒絕中共和毛澤東思想的領導等。胡風此時不甘示弱，乃利用文藝幹部因「紅樓夢研究」事件被毛澤東指責的機會，向中共中央告御狀。他於一九五四年三月動筆，七月呈上兩次合計二、三十萬字的意見書；除爲自己和同伴伸寃外，還希望中共能重新檢討文藝政策，撤換文藝官僚。胡風痛切表示，讀者和作家頭上被放下了五把刀子：一、共產主義世界觀，二、工農兵的生活，三、思想改造，四、過去的形式，五、題材能決定作品的價值。他的批評矛頭表面指向林默涵等，實際卽指毛澤東，致觸後者的大怒。例如第三把刀子是思想改造問題，胡風認爲作家不必接受改造，此種觀點確與延安文藝講話背道而馳，其他各項亦然。

一九五五年一月，毛澤東決定親自出馬，公開胡風的意見書，並且展開批判。不久，胡風系所有人物都遭同時抄家，檔案資料也被調到北京，毛澤東據此親撰按語，於五月十三日、二十四日和六月十日，分三次在《人民日報》公布「關於胡風反革命集團的材料」，指胡風的基本隊伍，「或是帝國主義國民黨的特務，或是托洛茨基分子，或是反動軍官，或是共產黨的叛徒，由這些人做骨幹組成了一個暗藏在革命陣營裏的反革命派別，一個地下的獨立王國」。毛澤東這一批，使胡風的苦難日益逼近。同年七月十六日，胡風終於被捕。總結中共在文革前發動的歷次文藝整風，以胡風事件株連最廣，影響最大。一九五七年七月十八日的《人民日報》社論就透露，在胡風被捕後中共展開的肅反運動裏，共清查出八萬一千多名反革命分子，有一百三十多萬人交代了各種政治問題。大陸知識分子從此更懷疑中共，廣大民眾也驚見其殘暴。中共巨大的羅網，撒向文壇都是怨！

胡風雖屬左翼作家，但在本質上不能忘懷廚川白村的創作觀：「忘卻名利，除去奴隸根性，從一切羈絆束縛下解放出來。」除了此種自由主義思想外，胡風的精神奴役創傷論，是傳統民族文化的否定者，但就他的主觀戰鬪精神論而言，則含有中國儒家的仁、誠之道。凡此觀點，自與扼殺自我、強調鬪爭的黨性文學大相逕庭。白樺被迫自我檢討時，也宣稱今後要加強黨性鍛鍊。由此可知，胡風的悲劇因中共的文藝政策而產生，並在追求過眞理的大陸作家身上重演。

胡風事件造成一個典範的崩倒，時至今日，中共仍在撲滅這種典範。胡風的死訊登在《人民日報》體育版一角，短短兩行字的處理方式，說明中共有意淡化他的事蹟。他在垂暮之年，也頗以自己一生的道路爲苦，當兒子問及，妹妹的孩子要考大學，是報理工抑或文科？胡風連呼：「不報文科！不報文科！」此語實滲血淚，且不止一人的血淚，它訴說著作家生命力的浪費，也透見了民族文化力的摧殘。「中共不當在胡風死後檢討嗎？」世人這樣的質詢，換來胡風追悼大會延遲舉行的答覆。

四、劉賓雁事件

一九八五年九月出版的香港《鏡報》月刊指出，七月十五日，劉賓雁在《人民日報》記者部的例行會議上，宣布退出文壇。稍後，北京來人表示對此事無所悉，一時成爲懸案。可以確定的是，劉賓雁所撰〈我的日記〉和〈第二種忠誠〉，發表後都遭中共干擾，使其飽受打擊。

劉賓雁服膺寫實主義，主張文學是生活的鏡子，當反映出不美好、不如意的事物時，不應責怪鏡子，而應追究和消滅那些令人不快的事實。此種「寫眞實」論在文革時被指爲與毛澤東思想對立，因此飽受打擊。然而四人幫覆滅之後，劉賓雁又受到新的批判，指其視眞實性爲文藝的唯一尺度和最高標準，不符合列寧論托爾斯泰的原意，也代表了一種輕視革命理論的普遍傾向。此說見於一九八一年，可知劉賓雁復出後之被批，不自一九八五年始，只是這次較嚴重，且爲外界所廣聞罷了。

一九八五年二月，上海《文匯》月刊開始連載〈我的日記〉，同年六月，該刊宣布日記因主人翁出國訪問而於下期起暫停，結果劉賓雁出國受阻，連載也不見恢復。他曾在日記中指出，一九四九年起，「自由」一詞就從大陸的語言中消失了，後來「幸福」的命運亦同。就他的記憶所及，似乎只有在攻擊自由主義和資產階級自由民主思想時，才能碰到這個名詞。提到創作自由，他認爲是文學的生命線，大陸幾十年來任何一次失誤或歷史的悲劇，皆非因批判精神過多而造成，往往恰好相反，可見它並不壞。「批判和歌頌一樣，無非是一種手段。錯誤的（過分的）歌頌未必有利，正確的批判未必有害。文學天然地具有一定的批判精神與內容，這並不妨礙它讚美和歌頌眞善美，反而使這種讚美與歌頌具有更大的說服力與感染力」。劉賓雁此語禁得起中外文學史的考驗，但中共既視自由爲無物，就不惜加以封殺了。

〈第二種忠誠〉影響之廣，反彈之大，更甚於〈我的日記〉。該文初發表於一九八五年三月的《開拓》雜誌，不久中共即令該刊暫緩發行，但至少已有十餘種報刊競相轉載。該文續篇原亦準備在《開拓》發表，但被勒令抽除，更有雜誌社被封之說。〈第二種忠誠〉觸怒了中共當局，最權威的領導人物爲此口出惡言，並在「作協」內部刊物上對他點名批評。爲此，劉賓雁不禁慨嘆：「豈止是失望，簡直是絕望了。」

何謂「第二種忠誠」？劉賓雁認爲世上有兩種忠誠，一是坐享其成的，二是需要犧牲的，文中的陳世忠和倪育賢選擇了後者。陳世忠一貫品學兼優，曾到蘇聯求學，回大陸後目睹一系列左傾言行造成的惡果，焦急之餘在一九六三年寫信給毛澤東和赫魯曉夫，呼籲兩黨求同存異，共同對敵。稍後他企圖進入蘇聯大使館，以「現行反革命」罪名被捕，坐牢時又寫了三萬餘字的〈諫黨〉一文，向毛澤東和中共中央提出最懇切的忠告，要求改正個人崇拜和個人迷信的錯誤，並譴責雷鋒式的盲從。遲至一九八一年他才獲平反，又立刻寫信爲難友李植榮伸寃，李原是國民黨軍官，後轉任體育教師，一九五七年反右時被捕，罪名是「反革命」，服刑期間順從賣力，卻遭共軍殺害。劉賓雁反映此事，自爲槍桿子出政權的中共所不滿。

文中另一主角倪育賢十八歲從軍，時爲一九六〇年。到部隊後，他以津貼節餘購置了全套的馬恩列史毛選集，越學習越發現，馬列主義基本觀點與中國社會實踐之間衝突尖銳。他調查了大躍進後安徽籍戰士家中餓死人的實情，上萬言書給毛澤東和中共中央，指出國民經濟困難的根本原因不是天災，而是人禍，因此請求中共立卽調整農村人民公社的生產關係，結果被指爲修正主義。文革時期他就讀上海海運學院，曾保護老院長，並力批張春橋。鄧小平下臺時，他爲之喊寃，因而坐牢；鄧小平復出時，他卻被判死刑，後終獲釋，但在單位中依然受壓，也仍不屈服。

劉賓雁爲陳世忠和倪育賢立傳，認爲兩人的忠誠所付的代價是自由、幸福甚至生命，所以更爲可貴。然而中共寧見那種唯命是從的諾諾，怕見這種特立獨行的諤諤，加上毛澤東身兼中共的列寧和史達林這雙重身分，過度鞭毛無異動搖了黨本。職是之故，一九八五年既有胡風寂寞的死，又有劉賓雁委屈的活。

五、展　望

從一九八五年大陸文壇的要事出發，展望其前景時，能够高枕無憂的作家恐不多見。誠然，中共領袖在年初「作協」第四次大會上，發表過安撫人心的言論，以左傾聞名的胡喬木和鄧力羣亦未到會，一時引起樂觀的預測。但是直到九月黨的全國代表會議後，此二人仍留在中央政治局和書記處，安居其位，紋風不動，可見若干預言的無據。劉賓雁本人以高票當選「作協」副主席時，也曾對大陸文學的前途表示樂觀，認爲黃金時代已經到來的估價是正確的。他甚至一度相信，中共領袖將能接受不同的觀點，而當時的文學解放運動也不會逆轉。言猶在耳，數月後即傳來劉賓雁的受困。大陸風向變化之速，連飽經風霜的老作家也難捉摸。

中共現在堅稱，從一九七八年十二月召開的十一屆三中全會以來，文藝工作在重大決策問題上是一貫的，沒有改變。一九八五年四月十一日，胡耀邦就在中央書記處召開的黨內幹部會議上聲言，中共多年來一直提倡創作自由，前後一致，沒有來回變，同時對作家和思想工作者也沒有戴政治帽子、打棍子、打成右派、打成反黨反社會主義分子。「我在一九八〇年劇本創作座談會上非常鮮明地提了這個問題，當場熱烈鼓掌，有好幾位同志還流了淚。六年來的事實證明了沒有呢？我認爲是證明了。」胡耀邦如是說，他忘了六年來中共做了不少事：封殺傷痕文學、下達第七號文件、圍剿白樺的《苦戀》、清除文藝界的精神污染等，他尤其不提自己對白樺的定罪：「《苦戀》就是對人民不利，對社會主義不利，應該批評嘛！」中共口中的人民與社會主義，皆爲共產黨的同義詞，胡耀邦的斷語不可謂不嚴重，白樺最後被迫以自辱收場，正是中共對作家不殺身體殺靈魂的傑作。

丁玲復出後充當中共的辯士，對黨的路線亦步亦趨，一九八五年六月二十四日，她也要求大陸作家「正確理解創作自由」。丁玲有如下的妙喻：「你不熟悉水，你不懂游泳，你在水裏就沒有自由。球類運動員的自由，是在四條端線內的自由，出了這個框框就沒有了自由。」丁玲沒有想到，一個人有不下水的自由，誰都不能拖人下水；球員也有出場休息的自由，世上沒有任何一名球員永遠立足在四條端線之內；端線內不乏戒律，缺的正是自由。丁玲強調「框框」的重要，大陸作家能不心有餘悸？能不心有預悸？

丁玲同時辯稱，「黨的號召與行政干預是不同的」，「黨的十一屆三中全會以來的路線、方針、政策，其中包括黨對文藝的一系列決策，是完全正確的」。此說純爲中共傳聲，但也承認確有干預發生。在黨政合一的中國大陸上，中共能不爲行政干預負責嗎？胡耀邦身爲中央總書記，他對《苦戀》的干預又豈僅是行政層次？在「完全正確」的頌聲背後，透見了大陸作家的辛酸與無奈。一九八一年十一月，丁玲在紐約訪問時就公然表示：「中共從來不控制作家，只是管制作家。作家不管制怎麼行？」是的，從王實味到老舍，都被管制得失去了生命，胡風被管制成精神病患，以至於死；魏京生在獄中接受管制，現已失常；劉賓雁在管制下業已失望，甚至絕望。在丁玲的口中，這些都是德政了。一九八五年十月十四日《人民日報》評論員的訓令，以及稍後王蒙在「作協」工作會議上的講話，也都證實了中共要加強這種管制。展望未來，只要共產黨繼續執政，大陸作家的悲運即難消除。

七十五年一月二十九、三十日〈聯合副刊〉

「WM」啟示錄

一九八五年大陸上最受矚目的話劇，當屬「WM」無疑。

「WM」是「我們」二字漢語併音的縮寫，也代表立著和倒著的人，這正是該劇的主題所在。劇中描述七名青年文革時聚合，文革後沉浮，觸及了男女禁忌，也頂撞了官方指示，因此引起激烈的爭論，有人稱爲「我們和他們的風波」，他們卽指黨官，可見彼等與大陸青年的距離。

「WM」由中共空軍政治部話劇團藝術室主任王培公編劇，空政話劇團團長王貴導演，標明獻給「國際青年年」。該劇原名「畢竟東流去」，爲求含蓄和醒目，改用今名。在表現手法方面，部分擺脫了傳統的斯坦尼夫斯基體系，而以荒謬劇的形式出現，並採用非幻覺的舞臺處理：空曠的舞臺，象徵性的時空場景等。全劇不分幕，由冬、春、夏、秋四個片段組成，其間透過琴鼓的演奏，做爲切割和轉換，表達大陸青年的理想與幻滅。王貴表示要摒棄說教，用藝術的手段使觀眾產生共鳴。此種願望，稍後卽見奏效。

一九八五年二月，王培公首度試寫「咏嘆調」式的「WM」。四月初，空政話劇團成立「W

M」劇組，開始排練第一幕「多」。五月，完成劇本第十稿。六月初，開始大連排，引起熱烈反應，排練場一直座無虛席。不久，空軍政治部正式下令：一、撤去王貴的團長職務；二、「WM」停排，空軍不得演出此劇。停排的理由是：該劇爲一種「新的污染」，「自始至終對現實發洩著不滿情緒」，「包括對黨的十一屆三中全會以來方針政策的不滿」，「作者有一種情緒，一種極不健康的情緒」，「主題是錯誤的，不是一般的錯誤」。六月十九日至二十二日，空軍政治部各單位相繼舉行座談會，展開對「WM」的批判，主要觀點如下：「話劇沒有反映出八〇年代青年奮發進取的本質特徵」，「不能給人以積極正確的思考」，「人物刻畫是失敗的」，「人們從這些形象得到的結論是——無所作爲、頹廢的一代」，「這個戲的主題有嚴重錯誤，會在人們思想上引起更大的混亂」，「表演上採用自然主義，醜態百出，有傷風化，是一種新的污染」。凡此論調與上級雷同，可謂亦步亦趨。七月，話劇團奉命批判「WM」。此舉無異五〇年代交心運動的重演，有關人員被迫自我否定，但完結篇尚未來到。

「WM」在軍中被封殺後，上海人民藝術劇院院長沙葉新聘請王貴爲特約導演，於七月底赴滬排演此劇，十月初開始公演，果然轟動。稍早的九月六日，以「中國戲劇文學學會」名義主辦的「WM」劇組也在北京成立，十月二十日起公演，又是場場爆滿。十一月九日，報紙突然刊出停演啓事。十一月十三日，王貴接受美聯社記者的電話訪問時透露，是北京當局下令停演的，而且並非暫時性質。身爲北京市副市長的陳毅之子陳昊蘇就表示，「WM」有利於否定文革，但調子偏低，未能予人足夠的希望。陳昊蘇的褒貶，對「WM」在北京的演出與否當然有所影響。

該劇在空軍內部排演時，周振天於觀後指出：「當舞臺上女鼓手瀟灑地結束最後一下敲擊時，我一直激動的心異乎尋常地冷靜下來：快告訴所有的朋友們來看這令人目瞪口呆的『WM』，越快越好！直覺告訴我：它的每一場演出，都可能是最後的一場演出。」周振天的「直覺」，其實就是「經驗」的代名詞，後來證明言中了。「WM」溶合現實主義、象徵主義、表現主義的藝術手法於一爐，說出了大陸青年的遭遇和心聲，因此每次演出，臺上臺下總是打成一片。然而自中共的眼光觀之，該劇自由主義的成分，已達離經叛道的邊緣，實非其所能容忍。

一九八五年八月出版的《劇本》雜誌，發表了王培公的答記者問，談到了他的創作意圖：「經過反覆思考，我想變換一個角度，寫個反思的戲。在這個戲裏，想寫這樣一羣青年：不像張海迪、丁紅軍、鄭躍那樣先進，但也絕不壞、絕不是社會渣滓，他們是我們身邊的、常見的，……他們有好有壞，時好時壞；他們都是完整意義上的人，但誰也不完整。我不想把人物人爲地歸類，也不想按一種概念去設置正面人物、反面人物，不想搞什麼貫穿的矛盾，而只是想如實地寫他們碰到了什麼事、產生了什麼感情危機，寫人際關係隨著現實的改變而起些什麼微妙的變化，寫心靈與他人，與自我的撞擊等等。當然，我更不想評判誰是誰非，因爲相信青年朋友們有這種批判力，讓他們自己看、自己想就是了。這不比『耳提面命』好嗎？」王培公這段話，說明了他主張寫中間人物論和寫眞實論，凡此觀點在文革時都遭到批判，如今又難倖免，證實了鄧小平的文藝政策與毛澤東並無大異。

中共除了不滿該劇的西方現代主義形式外，尤其懼恨其中表達的抗議精神。例如岳陽偷鷄得手，大家忙著打點，李江山高呼：「拔毛啦！」青年們此響彼應，有志一同，影射的意義甚明。姜義表示三年饑饉時期也沒這麼餓過，于大海就說不讓大家輪流挨餓，怎能「念念不忘階級鬪爭」，這是對鼓吹「千萬不要忘記階級鬪爭」的毛澤東又一明諷。白雪表示「長眠就是幸福」，女青年們聞之沉默，傷感的成分自然居多。她對「大批判、交白卷、砸玻璃、鬪老師」的嘲弄，引起衆人哈哈大笑，這些反潮流行爲都是毛澤東鼓吹的，如今成爲笑柄。劇中又對《探索》、《星光》、《大地》等民辦刊物加以稱頌，于大海除了肯定有關文章的價值外，還痛指中共的根本體制有問題。青年憤怒的聲音尙不止此，鄭盈盈表示她不相信自己，也不相信這個社會環境。李江山更指出，他換了很多地方，但到處都是趨炎附勢、爾虞我詐、虛僞欺騙！這股抗議的洪流充塞全劇，中共能不惶悚？

劇中唯一沒有內省的人物是岳陽，他也是唯一穿軍服者。肯定「WM」的林克歡認爲，在這種表現複雜、開放社會生活的劇本結構中，一個封閉式的心靈，無法反映社會矛盾的動能與演化，因而與全劇顯得格格不入。「作者自有苦衷也未可知，但岳陽形象的得失成敗，卻是頗能發人深思的」。此說如能成立，再度證明了中間人物的受觀衆喜愛，以及「沒有衝突就沒有戲劇」是一條鐵則，衝突自然包括內心的交戰。

全劇結尾時，四周傳來孩子們的歌聲，而且是「共產兒童團歌」，它和青年們的反應引起海內外的討論。有人視爲「光明的尾巴」，有助此劇的通關——雖然最後仍遭禁演。也有人指出，團歌對照著他們在社會主義中掙扎的現象，無非對未來充滿了嘲弄。支持中共的言論則表示，主角們只哼了兩句團歌，只唱幾秒鐘，就唱不下去了。場面一轉，所有主角都大跳狄斯可，跳了三分鐘。這時，全場觀眾（多爲青年）都沸騰起來，拍手、叫好。「這就使得人們的思考混亂起來」。此種現場的反應，顯示「資本主義的腐朽思想」影響之深，而中共查禁此劇，自可視爲清除精神汙染運動的延續。觀乎此，誰能信任中共對創作自由的保證？大陸上百花齊放的文藝春天又在何處？

七十五年四月《聯合文學》

勇者遇羅錦

一九八六年一月底，大陸作家遇羅錦應波昂的雅知出版社之邀，啟程赴西德訪問。二月五日深夜，火車經過蒙古、蘇聯和東歐各國後抵達西柏林，她對公安局特務沿途跟踪的顧慮才一掃而空。三月二十六日，她向西德政府尋求政治庇護，立卽轟動了世界。

遇羅錦是東北營口人，一九四六年出生。父親遇崇基畢業於東京鐵道大學，曾擔任土木工程師。母親王秋琳亦爲日本留學生，曾經營工廠。遇羅錦五歲時，大陸卽展開鎭反和三反五反運動，父母從此被鬪，歷經反右和文革等，無一次倖免。早在五〇年代初期，其父卽被逮捕判刑，但獲緩刑，後被定爲右派分子，開除了工職，送往農場勞改，文革期間曾以挖防空洞爲生，平反後從事日語教材的編寫工作。其母也在五〇年代中期被劃爲右派份子，由廠長降爲工人，在車間幹體力勞動，文革期間被剃頭遊街，平反後任北京東城區政協委員，一九八四年五月一日不幸病逝。

遇崇基夫婦的出身，爲自己帶來悲慘歲月，同時也禍延子女。遇羅錦的哥哥遇羅克學業成績優異，但因家庭成分的關係，兩次考大學皆未上榜，於是在勞動之餘，進行社會調查。一九六六年底，他發表了震撼大陸的〈出身論〉，不久被公安局逮捕，而於一九七〇年三月五日慘遭槍決，罪名是「現行反革命分子」。遇羅克死前被百般凌辱，中共押其遊街示眾時，特別割斷他的喉管，以防止出聲，然後才處死，其慘狀有甚於陳若曦筆下的尹縣長。當時他的外婆重病臥床，父親禁閉在家，母親禁閉在廠，弟妹都在偏遠的農村勞改。遇家的悲劇，此際達到了頂點。

遇羅錦本人從學生時代起，也被點名批判，罪名是「走白專道路、搞個人奮鬥」，並給予警告處分，在工藝美術學校公告周知，此時她十七歲。更早的十一歲時，老師常要她和家庭劃清界線，檢舉父母的言行，她和哥哥做不到，於是被認定爲小右派。遇羅錦二十歲時文革爆發，全家七口除了老病的外婆，其餘都被關入不同形式的監獄。她從小到大的二十多本日記，抄家時被送到工作單位的革命委員會，找出其中六句話：1. 對文藝政策要作家寫工農兵、爲無產階級政治服務不滿；2. 對學習雷鋒運動不滿，認爲雷鋒可能是假造的；3. 對「階級鬪爭應年年講、代代講、世世講」不滿，對「反修、防修」不滿；4. 對文革「破四舊」行爲不滿；5. 對毛澤東戴紅衛兵袖章登上天安門城樓、支持紅衛兵「破四舊」不滿；6. 對林彪不滿，又認爲他長得「一臉奸相」。遇羅錦因此被關禁在廠裏，並多次押到大會場，所見標語是「批鬪資產階級狗崽子遇羅錦反動思想大會」。最後，北京市公安局宣布她「思想反動根深蒂固，勞動教養三年」。在監獄與農場度過三年後，她又被下放農村勞改，不准回到城市。

遇羅錦日記裏的六句話，並非其一人之冥想，而爲廣大民眾的心聲。例如胡風就直接提過第一句話，並指工農兵文學是中共放在讀者和作家頭上的刀子。結果胡風被囚禁二十三年有餘，死時已爲精神病患。劉賓雁在〈第二種忠誠〉中也提過第二句話，該文的主人翁之一陳世忠譴責雷鋒式的盲從，並要求毛澤東改正個人崇拜和個人迷信的錯誤，爲此他受害長達十八年。劉賓雁本人更經常強調第三句話，他說：「一個『階級鬪爭』理論在本無階級敵人的地方，爲什麼能以很多人的尊嚴和健康代價長期通行無阻？」第四、五句話批評文革，現已爲大陸上的定論。第六句話批評林彪，現亦爲中共黨內外的一致看法。事實證明，遇羅錦的觀點皆已禁得起考驗，但她卻爲此又付出下放農村十餘年的代價。總計從五歲到三十八歲，她或家人成爲每一次政治運動的犧牲者，悠悠三十餘載，根本不以四人幫統治的十年爲限。

遇羅錦爲了紀念亡兄，以一年爲期，十四易其稿，寫成了〈一個冬天的童話〉，發表於一九八〇年九月的《當代》雜誌。此文既出，激起廣大的回響，也改變了她的後半生。一九八一年十月，〈春天的童話〉也在五次修改後定稿，發表於一九八二年第一期的《花城》雙月刊。這篇小說暴露了《光明日報》副總編輯馬沛文的虛僞卑劣，因此驚動了中共中央，由宣傳部副部長親自出馬鎮壓，《北京晚報》、《中國青年報》、《羊城晚報》、《南方日報》、《廣州文藝》、《作品》、《文藝報》等都加入了圍剿的行列，遇羅錦所獲的罪名包括「嚴重的錯誤思想傾向」、「宣揚了資本階級腐朽的婚姻、家庭倫理道德觀，宣揚極端的個人主義」、「性開放」、「杯水主義」、「發洩個人不滿情緒揭露他人陰私的陰私學文」等。與此同時，中共卻將馬沛文撤職查辦，無異證明了她所言之不虛。

遇羅錦在比較自己的作品時指出，〈一個冬天的童話〉是「期望之作」，想從孤獨中挽救自己，以爲只寫溫暖事物就是好的。〈春天的童話〉是「失望之作」，敢於寫出人的不完美。而最近脫稿的〈在中國，一個結過三次婚的女人的自述〉，則是「無望之作」，任何期望、奢望與欲望都沒有，只知道作家應置己身於度外，刻意求實地寫作。以上是遇羅錦的自剖，她的讀者吳范軍卻認爲，第一篇即可稱爲「實話文學」。吳范軍早年也被劃成右派，他雖爲工程師，對遇羅錦作品的評價可謂一針見血，也具有涵蓋性。「陰私文學」與「實話文學」之分，正是大陸官方與民間的認知之別。吳范軍後來成爲遇羅錦的丈夫，這份遲來的幸福，使得遇羅錦的春天不再是童話而已。

在此之前，遇羅錦曾爲生活所迫，結過兩次無法論及感情的婚姻，她卻不甘就範，也不像托爾斯泰筆下的安娜·卡列尼娜一樣選擇死亡，而以衝決網羅的精神申請離婚，結果被中共宣布爲「一個墮落的女人」，批鬪經年。遇羅錦回憶她被圍剿的情況：「除了我自己，人人都在爭論我到底幸福還是不幸福，人人都在討論我到底該離還是不該離，人們在我道德品質的醜惡與非醜惡上，爭得面紅耳赤，以對我的態度，來顯現他們自己的道德面貌。」在自由世界，離婚不必涉及道德問題，尤其與政治無關。在極權世界，統治者則以清教徒自居，頒布近乎黨中央的文件，發動所謂輿論圍攻，全然不顧《聖經》所載耶穌要人放下石塊的故事。遇羅錦在投訴無門後，只看見她的眼前和四周，人們墮落到什麼地步。也因此，她選擇了自由。

遇羅錦深感許多女人是被捧出來的，而她卻是「棒」出來的，用棒子換來偌大的名氣，可謂社會的寵兒，爲此她衷心感謝棒子先生們。「我一次比一次樂觀，因爲我沒有靠自己是女人去爭取想得到的一切。我用的是人應當具有的毅力、努力，眞誠去得到自己所希望得到的。如果要用女人男人之別來衡量做人的難與易，我倒以爲在中國當今的社會中，做女人實比男人佔著更多的便宜。而我所以比一般女人倒霉，大概正因爲我忘了自己是個女人吧。要是讓我說出『難』的東西，那麼我體會最深的是：說眞話難，寫眞話難，發表眞話難乎其難」。

如今，這位徐志摩式的信仰者——愛、自由、美的追尋者，終於掙脫樊籬，來到了說眞話、寫眞話、發表眞話都不難的世界。

七十五年六月《聯合文學》

誰是英若誠？

一九八六年六月二十五日，作家王蒙在尷尬的等待之後，終於成為中共的文化部長。七月十二日傳出消息，演員英若誠也已登上了該部的副座。作家與演員紛紛從政，一時頗能動人聽聞。

誰是英若誠？誰識英若誠？

七十年代我就讀於輔仁大學，始知前副校長英千里先生不但是傑出的教育家，而且是偉大的愛國者。英先生從倫敦回國後，即協助其尊翁英斂之先生，在故里北京籌設輔仁大學。抗戰軍與不久，北京陷於敵手，母校奉教育部的密令，運用巧妙的國際關係，繼續從事民族精神教育，此況略似普法戰爭時的柏林大學，英先生也就成爲中國不甚公開的菲希特。一九四二年底，英先生坐進了敵僞的大牢，酷刑之後，元氣大傷，從此體力不佳，但仍勤於教學，並以著作名世，臺灣不少中學生是讀英先生所編英文課本長大的。

英若誠就是英先生的兒子。

英先生於四十年代末期倉促來臺，遂與其子永訣。英若誠生於一九二九年，母親爲蔡葆貞女士。他自幼卽好模仿，曾習「鬧天宮」、「武松打虎」等戲。一九四〇年入輔大附中，一年後轉天津聖路易中學，此時迷上了電影，發願將來要當導演。一九四六年考上清華大學外文系，廣習西洋戲劇，並加入由中共地下黨領導的駱駝劇團，配合如火如荼的學生運動演出。一九四八年底，劇團爲宣傳中共的工商業政策，趕排「開市大吉」，他與吳世良分飾男女主角，兩人後來就結爲夫婦。

一九五〇年夏，英若誠進入北京人民藝術劇院，次年在老舍「龍鬚溝」中扮演三元茶館的掌櫃。一九五四年，在曹禺「明朗的天」裏擔任外科醫生陳洪友的角色。他被指爲眞正開竅的，是在「葉戈爾・布雷喬夫」中扮巴夫林神父。接著又在「駱駝祥子」裏演劉四爺，被譽爲活靈活現。一九五八年，在「茶館」中同飾劉麻子和小劉麻子兩角，嘗試以體驗與體現雙管齊下的方式，讓這一對父子同中有異。此後，他又在「智取威虎山」、「烈火紅心」與「智者千慮必有一失」中，分飾定河道人、錢行美與杜林。

一九七六年起，英若誠一度擔任《中國建設》雜誌編輯，兩年後重返劇院。一九八〇年隨大陸戲劇家代表團訪問英國，在莎士比亞的故鄉朗誦十四行詩。同年又隨曹禺訪美，頗訝於英千里先生的桃李滿天下。數月後再隨劇院的「茶館」劇組訪問西德、法國和瑞士。一九八一年春，擔任莎翁名劇「請君入甕」的副導演。一九八二年八月，赴美講學並導演中國話劇「家」。返回大陸後不久，扮演了亞瑟米勒代表作「推銷員之死」的男主角。

在電影和電視劇方面，英若誠先後在「白求恩」中飾演童翻譯，「知音」中飾演袁世凱，「茶館」中飾演劉麻子，「馬可波羅」中飾演忽必烈。他一貫追求鮮明與含蓄統一的表演風格，形似與神似兼備的人物造型，使他在舞臺和銀幕上都贏得了掌聲。

英若誠在外文和戲劇上的造詣，固得力於自己的鑽研，也建基於家庭的影響。英千里先生精嫻多種外語，昔日輔大教授居住的慶王府，大殿便是孩子們演戲的地方。一九四六年英先生擔任教育部社會教育司長時，並兼中華教育電影製片廠長，其時英若誠已迷上了電影。凡此種種，多少有利於他日後的翻譯家和演員地位。「大孝終身慕父母」，英若誠有一位愛國學人的父親，是他的榮幸；如以大孝相責，恐是我們的奢求。至於他能否無害於父親的令譽和祖國，就要視其良心而定了。

七十五年七月二十三日〈聯合副刊〉

方勵之事件

中共的知識分子政策，近年來在鬆緊之間徘徊，一九八七年又見收風，首當其衝的是方勵之。一月十二日，中共中央和國務院決定，免除方勵之在合肥的中國科技大學副校長職務，罪名是「在不同場合散布了許多資產階級自由化的錯誤言論，背離了四項基本原則」，以及「企圖擺脫黨的領導和背離社會主義道路的辦學思想，給中國科技大學帶來極惡劣的影響，這些錯誤思想在這次科大學生鬧事中充分暴露出來」。四項基本原則是中共的國策，背離者可謂罪孽深重，方勵之暫時被安排到北京天文臺擔任研究員，夜觀天象，擁有一片星空，在中共看來，這已經是德政了。

一月十七日，中共安徽省紀律檢查委員會決定開除方勵之的黨籍。稍早的一月十三日，中共中央紀律檢查委員會發出了關於共產黨員必須嚴格遵守黨章的通知，厲聲警告「不管是誰，其地位有多高，名聲有多大，如果違犯黨的政治紀律，違背四項基本原則，宣揚資產階級自由，就要受到黨紀的處分」。此番磨刀霍霍，一如毛澤東在世之時。果然，名作家王若望與劉賓雁也先後被開除黨籍，益證方勵之事件並非特例。

方勵之是浙江杭州人，一九三六年出生，早歲畢業於北京大學物理系，在中國科學院近代物理研究所工作，其妻李淑嫻爲大學同班同學。一九五七年他響應毛澤東的鳴放運動，向中共中央上萬言書，結果打成「準右派」，遠謫合肥的中國科技大學任教。文革旣起，他又被指爲「現行反革命分子」和「資產階級敵人」，下放勞改多年，一九七三年始重返該校。歷經毛澤東的死亡和四人幫的覆滅，他於鄧小平上臺後的一九八〇年起，多次出國研究，領受了歐風美雨，益堅其追求民主之心。

方勵之顯然服膺培根的名言：「知識就是力量。」他呼籲大陸知識分子挺起脊樑做人。不要唯上是從，應加強本身的改造，也就是要自我貴重，一旦如此，力量卽出。同時大學必須是思想中心，應醞釀自由民主的空氣，培養愛好眞理的意識，轉變高等教育的方向，使得知識分子成爲社會進步的主導。此種民主辦學的構想，一度獲得官方稱許，如今猛遭批鬪，中共的反覆無常可見。

民主與人權的定義不止一端，方勵之的觀點接近盧梭，而時代性過之。他確信民主本身的含義，首先就是每個人有自己的權利，然後組成一個社會，所以不是上面給的，而是與生俱來的。人權在大陸上非常陌生，其實此說不足爲奇，卽人類天生具有生存、生活、婚姻、思想、受教育等權，一如自由、平等、博愛，是自然資源，也是歷史遺產，肯定値得爭取，這才是眞正的民主。由此可知，他認爲民主與人權密不可分，是天賦的，而非恩賜的。但中共既已退化到黑暗時代，盧梭式的言論自如洪水猛獸。

抑有甚者，方勵之公開反對用馬克思主義指導科學研究，「所謂的指導，只是做出錯誤的結果，而從來沒有做出正確的成果。自解放以來，所有的學術批判，沒有一點是正確的，是百分之百的錯」。談到好好學習，原爲知識分子的份內之事，「但是，說是黨給你的，或是國家給你的，這種說法是完全錯誤的」。至於深圳《青年報》請鄧小平退休，他認爲當然是一種民主，「大家表示意思，都可以。有人希望他退休，我覺得這是很自然的現象！」方勵之一如魏京生，鳴鼓而攻的對象，上自馬克思，下至鄧小平。後者既有逮捕魏京生的經驗，整肅方勵之實屬必然。

的確，從馬克思到鄧小平，都有敵視知識分子的紀錄。馬克思本人雖爲一介書生，但在談論剩餘價值時，輕忽了精神勞動在生產過程中的地位，他在《德意志意識形態》中也表示，只有物質勞動和精神勞動分離時，才開始眞實的分工。恩格斯在《反杜林論》裏也指出，精神勞動者逐漸形成一個脫離直接生產勞動的階級，而且爲了自己的利益，永遠不會錯過機會，把愈來愈沉重的負擔，加到勞動羣眾的肩上。因此，在馬克思和恩格斯的眼光中，精神勞動者與體力勞動者嚴重對立，而且前者迫害後者，罪不可逭。

毛澤東受馬克思影響，認爲知識分子往往帶有主觀主義和個人主義的傾向，思想往往是空虛的，行動往往是動搖的。他又繼承列寧和史達林的觀點，主張改造知識分子，並且命令他們向體力勞動者學習。到了文革期間，知識分子更名列地主、富農、反革命分子、壞分子、右派分子、叛徒、特務、走資派之後，成爲「臭老九」，身心飽受摧殘，毛澤東也穩居中國有史以來第一暴君的寶座。

鄧小平在一九五七年反右鬪爭時，充當毛澤東迫害知識分子的助手。該年十月十九日，《人民日報》刊出鄧小平關於整風運動的報告，明言要用揭露、孤立和分化的方法，「有的還要用懲辦和鎭壓的方法」，來處置數以百萬計的知識分子。他同時表示，思想改造是一個長期性的任務，可能還需要十年以上。無獨有偶的是，他於一九八七年向資產階級自由化宣戰時，又強調鬪爭應該進行「至少二十年」！果如其然，則必須借重知識分子推動的四個現代化，不但在鄧小平有生之年無法實現，公元兩千年時亦屬畫餠。

方勵之以科學家追求民主，令人想起五四運動的文化主張；大陸學潮澎湃洶湧，亦以五四運動的再現爲目標，說明了民主與科學爲當代中國知識分子不可或忘的理想。鄧小平揚言要鬪爭到下個世紀，除了證實他與毛澤東一脈相傳，大陸知識分子的苦難亦可預卜。然而，誰是方勵之事件中最大的輸家？

七十六年三月四日《中央日報》國際版

劉心武事件

大陸文壇年年有事，一九八七年更值多事之秋。繼王若望和劉賓雁被中共開除黨籍後，劉心武也遭受打擊，形成開春以來作家蒙難的第三波，且餘波蕩漾不止，廣大知識分子的悲運也就一時難消了。

一九八六年底，劉心武尚擔任《人民文學》副主編，今年二月二十日停職檢查時，中共提到他是主編，則新職爲時甚短。一九四二年六月四日，他出生於四川成都，一九五七年反右鬥爭時，因年幼且尚未成名，幸未波及。從一九五八年起，他在《人民日報》等處發表了近七十篇文字。一九六一年師專畢業後，赴北京第十三中學任語文教員，其間做過十年班主任。文革既起，他停筆多時，一九七五年方有中篇小說〈睜大你的眼睛〉。四人幫下臺後，發表〈玻璃亮晶晶〉等兒童文學作品。一九七七年十一月推出〈班主任〉，一時引人注目，並獲人民日報編輯部主辦的一九七八年優秀短篇小說獎。

〈班主任〉旨在揭批四人幫，主題異常鮮明，技巧卻非上乘，遣詞用字失之直露，處處表現政治立場，下列片段通篇在在可見：

—張老師想到四人幫已經被掃進了垃圾箱，想到華主席爲首的黨中央已經在短短的半年內打出了嶄新的局面，想到親愛的祖國不但今天有了可靠的保證，未來也更加充滿希望，他便感到宋寶琦也並非朽不可雕的爛樹，而謝惠敏的胡塗處以及對自己的誤解與反感，比之於蘊藏在她身上的優良素質和社會主義積極性來，簡直更不是什麼難以消融的冰雪了。

—快到謝惠敏家的門口時，一個計畫已在張老師心中初現輪廓：他今天要把書包中的那本《牛虻》留給謝惠敏，說服她去讀讀這本書，允許她對這本書發表任何讀後感，然後，從分析這本書入手，引導謝惠敏運用馬列主義、毛澤東思想的立場、觀點、方法，去解答一系列互相關聯的問題：應當怎樣認識生活？應當怎樣了解歷史？應當怎樣對待人類社會產生的一切文明成果？應當怎樣批判過去文化遺產中的糟粕而吸取其精華？應當怎樣全面地、辯證地看問題？應當怎樣辨別香花和毒草，識別眞假馬列主義？應當使自己成爲一個什麼樣的人？應當怎樣去爲祖國的「四化」，爲共產主義的燦爛未來而鬪爭？……

劉心武借主人翁之口努力表態，以忠心耿耿的馬列信徒自居，中共新當權派爲揭批四人幫，自然樂於頒奬鼓勵，待事過境遷，他仍不能倖免於難。令人感到嘲諷的是，劉心武在小說中曾攻擊資產階級思想，指爲剝削、壓迫的罪行，結果今年中共公布他的罪狀，正與資產階級自由化思想有關。依中共之見，資產階級自由化主要是指反對共產主義的思想、行動和事物，也就是西化。劉心武的罪狀如果屬實，則說明東風畢竟不敵西風，再忠誠的共產黨員都會唾棄共產主義。

中共處分劉心武的理由，是《人民文學》今年一、二期合刊上，發表了馬建所寫〈亮出你的舌苔或空空蕩蕩〉，以第一人稱的手法，獵取西藏的奇聞異事，「用聳人聽聞的語言，肆意歪曲西藏地區的風貌，醜化藏族同胞的形象，同時渲洩了作者沉溺肉慾與追求金錢的卑劣心理，是一篇內容污穢、格調低下的所謂『探索性』作品」。劉心武既然身爲主編，就須下臺以示負責。作協書記唐達成在爲中共辯護時，強調馬建對西藏的落後現象，完全是用展覽式的、自然主義的、帶著一種玩味的態度寫作，「這就不能不使人感到氣憤」。此種「中共之怒」所由何來？眾說紛紜，不一而足，唯獨中共的說詞無人採信，因爲大陸與香港稍早還合拍過「神秘的西藏」紀錄片，並發行到世界各地，以彩色畫面介紹了天葬、裸浴等場景，淋漓盡致，勾人心魄。相形之下，馬建的文字即再細膩，也無法與攝影機較量自然主義。綜而言之，劉心武停職的原因至少有三：

㈠兩年前北京電視臺試播文革樣板戲，劉心武鳴鼓而攻之，表示每聞樣板戲的曲調，就想起當年挨打受辱的情況，至於有些觀眾熱烈歡迎此類戲曲，是部分打砸搶分子懷念文革的心態發作。這種控訴對保守派來說，有含沙射影的威脅感，必欲除之而後快。

㈡劉心武一如王若望與劉賓雁，計畫在今年製作一部百名右派人士反思的專輯，後因反自由化運動的興起而打消，但風聲已漏，罪不可逭。

㈢同期《人民文學》另有一篇〈虎年通輯令〉，以報告文學的體例，暴露了中共中央政法委員會、北京公安局、紀檢部門和一些權貴的卑鄙面目，才是劉心武被整的眞正原因。更深一層的原因是，中央宣傳部擬接管各文藝團體，《人民文學》勢不可免，首當其衝者自然是主編了。

中共整肅劉心武之餘，重申堅持四項基本原則，強調過去也曾出現同類作品，但以此爲最，「這種情況的出現，不是偶然的」。的確，大陸作家與四項基本原則之戰，早已普遍展開，而且越演越烈，沛然莫禦。誠如馬建所說，執政者對作家頤指氣使的時代已經一去不復返了。棒下出孝子，憤怒出詩人。中共對文壇揮棒的結果，卻使得忠貞黨員也離心離德，孝子順臣每減一名，憤怒的詩人和小說家卽增一位，眾叛親離這句成語固然嫌重，不正像是中共今天的寫照嗎？

七十六年三月二十一日〈中央日報〉國際版

白樺的心獄

因電影劇本《苦戀》而享盛名的大陸作家白樺，一九八七年十一月二十五日訪問香港，次日在中文大學中文系講「中國當代文學的失落與復歸」，抵港前後且談及心獄問題，重新引人注目。

白樺少壯時加入共軍，五十年代初期任昆明軍區創作組長，後調爲總政治部創作室創作員，一九五七年打爲右派分子，文革時再度被鬪，四人幫覆滅後，他一度擔任武漢軍區政治部話劇團編劇。由以上簡歷來看，白樺和共軍的淵源很深，也不無貢獻，但在一九八一年首先指名攻擊他的，正是《解放軍報》。隨後《北京日報》、《上海解放日報》以至代表中共中央的《紅旗》雜誌等，都加入圍剿的戰線，不讓軍方專美於前，可謂黨政軍各界有志一同，皆欲結束白樺的「苦戀」。

一九八一年七月十七日，鄧小平更親口質問：「『太陽和人』，就是根據劇本《苦戀》拍攝的電影，我看了一下。無論作者的動機如何，看過以後，只能使人得出這樣的印象：共產黨不好，社會主義制度不好。這樣醜化社會主義制度，作者的黨性到那裏去了呢？」中共中央因此責成影片修改，一是刪去「您愛這個國家，可是這個國家愛您嗎？」這句視爲反動的對白，二是刪去影射毛澤東的金身佛像被烟熏黑的鏡頭，三是修改結尾銀幕上巨大的問號，雖然如此，該片仍未能過關，還是以查禁收場。

白樺此時無力抗拒壓頂的烏雲，只好在武漢軍區司令部的黨員大會上自我批評。該年九月十五日，他寫了書面檢討，但未獲通過。十月間，鄧小平親自下令批判《苦戀》的文字在《文藝報》發表，《人民日報》奉命轉載，白樺也忙著學習。然後，世人看到他的公開信，感謝中共的諄諄告誡，使他覺得很溫暖，也認識到劇本的錯誤，「是當前一部分人中間的那種背離黨的領導、背離社會主義道路的錯誤思潮在文藝創作中的突出表現」。劇中以偶像崇拜的隱喻，把文革動亂的根源歸結爲毛澤東崇拜，白樺因此認錯，說是自己內心迷亂以及情感淡薄的表現。稍早他對圍剿感到委屈，不能從世界觀的矛盾中探尋錯誤原因，此時檢討起來，正是自己「黨性不純和驕傲自滿的反映」。

白樺要怎樣在新的創作中改正錯誤呢？他表示要深入沸騰的生活中，還要提高馬列主義理論水平，加強黨性鍛鍊，堅持四項基本原則，謳歌共產主義理想和共軍的豐功偉績等。最後，他向《解放軍報》、《文藝報》以及所有關注他進步的人，「致深深的謝意」。《人民日報》不吝轉載了這封公開信，通篇的認錯與致謝，使人想起五十年代的交心運動，兩者如出一轍，都是共產黨不殺身體殺靈魂的傑作。

稍後的一九八三年，中共又發動了新整風。該年十月，鄧小平在十二屆二中全會上提出思想和文化戰線清除精神污染的問題，正式揭開對理論界和文藝界的整肅。中共自稱造成污染的主要因素有二，一爲封建主義殘餘的影響，二爲資本主義思想的侵蝕，後者尤爲中共所懼恨，說明中共歷來對作家示警的無效，也暴露外來思潮對大陸文藝界的影響。清污運動聲中，白樺的《吳王金戈越王劍》立遭批判，此部歷史劇所獲的罪名，是和社會主義的精神背道而馳，《苦戀》也被舊事重提，指其表現人的異化，顯示共產黨在壓抑和摧殘人性，無疑醜化了社會主義制度。《苦戀》又帶動大陸文藝創作的異化，並隱喻毛澤東爲災難的根源，與鄧小平反覆申說的毛氏「功績第一，錯誤第二」不符，中共因此對白樺的餘恨未消。

今年四月，白樺已擬赴港講學，因受反資產階級自由化運動的牽連，成行遲遲。十一月抵港前後，白樺表示大陸作家在力爭自由的創作環境時，還須努力從自我的心獄中求得解放。「心獄的形成與中國的文化傳統，尤其是農民意識有關」，白樺把原因歸諸作家主觀的局限，而不及於統治者施加的壓力，似可說明其餘悸與預悸。但他同時強調，心獄並非不可衝破，眞正的作家必須排除干擾，否則就不是一個自由人。「過去的口號雖然是走到生活中去，但實際上文藝工作者自身活在鐵錘和鐵鑽中間，卻不敢去寫那種血肉模糊的感受。如今，作家要衝出這個心獄！」

我們不必懷疑白樺的決心，但也無法對其努力的成果估算過高，因爲設置鐵錘和鐵鑽的，主要不是傳統，而是一個政權。這個政權在對待知識分子尤其是作家時，留下了太多太壞的記錄，彰彰在世人耳目。趙紫陽新任中共總書記後宣稱，大陸這些年來沒有多天，一直是春暖花開。他把白樺事件、方勵之事件、劉賓雁事件、王若望事件等都置諸腦後，更不論逼瘋在獄的魏京生，以及曾經牽連甚廣的清除精神汚染運動、反資產階級自由化運動等。趙紫陽的記性太差了，相形之下，我們寧願重溫白樺詩作的片段，提醒親愛的大陸作家們：

夾著尾巴溜走還會呲著牙再來，
誰也別指望狼會改變本性；
那就讓有記性的人接受教訓吧！
在風裏趕路要睜著眼睛。

七十六年十二月二十四日〈中央日報〉國際版

王蒙今昔

王蒙接任中共文化部長的傳聞已久，數月以還，他忙著向訪客申述自己的固辭之意，卻也顯示中共官方對其倚重之殷。現在，他正式獲得了任命。

王蒙祖藉河北南皮，一九三四年出生於北平，十一歲入平民中學，在校期間即參加中共活動，一九四九年後從事青年團工作，一九五三年起執筆寫作，體裁包括長篇小說和兒童文學。一九五六年九月發表〈組織部新來的青年人〉，立遭中共批判，次年更被打為「反黨反社會主義的資產階級右派分子」，因此下放勞改。一九七九年二月獲得平反，六月從新疆回到出生地。

〈組織部新來的青年人〉所以賈禍，乃因揭露了中共的官僚主義。故事的主人翁林震只有二十二歲，這正是王蒙當時之齡，此點恐非巧合。王蒙借林震及其上司之口，勾畫了一幅幅的中共黨工心態圖。例如，新到組織部的林震勇敢地提出：「我不知道為什麼，來了區委會以後發現了許多缺點，過去我想像的黨的領導機關不是這樣……。」組織部副部長劉世吾卻回答：「當然，想像總是好的，實際呢，就那麼回事。問題不在有沒有缺點，而在什麼是主導的。我們區委的工作，包括組織部的工作，成績是基本的呢？還是缺點是基本的？顯然成績是基本的，缺點是前進中的缺點。我們偉大的事業，正是由這些有缺點的組織和黨員完成著的。」

此種圓滑的修辭，三十年來中共仍然不絕於口，且名之爲辯證唯物主義。只是聽者不免如林震一樣，有種奇怪的感覺：和劉世吾談話似可消食化氣，而自己原先那些肯定的判斷和明確的意見，卻變得模糊不清，因此更加惶恐。不久，劉世吾更在黨小組會上公開指出：「至於林震同志的思想情況，我願意直爽地提出一個推測：年輕人容易把生活理想化，他以爲生活應該怎樣，便要求生活怎樣，做一個黨工作者，要多考慮的卻是客觀現實，是生活可能怎樣。年輕人也容易過高估計自己，抱負甚多，一到新的工作崗位就想對缺點鬪爭一番，充當個娜斯嘉式的英雄。這是一種可貴的、可愛的想法，也是一種虛妄……。」

此種會議上的針鋒相對，尙屬和風細雨，彼此之間有褒有貶，獨缺腥風血雨的武鬪。王蒙的始意和王實味、白樺一樣，都以苦戀中共的心情出發，行規過勸善之責，結果中共無法容忍，執筆者也就分別演出不同的悲劇。王蒙在本文中還借女主角趙慧文之口，對中共幹部發表了如下的評價：

——劉世吾、韓常新還有別人，他們確實把有些工作做得很好。他們的缺點散布在咱們工作的成績裡邊，就像灰塵散布在美好的空氣中，你嗅得出來，但抓不住，這正是難辦的地方。

——生活裏的一切，有表面也有內容，做到金玉其外，並不是難事。譬如韓常新，充領導他會拉長了聲音訓人，寫彙報他會強拉硬扯生動的例子，分析問題，他會用幾個無所不包的概念；於是，儼然成了個少壯有為的幹部，他漂浮在生活上邊，悠然得意。

——劉世吾有一句口頭語：就那麼回事。他看透了一切，以為一切就那麼回事。按他自己的說法，他知道什麼是「是」什麼是「非」，還知道「是」一定戰勝「非」，又知道「是」不是一下子戰勝「非」，他什麼都知道，什麼都見過——黨的工作給人的經驗本來很多；於是他不再操心，不再愛也不再恨。他取笑缺陷，僅僅是取笑，欣賞成績，僅僅是欣賞。

官僚主義的泛濫，使得中國大陸既乏民主，又無效率。後者過去不為外界所廣聞，世人總以獨裁統治的效率必高，殊不知權力帶來腐化的情景，放諸四海而皆準，何況在終身制與大鍋飯行之有年的地方。包德甫先生後來也指出，當前大陸面臨的最嚴重問題，除人口壓力外，就是官僚主義了，後者較帝王時代猶有過之，幹部早已成為新階級，紛紛拒絕改革。王蒙當年因小說寫實而獲罪，二十多年後正式平反，他批評過的現象卻變本加厲滋長著，世人很難由此看出中共的進步。

王蒙復出後奮筆不輟，一九七九年九月即發表短篇小說〈悠悠寸草心〉，以含蓄的手法諷刺翻案後不忘求官的老幹部，顯示其一貫的風格。在〈睜開眼睛，面向生活〉一文中，他更慨然表示中共黨內出現過，將來也仍然可能出現靠帽子和棍子，靠訛詐和唬人吃飯的騙子；大陸文壇出現過，將來也仍然可能出現粉飾生活，甚至偽造生活欺騙讀者的謊言文學。王蒙此時仍然堅持的道德勇氣，使他一度與劉賓雁齊名。

在大陸小說家中，王蒙率先運用意識流和象徵主義的技巧，重視心理刻畫，描摹人的感覺，強調作品的線條、色彩和音響效果，但不太講究故事情節的連貫性。在中共的眼中，凡此皆拾西方現代派之餘唾，因此深感不滿。一九八一年五月一日，《光明日報》刊出專文討論王蒙的近作，指其單純從藝術風格方面探索，讀來不够明快，「步入歧途，令人失望」。同時他寫陰暗面多，處處帶刺，格調很冷，「讀後不能給人以信念」。依中共之見，王蒙還有如下缺點：

——〈夜的眼〉、〈海的夢〉等作品晦澀難懂，知音甚少，叫人心寒。

——王蒙的小說沒有塑造典型，而古今中外的傳世佳作，都是成功塑造了人物典型的。

——王蒙的作品似乎東一下、西一下，不符合現實生活的邏輯，予人雜亂、零碎之感。作家如果不注重按生活邏輯構思作品，片面強調心理邏輯的需要，就很容易割碎生活的整體，想寫什麼就寫什麼，甚至滑向唯心主義和自然主義」。

王蒙從唯心主義邊緣人的評價，到享有今天的政治地位，得力於他在一九八二年的表現。該年五月，王蒙赴美出席當代中國文學會議，十月三日，《人民日報》發表他的追憶文字：〈雨中的野葡萄園島〉，展示其共產黨員心態的一面：「這次來美國是爲了參加紐約聖若望大學的一次國際性的關於中國當代文學的討論。當然，有許多嚴肅的、態度客觀的學者參加了討論，但也確實有幾個人利用文學討論兜售他們的一廂情願的反共反華濫調。叫人高興的是這些人的挑釁都遭到了應有的有理有據的反擊，到後來，出醜的，恰恰是這些人自己。」

這種冗長拙劣的文字，不像出自名家之手，但確保了王蒙的平步青雲。或亦可以說，這是他對中共寵愛及於其身的答禮，因爲就在前一個月，他成爲中央候補委員。至一九八五年九月，更升爲中央委員。一旦膺此重任，他就向記者侃侃而談昔日的戰友了：「劉賓雁的麻煩在於常常採用文學的誇張手法，來描寫眞人眞事。對他所喜歡的人，毫無保留的歌頌；對他所厭惡的人，則給予毀滅性的打擊。所以，在他的文章中，一旦出現失實，就會引起強烈的反應，這涉及到一個作家如何對待眞實，以及每個公民都有爲自己進行辯護的權利。」

劉賓雁和過去的王蒙一樣，皆以寫實主義的筆法，批判大陸上的官僚主義，因此贏得羣眾的崇敬與信賴。如今，王蒙卻隱指劉賓雁的文章失實，且以公民的權利爲名，曲意維護枉法的幹部。王蒙的改口換筆，滿足了中共的需要，至於廣大讀者的企盼，已非其所能計及。

值得還原的是紐約當代中國文學會議眞貌，該會的出席者來自臺灣、大陸、香港、歐洲和美國各地，會場始終爲自由民主的氣氛所籠罩。在香港代表責難了中共的文藝政策後，王蒙答以寧願生活在一個對文藝敏感的社會。大陸對文藝的敏感來自兩方面，一爲官方，一爲作家自身。前者業已造成太多的文壇悲劇，彰彰在世人耳目，後者則包括使命感和餘悸、預悸等複雜心情。王蒙有意含混其詞，然而尷尬可見。

更令王蒙坐立不安的，是大陸留學生梁恆在會場的控訴。梁恆詳述了民間文學的崛起與發展，以及被中共封殺的經過，並且質問那時噤若寒蟬的官方文學工作者：「當您們的書被人燒光，筆被人抱走，無言論自由時，是怎樣想呢？當您們因寫了小說被批評、關牛棚、蹲牢房，受盡摧殘時，又是怎樣想的呢？當您們重新獲得了創作的機會，得到了寶貴的紙和筆，民眾用自己的血汗養活您們，又會是怎樣的想呢？您們相信文學的社會效果可以亡黨亡國嗎？您們相信這些民間文學破壞了安定團結的局面嗎？您們相信這些年齡最小才十七、八歲的文學青年是社會的罪人嗎？請問問自己吧！如果大陸的農民不聞不問，還情有可原；如果具有深厚同情心和敏銳判斷力的作家對此不聞不問，就太令人失望了。」

梁恆顯然服膺一種觀點：「豈有文章傾社稷？從來佞倖覆乾坤！」換言之，中共將混局歸罪於反映現實的文學，而不檢討亂源主要是政治本身的不良，例如階級鬪爭、官僚主義等。稍後，王蒙不得已上臺表示，梁恆的激越無補於事，大家應該向前看。當然，王蒙無法回答上述問題，因爲他已變成官方文學家了。《人民日報》那篇追憶失實的文字，除爲表態所需外，也是他辯解失敗後的精神自慰。夏志清先生在會後說過一句妙語：「那個從組織部來的王蒙！」昔日王蒙筆下新到組織部的青年，嫉惡如仇，口直心快，一意要做官僚主義的剋星。今天王蒙本人走到正義的反面，充當不良政治的辯士，成爲歷史嘲弄的對象，遂使夏先生對組織部的來人有了新解。

王蒙此行還爲四十年代王實味之死，竭力替中共脫罪。其實早在一九六二年一月三十日，毛澤東已於擴大中央工作會議上親口說明：「還有個王實味，是個暗藏的國民黨探子，在延安的時候，他寫過一篇文章，題目『野百合花』，攻擊革命，誣衊共產黨。後來把他抓起來，殺掉了。」這次會議出席者多達七千人，這段講話後來收入所謂「毛澤東思想萬歲」套書中，王蒙顯然有所不知。關心中共文藝整風的人都知道，王實味是個老共產黨員，翻譯了兩百多萬字的馬列著作，對中共理論界的貢獻至鉅，他以苦口勸諫高級幹部們，結果死於非命。王蒙原本和王實味同類，但他此刻已是周揚的繼承人，而中共鬪爭王實味時，周揚正是執行者。王蒙的轉變，出乎大陸中老年作家的意料，五十年代到八十年代的差距，造成了他的下放與上臺。

王蒙現在一面在北京南郊舒適的寓所裡寫稿，一面出來傳播中共的文藝訓令。一九八五年十月三十一日至十一月四日，中國作家協會召開工作會議，他以常務副主席的身分告訴同行們，要學習馬克思主義的理論，樹立革命的世界觀，深入火熱的鬪爭生活，了解共產黨事業的根本利益等。由此可知，王蒙已成爲新的歌功頌德派了。

大陸上不乏此種歌德派，眞正的德國大文豪歌德卻反對詩人過問政治：「一個詩人如果要搞政治活動，他就必須加入一個政黨；一旦加入政黨，他就失其爲詩人了，就必須同他的自由精神和公正見解告別，把褊狹和盲目仇恨這頂帽子拉下來蒙住耳朵了。」詩人如此，小說家亦然。時至現代，文學與政治的關係更形密切，文學家或許可以加入政黨，以便多方體驗生活，並對黨內的弊端如官僚主義等加以針砭。五十年代的王蒙，正扮演著這種角色。

不幸，我們看到了八十年代的王蒙：一名中共黨內的新官僚，果然與昔日的自由精神告別，褊狹的帽子亦已拉下。活在一個政治干涉文學的傳統裏，他的政治前途看好，文學前途就難樂觀了。政治爭一時，文學爭千秋。身爲極權政治的新貴，王蒙如何自處？

七十五年四月十六、十七日〈聯合副刊〉

大陸的作家部長

中共成立文化部久矣，歷任部長茅盾、陸定一、蕭望東、黃鎭、朱穆之等，僅第一人爲作家出身，一九八六年王蒙接任後，又開一例，遂不讓茅盾專美於前。王蒙從五十年代因作品觸怒當局而遭下放，到八十年代躋身於中共的官僚階層，其間曲折殊堪玩味，最值得探討的問題有二：他何以下放？又何以上臺？

一九五六年九月，王蒙發表〈組織部新來的青年人〉，諷諫官僚主義，不久卽遭中共批判，次年更被打爲「反黨反社會主義的資產階級右派分子」。官僚主義的氾濫，使得大陸旣乏民主，又無效率，後者不爲外界所廣聞，世人總以獨裁統治的效率必高，殊不知權力帶來腐化的情景，放諸四海而皆準，何況在終身制行之有年的地方。王蒙當年因小說寫實而獲罪，二十多年後終得平反，他批評過的現象徒見變本加厲，由此頗難看出中共的進步。

右派的帽子雖除，王蒙顯然心有餘悸，他在復出後發表的〈布禮〉中，借主人翁鍾亦成的遭遇，一澆心頭的塊壘，形容定右派的過程極像外科手術，人們正用黨的名義剜掉他的心，基於對黨的熱愛與服從，他也親自操刀，加入切剝的行列。當手術完成，他從鏡中看到一個失去心的人，蒼白的面孔。「天昏昏，地黃黃！我是『分子』！我是敵人！我是叛徒！我是罪犯！我是醜類！我是豺狼！我是惡鬼！」鍾亦成的叫喊，無異王蒙本人的夢魘。二十二歲時的王蒙，由於信任中共，加上求好心切，結果以一篇小說換來長期的下放，也使世人看到一個政治天眞者的下場。終於，他學會了轉變。

王蒙享有今天的政治地位，得力於一九八二年的表現。該年五月他赴美出席當代中國文學會議，十月三日在《人民日報》發表追憶文字，極盡表態之能事，確保了他的平步青雲。或許，這是他對中共寵愛的答禮，因爲就在一個月前，他成爲中央候補委員，至一九八五年九月，更升爲中央委員。一旦膺此重任，他就侃侃而談昔日的戰友劉賓雁，指責後者犯了錯誤。王蒙的改口，出乎大陸作家的意料，五十年代到八十年代的差距，造成了他的下放與上臺。

依王蒙之見，西方的影響所及，或爲腐朽的生活方式，或爲露骨的反共主義。他深感憂慮的是，文藝創作上的問題也不少，「有的作品甚至發展到美化國民黨」，他終於說出中共最畏懼的實情。部分大陸作家與中共之間，已由內部矛盾提高到敵我矛盾，在中共看來，這無異是反革命。王蒙也承認，確實有人不喜歡四項基本原則，他心所謂危，因此強調堅持之必要，這完全是官僚主義的聲音了。

今天，王蒙繼續鼓吹文學要有社會主義的政治思想，也就是共產主義的傾向，可謂毛澤東主張的延續，不脫文藝爲政治服務的舊調。與此同時，他強調作家要學習馬克思主義理論，樹立革命的世界觀，深入火熱的鬪爭生活，了解共產黨事業的根本利益等。「我們的創作自由是社會主義的創作自由，歷史證明，也只有社會主義制度的建立和完善，才能提供眞正的創作自由的條件」。王蒙如是說，他無法解釋個人特色和集體主義應如何兼顧，自由環境與黨的利益又如何協調。上述種種立卽與明顯的矛盾，他都不能回答，他已非純粹作家了。

在專制的政權下，一個有良心和勇氣的作家，如何身兼部長的角色？兩年來的事實證明，王蒙是文化部長，也是聽話部長，他未保護被整肅的作家，反而落井下石，然後顧盼自雄，以猶能寫作自得。我們不否認他的勤奮，但已鮮見文評家重視其近作，則其得失可謂互見。「汝輩書生，總是會說，他日居官，便不如此說了」，大陸父老若以此語相質，王蒙能否收起〈組織部新來的青年人〉，然後掩耳笑受？

七十七年四月十四日〈聯合副刊〉

關於吳祖光

《吳祖光選集》最近在臺灣推出，海峽此岸的讀者得見一位老劇作家的散文面貌，並窺及大陸文壇災難的縮影，可謂一舉兩得。

吳祖光與吳敬恒先生是同鄉，祖籍江蘇武進，一九一七年四月二十一日生，抗戰前期在國立戲劇專科學校任教，中期在中央青年劇社、中華劇藝社擔任編導，風雲即已初展。勝利前後，他一度從事副刊與雜誌的編務，但三年內又回到本行，成爲香港大中華影業公司、永華影業公司編導。

半世紀以來，他出版了話劇本、京劇本、戲曲本、散文集十餘種，並編導過十餘部電影，可謂著作等身，雖然臺灣知者不多。

吳祖光和眾多知識分子一樣，一九五七年被定爲右派分子，不但取消薪資，且與丁玲同被送往北大荒勞改，不同的是文革結束後，丁玲繼續充當共產黨的辯士，吳祖光則經常扮演游俠的角色，抗衡當道，不受其驅。前此，他的名伶妻子新鳳霞歷盡艱辛，獨立養育三個孩子，曾以典當度日，最後不幸中風，半身不遂至今。這一對患難夫婦，住在北京朝陽門外工人體育場東路一幢公寓的四樓，沒有電梯，出門如臨戰場，而他們勇於應戰。

一九八七年八月一日上午八時許，中共中央政治局委員胡喬木爬上四樓，來到吳家，傳達了一份中共中央紀律檢查委員會的文件，勸吳祖光退黨，要旨如下：1.他已不具備一個共產黨員的條件；2.他在五〇年代後期就反對黨的領導；3.他曾對人表示，入黨使其啼笑皆非；4.對於一九八三年的清除精神污染運動，他認爲使共產黨丟了臉；5.他曾發表文章，主張取消戲劇審查制度，認爲有權勢就能判定一部戲劇或電影的優劣生死，是荒唐可笑的；6.如不接受勸退，則將開除他的黨籍。事已至此，不由分說，吳祖光繼方勵之、王若望與劉賓雁，成爲「前」共產黨員。

此舉原在世人的預料中，因爲吳祖光已被視爲累犯，中共積恨已久，卻以勸退的方式行之，是由於趙紫陽以降曾一再宣稱，除上述三人外，不再開除其他同志。言猶在耳，吳祖光不久就成爲實際的第四人，中共的信用卽賴此存活。稍後他致書中紀委，慨指五〇年代後期起，某些中共領導人只愛聽恭維話，對批評意見日益反感，多年來被整被害者泰半爲忠貞敢言的知識分子，歷次政治運動摧殘了大量優秀人才，損失無可估計，後果十分悲慘。「黨雖然多次總結教訓，而至今難以糾正。當此改革大業正在艱難行進之時，如再不加改變，危險至極」。無庸諱言，從四〇年代的王實味到八〇年代的吳祖光，皆以苦口的良藥自許，期望中共遷善改過，結果分遭屠殺和驅逐出黨的命運。

除了劇本與散文，吳祖光也寫舊詩，宅中有一對聯卽爲自作，最能道出他的心情：「不屈爲至貴，最富是淸貧。」史達林曾經誇稱，共產黨員是特殊材料做成的，如今此語已成反諷，在吳祖光的心目中，好人與好共產黨員之間必有差距：「叫我做一個好人，我可以；做一個好的黨員，我就做不到。」他寫詩自文革始，果然憤怒出詩人，一九七二年的〈九月感事〉，卽記前一年的林彪事件，其中「英主」呼之欲出：「九轉洪爐百煉金，千軍易得將難尋；翻天覆地眞英主，明辨秋毫不識林。」一九七六年的〈四月紀事〉，則寫鬼哭神號的天安門事件：「彼蒼何事苦吾民，魔手遮天八表昏；一片殺聲喧午夜，天安門下有寃魂。」時至今日，中共雖早將文革的萬惡歸諸四人幫，但迄未公布天安門事件的死難人數，此或因數字過鉅，或因不可勝數，然而衆寃魂能否安息？

吳祖光一直大聲疾呼，左傾路線對文藝界的迫害不能再繼續下去，「但是，我們受到的迫害卻至今也沒有停止」。探其根源，卽因「左毒」鑄成中共之大害。誠然，共產黨未有不左者，偏偏中國自古以右爲貴，「無出其右」爲一例證；左則適得其反，君不聞「旁門左道」乎？西方議會傳統的左右之分，中共加以顚倒，結果思想僵化者成爲左派，建議改革者打入右派。現旣揭露左之危害，又絕不承認正在執行右的路線，亦無中間路線之可言，中共走在歧路上，路長人困，十億生靈也就連帶受累了。

「江山代有人才出，各苦生民數十年」，此爲于右任先生的浩歎，吳祖光不幸身歷其境，又幸而刼後餘生，終有如下的抒懷：「十丈紅塵千年青史，一生襟抱萬里江山。」爲了對歷史負責，他在滾滾紅塵中挺身而出，痛陳中共對知識分子從親密合作到不再信任，到視爲仇敵而迫害鎭壓，是他永遠難以理解的問題。人類史上從未出現過一篇文章、一部小說、一齣戲、一首詩、一幅畫或一曲樂，能夠影響或顚覆一個政權，小說反黨亦實無其事，只是杞人之憂的幻覺而已。

毛澤東曾經厲聲指出，利用小說反黨是一大發明。吳祖光否定此說，顯然支持另一種看法：「豈有文章傾社稷？從來佞倖覆乾坤！」他認爲有了資格才能上臺，上了臺就得對觀眾負責，觀眾有一切權利，不饒恕臺上以任何理由所犯的過失。是的，演出者可能是一個人，也可能只是一個團體，但在中國的舞臺下，則有十億觀眾，其中不乏無畏豪強、直言論斷的大丈夫，其中一位名叫吳祖光。

七十七年八月四日〈中國時報〉

蕭軍的悲劇

一九八七年六月二十二日凌晨，作家蕭軍走完勞累困頓的一生，享年八十一歲。悲訊傳來，喚起人們對他的記憶。

魯迅的弟子因耿直而招怨者，以胡風爲最著，其次當爲蕭軍。一九○七年七月三日，蕭軍出生於遼寧省義縣，九一八事變後開始投稿，一九三三年秋與蕭紅出版合集《跋涉》，次年夏兩人與魯迅通信，不久偕往上海，於一九三四年十一月三十日與魯迅初次見面，從此在後者的指導下寫作。

一九三五年六月，蕭軍出版《八月的鄉村》，魯迅特爲這本描述東北被佔的小說作序，認爲該書雖似短篇的連續，結構和筆法也不如法捷耶夫的《毀滅》，但是態度嚴肅緊張，作者的心血與失去的天空、土地、受難的人民，以至失去的茂草、高粱、蟈蟈、蚊子，攪成一團，鮮紅地在讀者眼前展開，顯示著中國的一部分和全部，現在和未來，死路與活路，「凡有人心的讀者，是看得完的，而且有所得的」。魯迅的評價使蕭軍成名，在生活上，魯迅也對二蕭照顧有加，一九三六年的前半年，他們幾乎天天到魯迅家，並經常陪同外出。魯迅多次反對蕭軍加入「左聯」，以免像自己一樣苦在其中。

魯迅逝世後，蕭軍積極投入治喪工作，並擔任送葬隊伍的總指揮，在墓地上代表眾人致悼詞，後又編就《魯迅先生紀念集》出版。抗戰軍興，他與胡風共同編輯《七月》雜誌。一九三八年一月，他初抵延安，一九四〇年夏到一九四五年冬，在延安度過漫長的五年，躬逢中共的文藝整風。

毛澤東正式對文藝工作者的磨刀霍霍，卽始於延安時期。老共產黨員的王實味，因發表〈野百合花〉雜文，暴露了「革命聖地」的醜惡與冷淡，終被處死。稍早丁玲發表〈三八節感言〉，對解放區婦女受共產黨壓迫的情況略加報導，後來被迫認錯。蕭軍也發表〈論同志之愛與耐〉，指出自己接觸得越多，越感到同志愛的稀薄，雖然他明白這原因，卻阻止不了心情上的悲愴，更忍不住道出「同志的子彈打進同志的胸膛」！他另撰〈對於當前文藝諸問題的我見〉，爲王實味伸寃，主張多下說服的工夫，少用打擊的力量。此時毛澤東的文藝打手周揚，由於與魯迅的過節而恨屋及烏，屢思向蕭軍下手，但因中共圖誘知識分子來歸，整肅王實味旨在殺一儆百，對蕭軍也就只好網開一面了。

抗戰勝利後，蕭軍隨同共軍返抵東北，在中共的支持下創辦了《文化報》。未久，他就懷疑中共的各項政策。一九四八年元旦，他以外稿的名義刊登獻詞，痛陳所謂民主、革命與共產，乃背天逆人、顚倒倫常之舉，加上分人之地，起人之財，挖人之根，甚至淨身出戶，「此直亘古所未有之強盜行爲，眞李自成、張獻忠之不若也。滿清雖異族，日本雖異類，尙不爲此，胡共產黨竟如此不仁其甚也哉？」此文道出中共當時在東北推行土地改革的眞貌，一九五〇年以後的全面土改，就要再加上奪數百萬人之命了。

蕭軍從小在東北長大，對帝國主義的暴行積憤已久。日本戰敗後退出東北，蘇聯的勢力乘虛而入，姦淫擄掠無所不爲，東北人民恨之入骨，《文化報》卽對蘇軍在東北任意拆遷工業設備和強暴中國婦女，提出強烈的抨擊，蕭軍更撰〈各色帝國主義〉，指出蘇聯和美國是一丘之貉，中國人倡導無原則的友好並不合理。此外《文化報》還發表了強調「來而不往非禮也」的反蘇小說。結果，中共定下了蕭軍的罪名：「對我們親愛的友邦、世界上第一個社會主義國家——蘇聯，肆意進行誣衊。」中共對蘇聯的曲意維護，不自當時始，早在三十年代初期，瞿秋白就表明普羅文學應採的態度，是反對進攻蘇聯和擁護蘇聯。兩者相較，如出一轍。

對於中共發動的內戰，蕭軍認爲是萁豆之悲，主張與其他政黨合作，同時不應以階級鬪爭爲藉口，大事屠殺非無產階級。「這種槍殺無辜的行徑，與秦始皇的焚書坑儒暴行何異？」蕭軍沒有料到，毛澤東後來以勝過秦始皇一百倍而自豪，一代暴君的嗜殺，翻新了古今中外的血腥史。

對於中共當時推行的思想改造運動，蕭軍尤感憎惡，不時以「機械的統一」和「清一色」等字眼，譴責中共強迫人民學習馬列主義和毛澤東思想：「在這些丑角的統治下，只求機械的統一，結果，人民的積極性的人格，人民的積極性的創造精神，都被蔑視了，甚至被殺害了。」依其所見，一種知識學問絕不能有階級之分，以高爾基爲例，所以能寫出許多巨著，並非全拜無產階級教育之賜，帝俄時代貴族和中產階級的文化遺產，也曾爲其吸收。總之，蕭軍認爲中共以整風運動迫使青年接受思想改造，是一種違反人性的行爲，愚昧而且無效。他預言在未來社會中，人們崇拜的對象是聰明才智，而非其他。偏偏毛澤東是一名反智論者，又堅信思想改造可以奏效，蕭軍就被視爲離經叛道了。

蕭軍在遭中共圍剿後，一九四九年終被押到撫順煤礦區改造，《文化報》也被查封，中共中央東北局還做了「關於蕭軍問題的決定」：一、在黨內外展開對於蕭軍反動思想的批判。二、加強對於文藝工作的領導，加強黨的文藝工作者的馬列主義修養，在文藝界提倡互相批評和自我批評。三、停止對蕭軍文學活動的物質方面的幫助。繼承魯迅敢言作風的蕭軍，至此難逃整肅。

一九五一年蕭軍來到北京，送《五月的礦山》初稿給周揚等人過目，歷經三年的反覆審查和修改，一九五四年底才獲出版。該書描述礦工們在一九四九年前後的表現，有不少篇幅強調「前苦後甜」。蕭軍後來透露：「這不是我要說的話，而是他們提供材料，要我這麼寫的。」雖然如此，他還是挨批。第二年，這本小說被指爲用革命的語句、華麗的詞藻和虛僞的熱情，掩蓋對無產階級和共產黨「嚴重的歪曲和誣衊」。所以，蕭軍的思想依然「反動」。

《五月的礦山》主人翁魯東山是共產黨員兼勞動模範，蕭軍借工人之口當面罵他：「拉完了磨殺驢子！」證諸文化大革命，毛澤東的行徑多像這句話！一九六六年文革爆發後，蕭軍和妻子王德芬被抄家、毒打、關押、勞改、批鬪、示眾，大兒子蕭鳴的脊椎被打裂，昏死時送到火葬場，幾乎火化；大女兒蕭歌被工廠開除，不得不露宿街頭；二女兒蕭耘原是小學教師，不許上班，不發工資，不准結婚；小女兒蕭黛被鬪至死，年僅十七。蕭家悲劇的根源，是有一個「老牌反動作家」的父親。文革結束後，蕭軍終如出土之物，延續了幾年最後的生命，但誰能彌補他的喪女之痛，以及長期被迫停筆之失？大去之前，他可無憾？

七十七年八月四日〈中華副刊〉

從文化工作會議看中共的文藝體制改革

一九八八年春天，大陸文壇幸未刮起冷冽的左風，文藝工作者得以稍事休息，再思耕耘。五月十三至二十日，中共在北京召開全國文化工作會議，討論文藝表演團體體制改革的指導思想，以及一系列的方針政策問題。一時之間，會場又瀰漫了興利除弊的氣氛，一如過去的各種會議。

所謂指導思想，就是文化部長王蒙強調的「調動積極性，解放生產力」。這位作家出身的部長，列舉了對大陸三千個藝術表演團體進行改革的難點：㈠很多人貪戀富有安全感的鐵飯碗；㈡許多政策法律形式上不配套；㈢對改革缺乏足夠成熟的經驗。他有感於此，聲言要改變大鍋飯、鐵飯碗的狀況，改變把文化經費變成人頭費，改變文藝供需不平衡的現象，引進競爭體制，激發從業團體和藝術工作者的活力。至於改革之道，則要實行堅決和審愼相結合的方針，講究領導藝術，不搞一哄而起，要規畫輪廓，分散決策，試驗推廣，組織研討，逐步轉軌，隨時調整，力求健康，避免失誤。此三十二字訣，已被奉爲將來推行雙軌制時的主調，不失中共口號面面俱到的本色。

所謂雙軌制，是指大陸的藝術表演團體，將由過去公家統包統管的體制，改爲文化主管部門主辦和社會主辦。這項改革將從下半年開始，以一些大中城市爲試點，文化部直屬藝術表演團體的改革，由該部組織領導，對各地區表演團體的改革，該部則下放權力，各級單位可因地制宜。此種構想如獲實現，似在回應老演員趙丹的遺言：「管得太具體，文藝沒希望。」不過，趙丹所說的「管」，主要是指思想的控制，中共對此從未放棄。

稍早，王蒙卽強調作家要學習馬克思主義理論，樹立革命的世界觀，深入火熱的鬪爭生活，了解共產黨事業的根本利益等。「我們的創作自由是社會主義的創作自由，歷史證明，也只有社會主義制度的建立和完善，才能提供眞正的創作自由的條件」。王蒙如是說，他無法解釋個人特色和集體主義應如何兼顧，自由環境與黨的利益又如何協調。上述種種立卽與明顯的矛盾，他都不能回答，也舉不出眞實的歷史可資證明。此次他發表了長達兩個多小時的報告，口口聲聲體制改革，其實只是行政革新而已。

主管中共文教工作的國務委員李鐵映也在會中檢討，由於文藝事業的基礎差，一九四九年以後的長時期內，對文化建設未予應有的重視，反而運動和鬪爭不斷，在文革中成了重災區，目前的困難仍然很大，不能滿足廣大羣眾的需要，究其內在原因，是由於管理體制上的弊端，嚴重妨礙了文藝事業的發展，減弱了文藝工作者的積極性。此說無異於王蒙，簡化了缺點，也逃避了重點，四個堅持下的大陸文壇，百花如何齊放，而又不致觸雷？大陸文藝工作者遭遇的困難，不僅在行政管理的缺失上，尤其在意識型態的束縛上。

大陸社會有一種矛盾的現象：文藝團體裏冗員充斥，羣眾文化生活又很沉悶。胡啟立在會中承認，中共包攬不了文化事業，社會卻有很大的承辦能力，如果不順理去做，就會變成一種障礙，隔絕了黨和羣眾的關係，制約了文藝本身的發展。他還把這場改革與經濟建設聯繫在一起，爲了發展有計畫的商品經濟，兩者不能身首分離。由此再度說明，中共以唯物史觀看待文藝，此時倡言寬鬆，仍不忘思慮共產黨的利益。胡啟立也透露，雙軌制其實是趙紫陽提出的。

文化部副部長高占祥則在會中指出，進行劇團改革，不是爲省幾個錢，而是要建立合理的體制，因此將實行「減人減團不減錢」的政策。文化管理體制的改革不僅在劇團，還包括社會文化事業、藝術院校和對外文化交流上，要積極引導文化市場的發展，還要透過法律、政策等手段，在宏觀上加以控制。他認爲只要藝術家、事業家、管理家三位一體，文化事業就能發展。此說立意甚善，但他沒有交代，黨終將如何對待這三家。我們猶記高占祥本人在一九八四年指出，文藝評論時的澆花與鋤草缺一不可，因爲鮮花與雜草間的矛盾鬪爭，是此消彼長、彼消此長的。我們寧信他在數年後的今天，願意容忍花草並存。

五月二十日的閉幕會上，中宣部長王忍之表示，今後中共只管大事，把握文藝的方向和方針政策，加強文藝領導班子的建設等，對於文藝創作、演出、爭鳴活動中的具體問題，儘可能少管、少介入。此種結論不免引起掌聲，中共自可宣稱會議圓滿結束，但我們也該記得，鄧小平曾在第四次「文代會」上說過：「文藝這種複雜的精神勞動，非常需要文藝家發揮個人的創造精神。寫什麼和怎樣寫，只能由文藝家在藝術實踐中去探索和逐步求得解決。在這方面，不要橫加干涉」言猶在耳，稍後的批判《苦戀》和清除精神汙染，卽由鄧小平發動或認可。他若想起當時全場感激的掌聲時，能無愧於自己的寡信？今者，我們聽其言而觀其行。

中共召開此次會議，旨在平復去年反資產階級自由化運動的創傷，期能收攬文藝工作者，爲其所用。加之第五次「文代會」將在下半年召開，目前在位的所謂改革派盼望繼續取得文藝陣地，不讓更爲教條的林默涵等人有機可乘，因此展開人心爭奪戰，而有上述的語言。語言只是工具，往往話出如風，世人不妨靜觀其效。

七十七年九月《聯合文學》

八十年代大陸文學解凍的意義

第一次天安門事件卽四五運動，爆發於一九七六年。同年九月，毛澤東病死；十月，四人幫被捕，象徵文化大革命的結束。越明年，傷痕文學逐漸流行起來，初以揭批四人幫爲主，政治的目的強顯，技巧也未臻上乘，但因觸及家家戶戶的哀痛，所以引起廣大的共鳴。

八十年代開始，大陸文學漸呈萬花撩亂之趣，主題也不以文革爲限，大陸作家或秉筆直書，或曲筆隱喩，透露了馬列主義的諸般罪惡。中共因此變臉反撲，先後製造了白樺事件、淸除精神汙染運動、劉賓雁事件、王若望事件、反資產階級自由化運動等，終有以全民爲敵的一九八九年六四大屠殺，此卽第二次天安門事件。

八十年代堪稱大陸文壇的解凍期，作家雖面對斧鉞，卻一無所懼，果眞是「東風吹，戰鼓擂，現在誰也不怕誰」。從白樺到王若望，皆表現了可貴的道德勇氣，六四慘案後亦不例外，中共可以囚其身，禁其行，卻無法阻其思，偏偏勝負決於思想，我們對於大陸文學以至全局，也就終極樂觀。

對許多人來說，文學是苦悶的象徵；對大陸人民來說，文學更是苦難的象徵。大陸作家以血淚的筆，告白了馬列主義和毛澤東思想，與屠殺、欺瞞、空言、笑話諸詞等義，讀者們透過出版品，旁證電視上的血淚，一一入眼，誰能塗抹？

七十九年一月三日〈聯合報〉

有感於范曾的「辭國」

范曾先生投奔自由，乃繼馬思聰先生之後，大陸藝術家「辭國」的又一高潮。我見過馬先生在五星旗下的留影，范曾先生的黨政關係亦佳，結果他們先後求去，一在文革時期，一在六四之後。從毛澤東到鄧小平，中共領袖的區別有多大呢？

六四事件爲文革後的浩劫，後遺症遍及大陸內外，至今未休，其中文藝的領域亦頗深重，不遜於政治、經濟、社會各層面。六四前後，鄧小平皆爲中共的最高領袖，屠城令固由其下達，文藝政策也由其主導。一九八九年六月九日，鄧小平接見北京戒嚴部隊軍以上幹部時，強調四個堅持本身沒有錯，「如果說有錯誤的話，就是堅持四項基本原則還不够一貫，沒有把它做爲基本思想來教育人民，教育學生，教育全體幹部和共產黨員。這次事件的性質，就是資產階級自由化和四個堅持的對立。」這篇講話收入《鄧小平論文藝》中，爲該書唯一屬於六四事件後的文字，表面雖與文藝無關，但可看出中共政策的走向，受害者自亦包括文藝界。

范先生一如徐志摩先生，追求愛、自由與美，這正是中共定義下的資產階級自由化人物。徐先生和好友梁實秋先生，三十年代起卽不見容於中共，因為他們力主文藝超越階級。毛澤東在延安文藝座談會上則斷言，超階級的藝術「實際上是不存在的」，他為了要向這些不存在的敵人宣戰，數十年來展開多次整風和運動，連千萬人頭落地都不惜，萬馬齊瘖、百花凋零又豈為其所掛意？

歲月不居，毛澤東業已離世多載，死靈魂仍附著於中共的文藝政策中，也禍延大陸文藝工作者。一九八三年七月出版的《鄧小平文選》，提及毛澤東之處高達五百二十一次，且語多揄揚。鄧小平有關文藝的言行，證明他自己無法擺脫毛澤東的陰影。六四事件後，眾多學運領袖和文藝工作者遭到通緝，紛紛亡命天涯，有如花果飄零。如今，范先生加入了他們的行列。

蘭花失根，固然可悲，猶勝辣手摧折。「為了追逐心靈的自由，我來到了法蘭西」。法蘭西文明為五四人物所推崇，巴黎在六四後也成為收容大陸民運人士的重鎮。范先生喜獲自由，藝思泉湧亦未可知；屈原放逐，不韋遷蜀，分傳《離騷》與《呂覽》。我們為范先生的「辭國」賀，因為那是一個非驢非馬的國度。我們更期待范先生的發憤之作，在異鄉的土地上，在世人的關懷中。

七十九年十一月十一日〈聯合報〉

妨害自由

自由（liberty）原與解放（liberation）同義，皆指掙脫奴隸或束縛的狀態，恢復人類的本能和尊嚴。一九四九年以後，中共以解放者自居，卻與自由人爲敵，形成一個極大的矛盾。一部「中華人民共和國史」，閃爍著解放者的刀光，也滲透了自由人的血痕，從五十年代到九十年代，不見好轉的跡象。

一九九〇年的大陸文壇，基本上籠罩在六四事件的陰影中。前此，一九八九年八月初，文化部長王蒙解職，他在六四後未慰問戒嚴部隊，多少保留了作家的風骨。八月底，賀敬之擔任副部長兼代部長，九月中又兼任中宣部副部長，與部長王忍之重新走上極左路線，遂令大陸文化界對此二人，或「敬而遠之」，或「痛而忍之」。中宣部的常務副部長，則爲清除精神汙染與反自由化的「運動員」徐惟誠。六四後，從中央到地方，從大陸到海外，中共的文宣機構大量換血，教條主義者分據要津，毛澤東時代恍如重臨。

一九九〇年初，林默涵取代吳祖強，擔任文聯黨組書記，《文藝報》則改由陳涌、鄭伯農負責。作協增補馬烽爲副主席兼黨組書記，《人民文學》則由劉白羽取代劉心武。六月二日，徐文伯、陳昌本接替英若誠、王濟夫，任文化部副部長。稍早，中宣部文藝局的正副局長，已由梁光弟、李准擔任。此外，由陳涌主編《文藝理論與批評》，林默涵、魏巍主編新創刊的《中流》，加強宣導文藝政策。上述諸人中不乏屆齡退休者，六四後乘時再起，得意官場，令人有置身延安之感，則其向心力的大小可知。

一九九〇年一月，中共爲涿州會議翻案。該會經中宣部指導，由「紅旗」、「光明日報」、「文藝理論與批評」合辦，於一九八七年四月六日至十二日，在河北涿州舉行，與會者包括賀敬之、林默涵、劉白羽、熊復、姚雪垠、陳涌、程代熙、馬仲揚、孟偉哉等百餘人，認眞研讀了該年春中共發出的文件，即鎭壓一九八六年新一二九學運的「堅持四項基本原則，反對資產階級自由化」，同時展開組稿工作。會議在一片「反自由化」聲中結束，並表明要拿起批判的武器，積極行動。稍後，趙紫陽淡化此案，成爲「文藝界資產階級自由化思潮最大的保護傘」。趙紫陽全面解除職務後，「平反」該會勢在必行。

中共此時強調，一九八三年清汙鬪爭中途夭折，結果自由化思潮愈發不可收拾，而有一九八六年冬的學潮。一九八七年春反自由化鬪爭，由於趙紫陽的包庇，使此思潮更加膨脹，以致爆發一九八九年的民運。所以對於自由化思潮，任何時候都不能手軟，不僅要抓，還要一抓到底。自由化思潮只能造成文藝思想上的混亂，把創作引向邪路，只有在馬列主義、毛澤東思想的指導下，才會造成社會主義文藝的眞正繁榮。此說在政治立場上與鄧小平一致，部分用語也襲自他接見北京戒嚴部隊師以上幹部時的講話，文藝自由又爲夢幻泡影。

六四後，中共在文藝界召開層出不窮的會議，期能改造作家，影響讀者。一九九〇年一月十日，中央政治局常委李瑞環，在全國文化藝術工作情況交流座談會上指出，就文藝戰線而言，自由化的影響很嚴重，有些文章和作品違背四項基本原則，散布對共產黨、對社會主義不信任的情緒。自由化思潮泛濫的一個突出表現，就是鼓吹民族虛無主義和歷史虛無主義，方勵之、劉曉波和蘇曉康等，因此遭到點名批判。「一些堅持資產階級自由化立場的所謂『文化精英』，在去年春夏之交的政治風波中成了『動亂精英』。在反革命暴亂破產後，他們中的一些人叛國出逃，從民族虛無主義走向了賣國主義」。此種鮮明的立場，卻不能保證李瑞環本人的安然無恙，而有後來的「文化報事件」。

一九九〇年六月二十四日，文化部的機關報《中國文化報》發表社論和專文，分別題爲〈全黨服從中央〉和〈中央關於意識形態問題的指示〉，批判所謂新精神，即近年來因受自由化思潮的破壞和干擾，在社會上，尤其是意識形態領域和文藝戰線上，出現了一種極壞的作風，特質就是捕風捉影，無中生有，置中央的正式決議、領導人的正式講話於不顧。這種風氣危害甚大，造成的思想混亂，「正可以給堅持資產階級自由化的人和搞政治陰謀的人可乘之機」。李瑞環在中央政治局的六名常委中，主要分配到思想宣傳工作，雖然黨性堅強，但在手法上較爲新穎，認爲新聞報導要眞、新、活、短。或因此故，《文化報》影射了李瑞環，顯示文壇的風向更左，也隱見政治鬪爭。從另一角度觀之，中共連同志都不能容，況論異己？大陸作家年年盼望好景出現，結果惆悵依舊。

一九九〇年四月，文聯與作協召開座談會，強調要重新學習馬克思主義、毛澤東思想，牢固對文藝工作的指導地位，特別要聯繫文藝界，實際學好毛澤東在延安文藝座談會上的講話，以及六四後推出的《鄧小平論文藝》。五月二十一日至二十二日，近六百人聚集北京人民大會堂，參加由延安文藝學會等十五個單位聯合發起的研討會，紀念毛澤東的講話發表四十八周年，頌之為「科學的論著」。與會者繼而指出，在文藝領域內一手抓整頓，一手抓繁榮，沿著「講話」的道路，深入開展反對自由化的教育和鬪爭，是會議的課題。近半個世紀前的延安文藝講話，造成萬馬齊瘖，如今中共又奉為圭臬。「一手抓整頓，一手抓繁榮」，已成標準的官方說法。十月九日，賀敬之仍彈此調，但他也承認，這種兩面手法有許多困難。「眼前無路想回頭」，中共文藝政策的回頭路，卻見殘陽似血，於此我們豈曰無感？

萬類皆崇尚自由，此不待教而後能。文學既貴創作，尤賴各自抒發，方可收獲百花競豔的秀色。文壇既如花圃，作家則似植物，理應枝繁葉茂，欣欣向榮。園丁卽令官派，也該維護花樹的生命，並助其自由生長，方無愧於職守。此為人盡皆知、家喻戶曉之事，而中共不知不曉，常演摧花的慘劇，猶以鋤草自辯。再以馬克思主義的常識立論，下層基礎的物質，必帶動上層建築的精神。六四後，中共在經濟上每思衝破西方的封鎖，在意識形態上卻想方設法，走上鎖國的舊路，此實違反馬克思主義。中共以作家爲不甘就範的敵人，必欲統一彼等的思想而後快，殊不知人的思想不同，各如其面，毛澤東固然可以「與人鬥，其樂無窮」，徒眾執行任務時，就不免心餘力絀了。其生前如此，死後尤然，鄧小平繼志述事，於此體會最深，才有永無休止的反自由化，以及收效不大後的連續動作。

作家或爲一種志業，或爲一種職業，不宜妄自尊大，也不必妄自菲薄。任何個人、黨派與政權，都毋須過高估計其影響力，畢竟自古以來，一言喪邦的例子並未發生在作家身上。但任何個人、黨派與政權，也都不可剝奪其生存權與自由權。妨害自由該當何罪？「使人爲奴隸或使人居於類似奴隸之不自由地位者，處一年以上七年以下有期徒刑」，中華民國刑法如是說。中華人民共和國刑法又如何？遍查之下無此罰則，赫然在目者卻是「反革命罪」：「以推翻無產階級專政的政權和社會主義制度爲目的，危害中華人民共和國的行爲，都是反革命罪。」好一個萬方有罪，中共獨無！從魏京生到劉賓雁，無論繫獄或亡命，在共產黨的眼中，罪狀都是造反；在廣大作家、讀者與人民的心中，他們卻是眞理的代表。一九九〇年十一月初，大陸畫家范曾投奔自由後，就吐露了類似的心聲。妨害自由與維護自由之戰，從一九四九年到一九九〇年未曾稍歇，倘若中共的政策不變，戰爭會延續至鄧小平身後，一如毛澤東。屆時無論勝負，在人民心目中的法庭，下達殺人令在先、表揚劊子手在後的鄧小平，必將追隨毛澤東，穩居被告席，享有萬古淒涼的寂寞！

八十年一月二十八日〈聯合副刊〉

中國索忍尼辛的可能

初見吳弘達先生是在民國七十八年十二月，他來到我服務的政大國際關係中心，從事短期的研究，臨別以衛星照片爲輔，對同仁講述了北京的一個勞改隊，帶給我不可磨滅的悲切。八十年一月二十三日，他再度以自由之身來臺，停留中心期間，進一步告訴我們中國古拉格羣島的黑暗，以及苦陷其中的經過，使我平靜的山居生活，又添一曲可以想見的哀歌，我有些害怕吳先生說眞話了。

然後，奉瘂弦先生之命，我在二月二十六日下午來到聯合報，三度聽他細數往事，兼談近況。也許是熟悉減輕了痛苦，我漸能以一個紀錄的身分，抽空觀察會場的氣氛，甚至享受預知部分秘密的快感。不過，吳先生十九年的地獄經驗，與蘇武牧羊的時間等長，畢竟一言難盡，所以每次都能發己之所未發，讓我與全場聽眾一樣，隨他度千百劫而悲，終以身免而喜。吳先生斯文帥氣，一派儒者風範，原不似天生的演說家，造就這篇紮實講詞的，不是共產黨嗎？

應邀作陪的前輩作家，有無名氏、尼洛、蔡丹治、王章陵諸先生，年輕的學者陳信元先生也撥冗到會。研究大陸文學有成的張子樟教授和周野先生，則因教學等事不克分身。力薦〈五八六〉的高信疆先生，此時悄然靜坐會場角落，謙遜得令人不知所措。不斷添加的座椅，鋪出了臺北近年罕見的聽講高潮，在一個非假日的寒冬午後。我也在研究大陸問題十餘年的今天，收獲了「吾道不孤」的喜悅。

吳先生近年長居美國，是史丹佛大學胡佛研究所的訪問學人，即將出版英文的《勞改——中國的古拉格》，該書中文版亦將在臺北面世，約十八萬字，正文計五章：1.勞改隊概述，2.判刑勞改，3.勞動教養，4.強制就業，5.勞改隊近況。附件包括十六張照片、一千個勞改隊的名單、二十六張分布圖等。這是一本研究著作，以學術價值取勝，所用資料全部來自大陸，不收西方的判斷文字。〈五八六〉則爲另寫自傳的一小部分，只是他勞改前兩年的經歷，我們建議先行出版，不必等到回憶錄全部寫就，一如索忍尼辛。

吳先生首度公開演講，最令聽者動容的，莫過於他的誠摯與堅毅，雖已脫離苦海，猶念大陸勞改隊的新舊難友，至今仍有一千六百萬至兩千萬人，「他們也是人哪！」他爲此奔走呼號，希望挽回他們的青春與生命，縮短中華民族的不幸。此種知其不可而爲的精神，益證其個性中的儒家成分，儒家主張愛人如己，吳先生身體力行，表現出對生命的尊重。「人的原則必定獲勝」，他有此信心，所以一念十年不改，盼能喚醒世人，正視中國大陸的暴君，從毛澤東到鄧小平，都遠勝希特勒和史達林。納粹德國的集中營只維持十二、三年，蘇聯的勞改營也與年遞減，只有中共越古邁今，使得千千萬萬個同胞，失去家屬、前途和一切。他既苦海餘生，自有責任發音撰文，引導世人理解、思考與行動。〈五八六〉在大陸熱的當口推出，亦有助於臺灣同胞的清醒，讓大家看看，在那些白臉後面，是何等黑暗的心！

吳先生大學讀地質系，沒有料到自己會成爲作家。數學系畢業的索忍尼辛，當初又何嘗以作家立願？索氏曾在前線接受多次勳章，一九四五年冬天被捕，在囚牢中度過九年，然後流放中亞，終以排山倒海的證據，指陳古拉格羣島是遍及整個蘇聯的蜂窩。吳先生在勞改隊的歲月遠勝於此，從二十三歲到四十二歲，滴血的黃金時代，苦撐的卓絕意志，換來不死的身軀，以及成熟的智慧，告訴我們比索氏所見更多更大的慘事。他要我們接受悲慘，接受事實，以免人間地獄在臺灣出現。是的，勞改隊中的眾多犯人，曾在一九四九年熱烈歡迎過那些白臉，最後卻走向漆黑的死亡。吳先生的金針，誰說不合時宜？

瘂弦先生總結時，特別推崇吳先生的兩段名言：石頭下的種子終將發芽，踹掉石頭，因爲種子有生命，石頭沒有。此外，共產黨使中國人付夠了代價，現在是共產黨自付代價的時候，它應該站出來，向全體中國人交代。的確，吳先生付出了慘痛的代價，中共領袖在六四後卻變本加厲，監禁或勞改了更多的知識分子，令俄共領袖望塵莫及。請吳先生回憶是殘酷的，但爲了中國的未來，我們至盼他繼續回憶，大量蒐證，勤奮寫作，廣譯外文，讓世人都知道，中國有古拉格羣島，也有索忍尼辛。

無名氏先生在紅朝下熬過三十三年，近年發明一個定理：殘忍與可信度成反比。中共的鐵腕太過殘忍，所以外界無法置信，加以大陸的閉塞本質，中共每每封鎖眞相，死不承認，使得慘事不易外洩，爲此他極感謝吳先生。尼洛先生指出，中共利用三億工人階級統治八億農民階級，後者中有許多勞改隊員，則其政權的不穩可知。高信疆先生在力邀下講話，以〈五八六〉爲陳若曦女士〈尹縣長〉後最撼人心的作品，不可置信又不可不信。「通往地獄之路是善意舖成的」，馬克思的理論充滿道德，實踐後卻走向毀滅，成爲可說不可做的典型。高先生堅信人性必勝，與吳先生「人的原則」若合符節，先後輝映在熱血澎湃的會場中。

豐收的會，依依地散了。瘂弦先生原本憂愁人潮中的青年較少，形同反共經驗的斷層，稍後想起當天並非假日，心頭才爲之一寬。我倒看見揹著書包的中學生，請假或翹課來到此間，收聽驚心動魄的語言，多少平衡了眾人的年齡。我又想到胡適先生的自述，他在北大教學時，往往戶限爲穿，但思及聽講的人數，至多成百上千，倘若發而爲文，讀者可能百千倍於此，所以他開始寫作，果然地久天長，甚至力敵一個政權。嘲笑文字和知識分子的政權啊，請再接受文字和知識分子的及鋒而試！前方一位吳弘達先生，周圍還有我們大家。

八十年三月十四日〈聯合副刊〉

魯迅的文路與心路

一九二五年間，敬隱漁把魯迅的〈阿Q正傳〉譯成法文，請羅曼羅蘭參閱。後者讀罷表示，這篇諷刺的寫實作品是世界的，法國大革命時也有過阿Q，他永遠忘不了阿Q那張苦惱的面孔。

的確，阿Q已成家喻戶曉的人物，以及現代中國臉譜的典型。有人爲之嘆息，有人不失同情，也有人在千千萬萬中國人身上，看到阿Q的影子。小說中的阿Q已死，現實中的阿Q時隱時現，生命綿延不絕，刻畫出中華民族傳承有序的悲哀。

魯迅自己的容顏呢？

我看過多幀魯迅的照片，從少年時代到壽終正寢。後者自可不論，其餘的表情也多顯嚴肅、憂慮甚至苦惱，不似胡適那樣，總是笑意盎然，休休有容。與他同時代的青年，見到那張蠟黃的倦臉，滄桑的紋路，可曾問一聲：先生能有幾多愁？

魯迅不快樂的根源，恐在心路爲文學的使命感塡滿，既密不透風，又不能及身而成，壓得自己喘不過氣來，讀者也隨之緊繃。他反對林語堂的幽默文學，堅稱中國欠缺此種土壤。他帶着這般心情進入了土壤，僅得五十五歲，與年登耄耋的林語堂相較，差了將近一個世代。快樂足以延年益壽，憂憤卻是那個時代的絕症，無所假借，至死方休。

魯迅文藝功能說的發端，當在一九〇三年。是年二月，旅日的浙江留學生出版《浙江潮》。六月，他在該刊發表編譯的〈斯巴達之魂〉，鼓吹尚武精神，展現愛國主義的風貌。稍後，他翻譯法國儒勒・凡爾納的科幻小說《月界旅行》，且在譯文弁言中表明，欲借小說改良思想。此說或受梁啟超的影響，至少顯示了不謀而合。

一九〇四年九月，魯迅轉學仙臺醫專，餘暇喜讀文學，尤愛俄國果戈里、波蘭密茨凱微支、匈牙利裴多菲、英國拜倫的作品。裴多菲的名詩「生命誠可貴，愛情價更高，若爲自由故，兩者皆可拋」，最早的中譯卽出自魯迅，但非今貌。依其自述，在校期間偶觀日俄戰爭的紀錄片，出現中國人圍看自己同胞被砍頭的畫面，只見羣情麻木。他深感刺激，覺得醫學非關緊要，凡是愚弱的國民，卽使體格健壯，也只能做毫無意義的示眾材料和看客，所以首應改變精神。至此，他決定棄醫從文，走向類似孫中山先生的道路，這又是不約而同。

一九〇七年起，魯迅在東京陸續發表〈人間之歷史〉、〈文化偏至論〉、〈摩羅詩力說〉等文，介紹達爾文學說，推崇尼采思想，強調非物質、重個人，用主觀與意力主義之興，挽救唯物極端的流弊。他力言「是非不可公於眾，公之則果不誠；政事不可公於眾，公之則治不郅。惟超人出，世乃太平。苟不能然，則在英哲」。凡此思想，傾向唯心史觀與英雄史觀，自與共產主義格格不入。

中共的史家後來努力爲魯迅辯解，但也不能不表示，「顯然，當時魯迅對十九世紀末葉歐洲哲學思潮的看法是一種錯覺。他把資產階級墮落時期的反動思潮當作了新的思潮」。時至今日，大陸推出卡萊爾的《英雄與英雄崇拜》時，譯者仍要交代，介紹該書給讀者，旨在提供反面教材，讓大家批判。其實，許多歷史是少數人寫成的，以中國文學史爲例，處處燦爛輝煌，卻建立在數千年來文盲遍地的國度上，因此謂之中國文學家史，似不爲過。文學必然講究深度與藝術價值，毛澤東鼓吹的工農兵文學，固然掌握了多數，卻犧牲了文學的原理，誠屬可憾。

一九〇九年八月，魯迅結束七年的旅日生涯，返國任教於浙江兩級師範，次年九月轉任紹興府中學教員。一九一二年民國肇建，他接受蔡元培的邀請，到教育部任職，並隨政府遷至北京，長期擔任僉事的職務。在京期間，恰逢五四運動發生，他在愛國事件結束後，才從來訪的昔日學生口中得知，初步的反應是勸告學生冷靜，免爲當局所乘。五四運動一周年時，他修書宋崇義，仍指此事於中國並無影響，只是一時的現象而已。此種判斷禁不起歷史的考驗，也說明他與現實政治的距離，但在新文學運動上，他扮演了重要的角色。

「五四」運動前，魯迅已在《新青年》上發表三十一篇文字，包括小說三篇，詩六篇，隨感二十一篇，論文一篇，其中〈狂人日記〉爲中國新文學史上的首篇白話小說。魯迅的創作中，以小說的成就爲最著，他在「五四」前後共寫了三十三篇，收入《吶喊》和《徬徨》者計二十五篇，另八篇歷史小說收入《故事新編》。始於吶喊，終於徬徨，遂爲魯迅一生的文路。

〈狂人日記〉從題目到布局，都受果戈里同名小說的啟發。早在撰寫〈摩羅詩力說〉時，魯迅就稱讚果戈里，以不見的淚痕悲色，振其邦人。他也承認〈狂人日記〉頗受果戈里的影響，意在暴露家族制度和禮教的弊害，卻比果戈里的憂憤深廣。他另外提及，中國幾千年來的歷史，不過是人吃人、人壓迫人的紀錄，中國文明不過是安排給闊老享用的人肉筵宴，至於中國大地，也不過是安排這筵宴的廚房，於是大小無數的筵宴，即從有文明以來一直排到現在，大家就在會場中吃人、被吃，以兇人愚妄的歡呼，將悲慘弱者的哀號遮掩，更不消說吃女人和小兒。掃蕩這些食人者，掀掉這筵宴，毀壞這廚房，他寄望於青年。

〈狂人日記〉的主題與此類似，但要來得低調。魯迅和其他五四人物一樣，心之所思，常爲如何改造國民的靈魂。他表示如果奴隸立其前，必傷悲而疾視，傷悲所以哀其不幸，疾視所以怒其不爭。他在小說中不斷揭露國人的劣根性，如〈阿Q正傳〉中的精神勝利，〈藥〉中的人血饅頭，〈示眾〉中的麻木羣眾，〈端午節〉中的差不多主義，〈在酒樓上〉的看破紅塵等，都是哀怒交集的文學鞭撻。哀其不幸，怒其不爭，固爲魯迅創作的泉源，也是他的終極負擔。

「五四」運動前，魯迅認爲革命的任務最初是排滿，這是容易做到的。其次是要國民改革自己的劣根性，此則爲難事。所以今後最要緊的是改造國民性，否則無論是專制或共和，招牌雖換，貨色照舊，完全不行。五四運動後，他的想法大致同前，強調中國改革的第一步是掃蕩廢物，造成一個機運，使新生命得以誕生。「五四運動，本也是這機運的開端罷，可惜來摧折它的很不少。」魯迅在此爲之扼腕，但證諸史實，他本人並未受到五四運動的鼓舞。

魯迅小說人物中最具典型者，自然是阿Q。蘇雪林女士後來反魯，但她曾經指出，〈阿Q正傳〉不單以刻畫鄉下無賴爲能事，實影射中國民族普遍的劣根性，也不單叫人笑，實包蘊一種嚴肅的意義。劣根性除了精神勝利法，還有卑怯、善投機、誇大狂與自尊癖，這些都是同類的。此外，色情狂、薩滿教式的衛道精神、多忌諱、狡猾、愚蠢、貪小利、富倖得心、喜湊熱鬧、胡塗昏瞶、痲木不仁等，也是魯迅賦予阿Q的。從社會意義來看，阿Q充滿了乏相，用今天的名詞稱之，則是充滿了無力感。無力感迄仍遍布海峽兩岸，阿Q的血脈遂與這一代的中國人相連。

魯迅痛指中國人不敢正視各方，用瞞和騙造出奇妙的逃路，而自以爲是正路，證明國民性的怯弱、懶惰和巧滑，天天滿足着，卽天天墮落着，卻又覺得日見其光榮。每亡國一次，就添加幾個殉難的忠臣，後來不想光復舊物，只去讚美那幾個忠臣。每遭刼一次，就造成一羣不辱的烈女，事後也不思懲兇自衛，只顧歌頌那一羣烈女。中國人向來因爲不敢正視人生，只好瞞和騙，由此也生出瞞和騙的文藝來，結果陷入大澤而不自覺。魯迅有感於此，矢志寫不瞞不騙的作品。他爲了和前驅者同一步調，業已刪削一些黑暗，裝點一些歡容，使作品顯出若干亮色，那就是包括〈狂人日記〉、〈阿Q正傳〉等在內的《吶喊》。由此可知，魯迅的文心較字面更爲陰冷黯淡，他在不瞞不騙的前提下，暴露社會的病根時已略有保留，可謂用心良苦。

魯迅棄醫從文之初，小說在中國不算文學，小說作者不能稱爲文學家，所以沒有人想在這條路上入世，他也無意將小說擡進文苑，不過想用此力量改良社會。當然，寫小說時不免有些主見，談到寫作的動機，他仍抱持啟蒙主義之念，即必須是爲人生，而且要改良這人生。他深惡先前的稱小說爲閒書，以及將「爲藝術的藝術」，看做不過是消閒的新式別號，所以他多取材自病態社會的不幸者，旨在揭出病苦，引起療救的注意。此說直銜《詩經》、《楚辭》的傳統，目光凝視於民生之多艱，且爲之呼號請命，與陳獨秀的文學革命論相應，匯成中國新文學史的主流。

※

魯迅與當時許多作家一樣，以反映社會現實，促使社會進步爲職志。他把中國歷史概括成「吃人」二字，並且質問「歷來如此，便對麼？」因此要求衝破一切傳統思想和手法，強調當務之急，一要生存，二要溫飽，三要發展。苟有阻礙這前途者，無論是古是今，是人是鬼，是「三墳」、「五典」，百宋千元，天球河圖，金山玉佛，祖傳丸散，祕製膏丹，全都踏倒。這種衝決網羅的意念，類似虛無主義。魯迅來自傳統，觸目所及皆爲中國的落後，深感祖宗不足法，唯有全面翻修，方可救燃眉之急，於是矯枉不惜過正。與魯迅殊途的胡適先生，也有「五鬼鬧中華」的責備，所謂貧窮、愚昧、貪汙、疾病、擾亂五鬼，非關帝國主義，全部屬於國產。魯迅在全面否定傳統之餘，仍無所逃於中國的天地，傳統的鬼怪也百轉於心頭，表現在〈狂人日記〉和其他作品裏。魯迅激昂的聲音，有時接近唐吉訶德，不免透出疲累來。

容我如是說：這不是魯迅自己的無力感麼？或許正由於高處不勝寒，他後來放棄了〈文化偏至論〉時的想法：「與其抑英哲以就凡庸，曷若置眾人而希英哲。」他離開北京到厦門後，終於改口說道：「世界卻正是由愚人造成的，聰明人絕不能支持世界。」這種肯定多數的言論，中共史家指為唯物歷史主義思想的萌芽，卻標誌他小說時代的結束。「寂寞新文苑，平安舊戰場；兩間餘一卒，荷戟獨彷徨」。此詩是他四顧茫然的自況，也顯示吶喊後的文學心情。

魯迅最後的歲月在上海度過，以他的個性和地位，此時成為中國文壇的風暴中心，實屬難免。「左聯」成立前，他迎接革命文學派的圍剿，又與梁實秋論戰，無異左右開弓。「左聯」成立後，他猛攻民族文學派，又批評胡秋原和林語堂。「左聯」內部的論爭，他同樣無役不與，從未公開示人以弱。強者魯迅此時出產大量的雜文，雜文如匕首，如投槍，中共的史家推崇不已，廣大的讀者卻興味索然，寧願回顧魯迅的小說。鬪爭價值與文學價值如何得兼，的確費人思量。

「個性即命運」，魯迅晚年飽受共產青年的糾纏，其中不乏意氣之爭，也涉及創作自由的眷戀與設限。魯迅甘為孺子牛，對於不知敬老的孺子，卻不惜與之決裂，內心百味雜陳，在私函裏表露無遺，胡風、楊霽雲、王治秋等多人，都收到既哀且怒的傾訴，說明他的不甘就範，也證實他與胡秋原的主張無異，自由主義一如人道主義，同為三十年代作家的最愛。政治的訓令之類，非魯迅所能長期服膺。他加入「左聯」的動機不一，其中當含排除黑暗的使命感在內，結果烏雲壓頂，非其所能長期忍受，自然要發出抗聲了。

一九三五年九月十二日，魯迅致函胡風，透露當時的心情：「一到裏面去，卽醬在無聊的糾紛中，無聲無息。以我自己而論，總覺得縛了一條鐵索，有一個工頭背後用鞭子打我，無論我怎樣起勁的做，也是打，而我回頭去問自己的錯處時，他卻拱手客氣的說，我做得好極了，他和我感情好極了，今天天氣哈哈哈……。眞常常令我手足無措，我不敢對別人說關於我們的話，對於外國人，我避而不談，不得已時，就撒謊。你看這是怎樣的苦境？」所謂裏面指「左聯」，工頭卽周揚。胡風曾問魯迅，三郎（蕭軍）應否加入「左聯」？魯迅同函表示不必，並說還是外圍出了幾個新作家，有些新成績，加入後則像他一樣苦在其中。其理甚明，中共成立「左聯」的初心，在鬬爭不在文學，盟員接獲過多的政治訓令，無法定下心來寫作，新鮮成績云乎哉？

※

一九三六年十月十九日，魯迅走完辛苦的一生，稍早的遺囑提到「一個怨敵都不寬恕」，顯現他不肯妥協的個性。弟子胡風正因個性相類，所以最爲魯迅垂愛。當他的遺體移至上海膠州路殯儀館中，中共的「左翼文化總同盟」派人在附近發傳單，指責他的錯誤。這個簡稱「文總」的組織，地位在「左聯」之上，黨團書記也正是周揚。不久，胡風在葬禮上強調：「魯迅是被他的敵人逼死了的，我們要替他報仇。」繼承了魯迅抗爭精神的胡風，後來果然指責周揚在文藝界的宗派統治，周揚則憑藉權勢鬪倒了胡風，後者無異代替早逝的魯迅受罪。世人有目共睹，魯迅加入「左聯」後，已使其文學創作停擺，晚年與共產黨人的遭遇戰，更促使其形體生命提前告終。魯迅後來享有中共的稱頌與紀念，主要說明同路人的遺體是香的，無法抵消他生前的雙重悲哀。

容我再度思考：魯迅若能長壽，又將如何？假使投奔延安，親聞毛澤東宣布，雜文時代已過，魯迅筆法休矣，他是否就範？假使活到一九四九年以後，目睹胡風生不如死的劫難，他做何反應？大陸知識分子在鳴放運動的「陽謀」下被整肅時，喟嘆「魯迅今日若不死，天安門前等殺頭！」他能否無感？毛澤東曾經讚揚他沒有絲毫的奴顏與媚骨，在那個「萬歲不離口，語錄不離手」的時段，周揚都不能倖免，老舍更受辱至死，他何以自處？魯迅何其不幸，未能年登耄耋；又何其幸運，不必親口答覆這一連串問題，他的弟子和孫輩，付出了生命、血淚和行動，塡滿其後的歲月。「魯迅的方向，就是中華民族新文化的方向」，惜乎初倡此說者行不顧言，背道而馳的結果，中華民族的前景仍艱，魯迅的呼聲也就似遠猶近了。

一八八一年九月二十五日，魯迅生於浙江紹興一個衰敗的仕紳之家。他在晚年反擊共產青年時，形容彼等爲「破落戶的飄零子弟」，其實這也是自況。他走出衰敗，奮進圖強，有筆如槍，志在掃除中國的黑暗，引領同胞走向光明。這是一項百年大業，任何人鞠躬盡瘁，都不易身退功成，魯迅也不例外，他的無力感與挫折感，都是先天註定的。

中國讀書人的成就可歸爲兩類，一爲儒林（經師），一爲文苑（詞章）。魯迅的表現主要在後者，但抱負主要在前者，文路與心路之間若有差異，似亦在此。他心心念念在改造國民的靈魂，而以文學爲工具，獻力終生。這項工程太大了，以致累死英雄。人人肯定魯迅是文學家，人人皆稱中國的國民性仍須改造，今後宜有更多的魯迅出現，接續完成一位魯迅的未酬之志。

——魯迅一一〇誕辰前夕寫於日本旅次

八十年九月《中國論壇》

有感於中共的紀念魯迅

魯迅在世五十五載，辭世至今恰也五十五載，今年九月二十五日是他的一百一十歲誕辰。二十四日上午，中共在北京中南海懷仁堂舉行紀念大會，與會者一千一百人，包括李鵬、李瑞環、胡喬木、王忍之、賀敬之、林默涵等，不乏六四後復出的文壇刀客。大家聆聽了江澤民對魯迅精神的高度評價，以及「推而廣之」，中共的政治訴求與政策走向，由此清晰可見。五十五年來皆然，今年何能例外？

江澤民一如毛澤東，供奉魯迅在祭壇之上，又不時請回人間，解決疑難雜症。中共的問題堆積如山，魯迅的死靈魂也就不得安歇，長期在大陸的上空待命。今年獲派的主要任務，在充當反和平演變的門神，因爲「國際敵對勢力一天也沒有停止對我們進行和平演變，資產階級自由化則是他們進行和平演變的內應力量」，所以要用魯迅的光輝典範，教育廣大幹部羣眾和青少年。死者爲活人服務，原本無可厚非，惟作文的起承轉合應求順暢，總書記轉得稍硬了。

馬克思曾經表示，他不是馬克思主義者。其意當指生前即遭思想的扭曲，死後更無論矣。一九三六年十月十九日，魯迅病逝上海，三天後中共中央委員會、中華蘇維埃人民共和國中央政府發出唁電，稱頌魯迅是「思想界的權威」。魯迅若有知覺，對於此說恐欲迎還拒。他有筆如槍，投向權威，從未明言自己要取而代之，中共的掌聲無異一種「捧殺」，實不利於魯迅的形象。至於其他的贊詞，如「獻身於抗日救國的非凡的領袖，共產主義蘇維埃運動之親愛的戰友」，魯迅可能亦感陌生。他以筆爲媒，旨在喚起國人，改造精神，此與梁啟超、孫中山、胡適諸先生相同，惟其以藝術的手法爲之，故別具吸引讀者的力量。魯迅並未留下多少抗日的文字，倒是他和日本友人的情誼深厚，傳頌至今。魯迅親愛蘇維埃運動的證據更嫌薄弱，晚年書信中透露的對手，卻多屬共產青年。生哀死榮的文學家不止魯迅一人，但以他最哀最榮。

毛澤東坐穩延安後，魯迅正式封神。一九三七年十月十九日，毛澤東在陝北公學演講，稱魯迅是中國的第一等聖人，思想、言論與行動「都是馬克思主義化的」。一九四〇年一月，他提出「新民主主義論」，更指魯迅爲共產主義文化新軍最偉大、最英勇的旗手，是最正確、最勇敢、最堅決、最忠實、最熱忱的民族英雄。此種空前的推崇，有其抗日民族統一戰線的背景，卻也產生了後遺症。一九四二年五月二十三日，毛澤東在文藝座談會上警告，「還是雜文時代，還要魯迅筆法」之說，不適用於中共統治區。一九四九年以後，中共幾乎統治了整個大陸（西藏晚兩年才赤化），全區遂不適用魯迅筆法矣。

於是，中共年年紀念已死的魯迅，又年年撲殺復活的魯迅，並行無礙。從胡風到劉賓雁，身上都流著魯迅的血液；從主觀戰鬪精神到第二種忠誠，也都接獲迎面的斧鉞。中共認定魯迅是歷史人物，只能扮演「古爲今用」的角色，替共產黨的政治服務。《人民日報》評論員爲江澤民的講話作註，直稱魯迅是中共最忠誠的同志和戰友，這就是魯迅的官方定位。胡風病瘋而死，劉賓雁亡命天涯，官方除了皺眉，還有何種表情？

但是，一樣看書，兩樣心情。魯迅的原著俱在，千千萬萬個讀者可能接受官方的強解？中共紀念魯迅的最大後遺症，就是印出了他的全集，歷史的眞貌於焉彰顯，作者的抗爭精神也就表露無遺。「石在，火種是不會絕的」。是的，原典如石，抗爭的火種不會絕的。

八十年十一月二十三日〈聯合副刊〉

第四輯

五四時期的現代文學

五四運動一直未受到大家廣泛的重視，直到民國六十八年，文藝界才開始正視這一個在中國現代文學史上激起極大震撼力的運動。其實早在民國四年，就已開始討論文學的改革，而正式口號的提出，則要到民國六年，胡適和陳獨秀在《新青年》雜誌上發表文章，截至民國十五年北伐前，都可算是五四時期。「左聯」成立後，這個運動的特色才有所改變。現在分成兩部分，說明五四時期的現代文學。

㈠五四運動的眞義。可分狹義和廣義來講，狹義指的是民國八年五月四日，北京學生所發動的愛國運動，最後擴展到全國各階層，純屬一項政治事件，後來致使北洋政府和列強不得不重視中國問題而另謀解決之道。廣義則是一項思想運動，包括早期的文學革命、五四學生愛國運動等，也就是後來國父所說的新文化運動，屬於革命文學正式提倡前的這段時期。依周策縱先生所言，革命文學早在民國十二年瞿秋白就已提出，到國民政府淸共後，才更爲明顯，也就是所謂的普羅文學。現在我們所稱的五四運動，則依廣義而言。

㈡五四時期的現代文學。五四時期的背景，完全迥異於臺灣目前的狀況，由於當時人民生活困苦，教育又不普及，因此受過教育的知識分子，自然而然成爲人民的喉舌，有救國喚民的時代使命感。五四的文學革命字樣，最早出現在胡適日記中，他在〈文學改良芻議〉中所提出的「八不」原則，可謂空前絕後，截斷眾流，較爲模仿西洋。陳獨秀聲援胡適發表〈文學革命論〉，亦曾列舉西洋各派思潮比附。一般而言，由民國初年到三十年代，各家思想雜然並陳，西方思想也都一一引進來，眞是到了病急亂投醫的地步，再加上內憂外患，所受的屈辱特別多，因此有些國人特別激烈，就連胡適、徐志摩等人，都發表過激烈的詩文。至於當時那些人又爲何投向文學呢？胡適本學農，後改學哲學，然而「救國千萬事，何事不可爲」？終於從文。魯迅原學醫，後在日本見到國人被砍頭的影片，因此深深覺察到醫治人心勝過醫治身體的疾病，所以也走上文學之途，以文章救國，喚醒民眾。五四運動較爲接近十八世紀德國的狂飆運動，同樣洋溢著通俗的、民族狂熱的、自我崇拜的文學作品。到了民國十年後文學研究會和創造社成立，影響文藝界和當代青年甚大。「文研」是第一個文學社團，標榜著「人生的藝術」，除了定期的文學刊物外，還從事世界文學名著的翻譯工作，屬於寫實文學派，著名的作家有周作人、謝冰心、王統照、廬隱、許地山、葉紹鈞等人。民國二十一年，這個文學團體在無形中解散。創造社則是個很突出的文學社團，大都是留日學生，由郭沫若、郁達夫、成仿吾等人組成，以「藝術的藝術」爲口號，由於在國外住得久，生起濃厚的懷鄉病，回國後種種的失望，使他們變得悲憤激烈，郭沫若的

《女神》、郁達夫的《沉淪》、郭沫若翻譯的《少年維特之煩惱》等，較為傾向浪漫主義，後來為馮乃超、李初黎等共產黨員所領導，對胡適、梁實秋、徐志摩等英美的留學生加以攻擊。郁達夫就曾說過：「弱者若還能生存活動著，就是替弱者吐一口氣。」因此創造社也以替壓迫者吶喊為宗旨。

五四時期，聞一多、周作人、郁達夫等人都認為新詩起步最早，但成就最差，當時新詩的帶頭人則是胡適，最早的詩集是《嘗試集》。他主張「作詩如作文」，因此廢格律，又提倡「說理詩」，因此受人非議，因為大家都認為詩是用最精鍊的語言來創作的，也是最能抒發情感的，所以應該講求音韻和抒情。

在散文方面，最早是魯迅和周作人，其後有朱自清、徐志摩、郁達夫等人。魯迅早期的散文集是《野草》，周作人則有《自己的園地》、《雨天的書》等集子，兩人都提倡抒情的小品，後來魯迅偏向雜文，而周作人偏向草木蟲魚的描寫。朱自清的散文，楊振聲評為「風華從樸素出來，幽默從忠厚出來，腴厚由平淡出來」，朱自清從未加入共產黨，卻為共黨所捧。徐志摩則創作唯美的散文，因辦過《新月》雜誌，批評普羅文學，所以共產黨激烈攻擊他。郁達夫被稱為頹廢大師，寫出自己的苦悶，在《沉淪》中曾提到「祖國呀！我的死是你害的！你快富起來，強起來罷！你還有許多兒女在那裏受苦呢！」表現出強烈的憂鬱症和無力感。

小說方面，魯迅有《吶喊》和《徬徨》集，至於後來分量很多的雜文，則不能算是文學作品。

其中〈狂人日記〉是第一篇新小說創作，藉著狂人之口，說出當時社會的黑暗和恐怖，最後以「救救孩子」結束，表現出改造社會的抱負，這受到俄國果戈里〈狂人日記〉筆法的影響，也可見尼采《蘇魯支語錄》以獨白體說明超人哲學的影子。〈阿Q正傳〉翻譯成多國文字，全文暴露出國人的通病，活生生將那個時代的沒落刻畫出來，魯迅的立意是要國人認清自己，但負面影響則使國人信心動搖，徬徨在十字路口。

戲劇方面，主要在改變觀念，傳播新思想，例如胡適的〈終身大事〉，就寫明了男女婚姻該由當事人自己作主。郭沫若的歷史劇，將人物賦予新的生命，田漢的《瓌珴璘與薔薇》，表現了多愁傷感的浪漫情調，後期作品《顧正紅之死》則反映了反侵略的愛國思想。

五四時期現代文學作品內容的特色，則可分為：㈠感時憂國。胡適的〈他〉，強烈表現思念祖國的情意；郭沫若的〈爐中煤〉，也透出眷戀祖國的情懷；劉半農〈一個小農家的暮〉，同樣如此。㈡為民請命。胡適的〈人力車夫〉、蔣夢麟的《西潮》、老舍的《駱駝祥子》，都寫出人力車夫的悲苦事蹟。徐志摩的〈叫化活該〉，以反諷手法表現對乞丐的同情。㈢浪漫情懷。這是五四時期青年共有的特色，他們在作品中表現狂熱的自我情操，以戀愛為描寫主題，擺脫包辦式的婚姻和舊禮教的束縛，例如胡適的〈小詩〉、〈也是微雲〉等，都是發抒個人浪漫情懷的詩作。㈣個性解放。例如前述胡適的〈終身大事〉，對婚姻重新評估，郭沫若作品更強調自我的再生。

總之，五四時期的現代文學，重視精神的表現，不太重視技巧的錘鍊，具有時代的危機感和廣義的人道主義精神，作品中流露感時憂國的情操和對社會的關切。至於五四運動本身的功是啟廸新思想，提升對外地位，使外人也使政府重視民意；過則是青年尚未能踏實解決問題，有時也難免矯枉過正，但整體而言，功大於過。

六十九年十一月《中國現代文學研究》

五四運動與新文學運動

民國八年爆發的五四運動，直接目的在外爭主權和內除國賊，表現出學生犧牲、社會制裁、民族自決等精神，大體可歸納為政治上的民族主義，有別於中國往昔文化上的民族主義。正因五四運動的動機純潔，所以親歷者如楊亮功先生和陶希聖先生，都反對將它與新文化運動混為一談。至於新文化運動的前奏和內環——新文學運動，也被視為與五四運動無關了。

五四運動與新文學運動的分袂，可由魯迅的表現見之。他對五四運動響應的文字和行動兩缺，而僅止於私室中關懷參加愛國示威的青年，而此處的關懷，幾與勸誡二字等同。據孫伏園所述，魯迅為了愛護青年，希望他們明哲保身，不要擴大事端。而且若非孫伏園來告，他當天即使身在北京，也不知業已發生這件如火如荼的大事。中共後來說魯迅推動了五四運動，若就事件本身來看，恐與史實相反。

民國九年五月四日，五四運動一周年那天，魯迅在致宋崇義的信中指出：「比年以來，國內不靖，影響及於學界，紛擾已經一年。世之守舊者，以爲此事實爲亂源，而維新者則又讚揚甚至。全國學生，或被稱爲禍萌，或被譽爲志士；然由僕觀之，則於中國實無何種影響，僅是一時之現象而已；謂之志士固過譽，謂之禍萌是甚寃也。」由此可知，魯迅既認爲五四運動帶來了紛擾，又以此事不足掛齒，終將被時間之流沖刷而去。

魯迅對五四運動的冷漠，與他當時對文學的熱情相較，頗見差異，這也說明了五四運動的本質。誠如蔡曉舟先生指出：「我北京學生，五四一役，涵有二義，一爲國家爭主權，一爲平民爭人格。前者所以使外人知吾民有血性，而殺其覬覦之心；後者所以使公僕知吾國有主人，而正其僭竊之罪，雖然是二義，不可以徒立也。非具犧牲萬有之精神，莫啟其端，非得前仆後繼之實力，莫刈厥果。」由此亦知，五四運動的表現以民族主義爲主，但不以民族主義爲限，尚包括民權主義，而以愛國爲第一要義。它所抗議的對象，是孫中山先生形容爲「頑劣」的北洋政府；它所顯示的熱誠，則令策國者知人心未死，連康有爲也對五四運動稱頌不已：「自有民國，八年以來，未見眞民意、眞民權，有之自學生此舉始耳。」魯迅時任北洋政府的「公僕」，但其職位畢竟只屬「區區」，因此自不必負僭竊之罪，但他既不願犧牲職位，更談不上犧牲萬有，所以就和五四運動保持距離了。

魯迅對愛國運動的反應是「有所不爲」，對新文學運動的推廣則不遺餘力。他在五四運動之前，已於《新青年》雜誌上發表了三十一篇文字，其中〈狂人日記〉被視爲中國新文學史上第一篇白話小說，剛好發表於五四運動前一年。〈狂人日記〉從題目到布局，都受果戈里同名小說的啟發。早在撰寫〈摩羅詩力說〉時，魯迅就稱讚果戈里「以不見之淚痕悲色，振其邦人」。他又表示如果奴隸立其前，必哀悲而疾視，哀悲乃哀其不幸，疾視乃怒其不爭。魯迅後來在小說中，不斷揭露國人的劣根性，如阿Q的精神勝利，〈藥〉中的人血饅頭，〈示眾〉裏的麻木羣眾，〈端午節〉的差不多主義，〈在酒樓上〉的看破紅塵等，都是「哀其不幸，怒其不爭」的文學說明。從這個角度來看，胡適先生當年的創作中亦不乏同調，〈差不多先生傳〉即其一例。許多證據顯示，那是一個有識之士皆憂憤的時代。

胡適先生也不贊成學生的過激行動，此點與魯迅不謀而合，但他對五四運動影響新文學運動一事，則持較為肯定的態度：「民國八年的學生運動與新文學運動雖是兩件事，但學生運動的影響能使白話的傳播遍於全國，這是一大關係；況且『五四』運動以後，國內明白的人漸漸覺悟『思想革新』的重要，所以他們對於新潮流，或採歡迎的態度，或採研究的態度，或採容忍的態度，漸漸的把從前那種仇視的態度減少了，文學革命的運動因此得自由發展，這也是一大關係。因此，民國八年以後，白話文的傳播眞有『一日千里』之勢。」換言之，胡先生認為五四運動助長了新文學運動，魯迅則認為「於中國實無何種影響」。魯迅對五四運動的評價，缺乏洞澈的眼光，以致禁不起歷史的考驗。

新文學運動的主張，始於私人的通信討論。民國四年胡適先生的留美日記中，即有「新潮之來不可止，文學革命其時矣」之句，爲寄梅光迪詩的底稿。次年他投書《新青年》，與陳獨秀開始文字往還，受其鼓勵以後，於民國六年發表〈文學改良芻議〉，該文後被譽爲新文學運動的首次宣言。胡先生斷言白話文學爲當時文學的正宗，又爲日後文學的利器，這是從歷史的進化觀察而得。緊繼〈文學改良芻議〉，陳獨秀撰〈文學革命論〉爲之聲援，並倡國民文學、寫實文學、社會文學三者。大體言之，胡先生偏重於文學工具的改造，陳獨秀則觸及文學的內容，然而陳獨秀是評論家而非創作者，所以他不能長期領導新文學運動。胡先生既專注於白話文的提倡，一時也無法以內容傑出的作品取勝。新文學運動的風雲初展，爲中國文學史跨出了一大步，但在藝術的成就上似乎未能相埒。

與《新青年》並稱新文學啟蒙期三刊物者，是《每週評論》和《新潮》，它們皆非純文學雜誌，但都響應文學革命，刊載白話文章，可謂《新青年》的羽翼。其中羅家倫、傅斯年等先生創辦的《新潮》，外文名爲《文藝復興》(*The Renaissance*)，替新文學運動添力不小。白話文原屬都市發達後的產物，中國數百年來即已可見，加以民族工業在歐戰期間頗爲可觀，又帶動了都市化。而廢除科舉以後，平民教育也日見推廣，因此白話文一經正式提倡，自然風行。不久五四學生運動爆發，旋即演展成全民運動，白話刊物愈爲盛行，國人的思路也因五四運動而大開，新文學運動乃獲迅速的推進。民國九年教育部下令小學教科書廢除文言，改用白話，後者遂成國語。白話文學的先後反對者如嚴復、林琴南、章士釗、梅光迪、胡先驌等，論點皆已被視爲不合時宜而難挽巨流了。

新文學運動影響所及，促發了文學團體的勃興。文學研究會和創造社等的成立，使得新舊思想的衝突問題擱置下來，由於各國文學作品和理論的大量輸入，乃從反對舊文藝而投身到世界文學的浪潮裏。民國十年成立的文學研究會，是中國新文學史上第一個純文學社團，其宣言發表在先，說明主要在聯絡感情、增進智識、建立著作工會的基礎。該會接編《小說月報》，為當時極有力的文學雜誌，一新讀者耳目。不久，創造社異軍突起與之對峙，該社以「創造」自許，思想較為前進。文學研究會頗重介紹當時被壓迫民族的文學，故多致力於翻譯；而創造社則重視創作，輕視翻譯，以為前者乃處子，後者無異媒婆。兩團體雖為新文學運動的產品，但文人相輕的固習仍濃。

文學研究會發起人如茅盾、耿濟之、周作人、鄭振鐸等的論點被歸納為寫實主義，為人生而藝術，創造社當時則樹立浪漫主義的旗幟，高唱為藝術而藝術，以唯美派的見解反對文學的功利主義。鄭振鐸後來指出，文學研究會的成立和編輯刊物，使得新文學運動和一般革新運動分開。至創造社興，該時期可謂白話文運動發展的頂點，隨後成為純粹的新文學運動。文學研究會提倡血淚文學，主張和時代的呼號相應，敏感於苦難的社會。創造社初立於反對地位，但浪漫主義者畢竟是熱情的，往往也便是舊社會的反抗者；郭沫若所寫〈我們的文學新運動〉，成仿吾所寫〈藝術之社會的意義〉，被視為創造社轉變的開始，「在這個時候，他們的主張和文學研究會的主張已是沒有什麼實質上不同了」。此說自有圓場的意味在內，但也證明了新文學運動的主流是寫實主義。

陳獨秀提倡的國民文學、寫實文學、社會文學三者，或可濃縮成「社會寫實主義」一詞，它與「社會主義寫實主義」的文學名似而實異。後者即爲馬列主義文學，在當時則以「無產階級革命文學」的名目出現於中國，簡稱爲「革命文學」，或音譯爲「普羅文學」。由於受到第三國際的影響，創造社社員從日本帶回了此波熱浪，加上民國十四年五卅慘案爆發，反帝運動瀰漫全國，也刺激了彼等，遂提倡「革命文學」。純文學的寫實主義，在聲勢上逐漸被紅文學的寫實主義所掩蓋，民國十九年「中國左翼作家聯盟」誕生，正式揭開三十年代左傾的狂潮，去純文學也就更遠了。新文學運動演展至此，實非首倡者如胡適先生的始料所能及，也無怪五四運動的參與者如楊亮功先生，要劃清民國八年學生愛國之役和其他運動的界限了。

中國新文學運動在時間上與五四運動部分重疊，在推廣上得五四運動之助，在方向上則跨越了五四運動，走入鮮花與荊棘參差之途。其中左翼作家的投身果然捲起千堆雪，後來安返者卻不多見，文化大革命就是他們悲劇的總說明。如今碩果僅存者的心情，或與王國維先生的〈浣溪沙〉所示約略近之，詞曰：

山寺微茫背夕曛，鳥飛不到半山昏，上方孤磬定行雲。試上高峯窺皓月，偶開天眼覷紅塵，可憐身是眼中人！

七十四年五月二日〈中央日報〉

五四運動釋義

五四運動爆發至今，忽焉六十九載，吾人欲還其歷史的芬芳，宜先釋名。

中國歷史上不乏青年運動的前例，但就規模與影響力而言，五四運動可謂無與倫比。一九一九年五月四日，北京學生基於救國的熱忱，示威抗議日本的侵略擴張，以及國內官員的受制於人，由此激起全民愛國運動，並擴大了前已展開的新文化運動。從學生的示威到全民的響應，即爲五四運動一詞的最初指涉。

時至今日，五四運動的定義仍然莫衷一是，偶見爭議。部分親歷當年愛國行動的人士，認爲五四運動和新文化運動或任何外在因素無關。此種堅持當出自以下理由：首先，五四運動本身的動機純潔，不似新文化運動的思想駁雜。其次，五四運動本身有功無過，不似新文化運動有功有過。因此，他們主張五四運動與新文化運動分袂。然而，單純的愛國運動似不足以引起後來學術界如此之重視，不少人現已能接受廣義的看法，即五四運動是一種複雜的現象，其中包括新思潮、文學革命、學生運動、商人罷市和工人罷工、抵制日貨，以及新知識分子其他的社會與政治活動。凡此都由於日本的二十一條要求，加上巴黎和會山東決議案後的愛國情緒所激發，並因學習西方和盼望在民主與科學的光照下，重估傳統以建設新中國的精神所致。此說將新文化運動涵蓋於五四運動之內。如今最見流行，從之者眾。

另一親歷者的折衷看法也頗值得參考：五四運動與新文化運動是相互助長的。五四運動受到新文化運動的影響，新文化運動也由於五四運動而擴大。兩者的性質原本有異，精神卻屬一貫，就是要使中國現代化。欲達此目的，必須從思想現代化做起。持此說的羅家倫先生後更指出，能為純粹知識的主張而殉難，是人類最光榮高尚的事；能為思想言論自由而犧牲，是對社會最有實利的貢獻。凡此見解，皆在強調思想革命的重要，似可說明五四運動不僅為愛國示威而已。

不過，五四運動最主要的起因，亦即原始目的所在，畢竟是抗日救國，民族主義的成分超過其他。近代中國民族主義是帝國主義侵略下的產物，因此可謂防衛的民族主義，有別於古代文化的民族主義。同理，中國現代化在救亡圖存的心情下推出，是一種防衛的現代化。廣義的五四運動，就是雙重防衛的運動——民族主義兼現代化。

中國民族主義運動的本質，可由孫先生對民族主義的解釋上看出。他在同盟會的軍政府宣言裏表示：「中國者，中國人之中國」，已說破民族主義的要義。此外，他在五四運動後還提到以下數點：㈠民族主義就是國族主義。這是按中國歷史上社會習慣等情形來看的，因為中國自秦漢後，都是一個民族造成一個國家。㈡民族主義是國家圖發達和種族圖生存的寶貝。鑒於古今民族生存之道，要救中國，要中華民族長存，必須提倡民族主義，否則便有亡國滅種之憂。㈢民族主義是求中國自由平等的主義。進而言之，求世界人類各種族平等，一種族不爲他種族所壓制。

由此得見，民族主義首重救國保種，不言階級。大同主義式的世界主義與之相較，也有緩急先後之分，因爲中國是受屈民族，必先恢復本身自由平等的地位，才配講民族主義。「所以以後我們要講世界主義，一定要先講民族主義，所謂欲平天下者先治其國。把從前失去了的民族主義重新恢復起來，更要從而發揚光大之，然後再去談世界主義，乃有實際。」換言之，此時談是不切實際的。

我們尤須注意「欲平天下者先治其國」，這正是民族主義與馬克思主義的截然不同處。後者認爲「欲平天下者先滅其國」，所以強調國家凋謝論。馬克思和恩格斯在〈共產黨宣言〉中，甚至根本表示工人無祖國，「絕不能剝奪他們所沒有的東西」，以此答辯旁人對共產黨欲廢除祖國的責難。一八七三年一月，馬克思又發表〈政治冷淡主義〉，認爲工人階級如果對國家進行鬪爭，就是承認國家，此與「永恆的原則」牴觸，所以應在心中堅決反對國家的存在，並透過購閱有關消滅國家的文獻，證明自己在理論上極端蔑視國家。恩格斯在《家族、私產和國家的起源》與《反杜林論》中，也得出國家萎謝和消滅的結論。因此，「全世界無產者聯合起來」的國際主義，非但不以民族主義爲基礎，不想恢復民族國家，反欲除之而後快。

五四時期中國尚未流行現代化一詞，但有識之士的理論與行動，都已觸及現代化的內容，有其歷史性的貢獻。現代化的定義衆說紛紜，大抵是指整個社會與文化背景的綜合變遷。

現代化是廣泛的現象，主要爲農業社會轉變到工業社會的過程，因此工業化當然是它的動力與特徵，然而並非全部。現代化一方面指社會的經濟成長和工業化，另一方面指社會組織和關係的理性化。五四時期兼顧中國工業化成長和理性化發展的，以孫中山先生爲第一人。他早年習醫，具有科學工作的經驗，以科學爲系統、條理之學，強調實事求是的重要，「拿事實做材料，才能夠定出方法」；換言之，不能單憑學理。他更以科學的方法來解決社會問題，亦即民生問題。生產工業化以求富，分配社會化以求均，就是他爲解決中國民生問題設計的兩條途徑。

孫先生對民主的重視，更是生死以之。他爲了要中國眞正以民爲主，行主權在民之實，締造了中華民國。他所以要排滿，意在推翻帝制，「就算漢人爲君主，也不能不革命」。他本著權能區分的原則，提倡直接民權和五權憲法，使得全民政治和萬能政府的理想能夠同時達成。他在主張全民政治時，同意史密斯（Alfred Smith）的見解：「以更多的民主，革除民主的流弊。」（All the ills of democracy can be cured by more democracy.）他更指出民主與專制不能並存：「余之民權主義，第一決定者爲民主，而第二之決定則以爲民主專制必不可行。」此語無異對中共堅持的「人民民主專政」，做了先知式的批判。

民主與科學是五四時期現代化的重點，但非產生於一夕之間，可謂其來有自。就科學方面來看，從一八六〇年代到一九一一年，中國已出現許多科學刊物和團體，學校也注意到科學教育。

就民主方面來看，從一八九〇年代到一九一三年，闡揚民主思想的文字不可勝數，一九〇九和一九一三年且實行過兩次全國性的選舉。在這樣的背景下，五四人物對民主與科學的發揚光大，更易爲國人所接受。

五四運動起訖時間的說法不一，曾經引起討論。周策縱先生認爲可定在一九一七到一九二一年，因爲在一九一七年，新起的思想界人物以《新青年》雜誌和北京大學爲中心，團結發起新文化運動；一九二一年以後則變爲直接的政治行動，多少忽略了思想和社會改革。鄭學稼先生則認爲，五四運動始於一九一九年五月四日，終於一九三七年七月七日的盧溝橋事變。因爲中華民族在二十世紀初有兩大要求：爲民族獨立而打倒帝國主義，爲國家統一而打倒軍閥；五四運動即爲實現此兩大目的進行之思想運動。盧溝橋事變當做五四運動的結束日，乃因它是民族獨立與國家統一的信號，也實踐了五四人物的願望。以上二說均言之成理，可謂各擅勝場，見仁見智，惟前說較爲通行。

七十七年五月四日〈中華日報〉

五四運動的歷史定位

一九一九年爆發的五四運動，領導者爲知識分子，其中多屬大學師生。知識分子即中國古謂之士或儒，不但是社會的良心，而且是平民的導師，此即韋伯所說：「中國儒者雖由禮的訓練而成，實由對俗界士君子的教育而來。」中國知識分子由於最早從宗教中解脫，又多來自民間，因此若和西方知識分子相較，尤具人文精神與平民性格。不僅如此，中國知識分子每以國家興亡爲己任，孔子主張的「見危授命」，曾子期許的「任重而道遠」，孟子強調的「威武不能屈」，以及《禮記》所載的「戴仁抱義，雖有暴政，不更其所」等，都有無數的知識分子身體力行，而爲青史所留名。即就歷代大學生的救亡圖存來看，東漢有數千人集體請願的風潮，北宋也有學生領袖陳東的九次上書諍諫，赢得舉國稱快。五四運動延續了這種「讀書不忘救國」的歷史火種，但在聲勢上實屬前所未有，在時代的意義上也不止一端。

中國歷史上首次較大規模的學生運動，發生在西漢哀帝時，千餘太學生守闕上書，終使反對官僚的鮑宣減罪，正義得以伸張。至東漢桓帝與靈帝間，因爲主荒政謬，國命委於宦官，故匹夫抗債，處士橫議，天下士大夫皆汚穢朝廷，此種情狀，與五四時期國人對北京政府的態度略同。當時太學生三萬餘人，以李膺、陳蕃、王暢等爲意見領袖，危言深論，不避豪強。公元一五三年起，太學生劉陶兩度詣闕上書，爲朱穆和李膺請命，從者數千人，規模大於西漢，結果同樣奏效。及至唐代，德宗時太學生何蕃聯合兩百餘人伏闕上書，挽留國子司業陽城，亦一時之盛。北宋徽宗時，蔡京盤踞相位十七年，上憑眷顧之恩，中懷跋扈之志，敗壞國事，如與五四時期被指爲賣國賊的親日官員相較，又有幾分神似。太學生陳東明知可能得罪以死，仍上書諍諫，贏得朝野交讚，也使得蔡京及其徒眾或貶或誅。一一二六年，陳東等人又詣闕向欽宗請願，要求復用賢臣李綱，罷斥李邦彥和張邦昌，並反對稍早與金人簽訂的辱國條約，五四運動的風貌就更近於此了。

五四運動的表現以民族主義爲主，有北宋太學生的遺風，可謂千年一脈，但它不以民族主義爲限，大致包含兩層意義，一爲國家爭主權，二爲平民爭人格。「前者所以使外人知吾民有血性，而殺其覬覦之心；後者所以使公僕知吾國有主人，而正其僭竊之罪」。前者是對外打不平的，自屬民族主義；後者是對內打不平的，卽爲民權主義，如此內外兼顧，與羅家倫先生揭櫫的「外爭主權，內除國賊」相同。五四事件時白話與文言的宣言都提到開國民大會，則爲民族主義兼民權主義的呼聲。一九二五年三月　孫中山先生病逝前，卽以開國民會議與廢除不平等條約爲念，因此五四運動的主流可謂匯歸國民革命之怒潮。不平等條約的大量廢除，與國民大會的正式召開，後來都是在國民政府領導下告成的。

進而言之，五四運動的政治意義，在保衛辛亥革命的成果，導引日後北伐的開展，「外爭主權」和「內除國賊」，正與國民革命的「打倒帝國主義」和「打倒官僚軍閥」一致。五四運動除了兼具民族主義和民權主義的意義外，抵制日貨和提倡國貨，也與主張發展實業的民生主義相合。由此可見，五四運動對國民革命軍的北伐和三民主義的推展，立下啟迪人心的前功，為「中華一統」舖下坦途。

五四運動對「民國萬年」的憲政，也起了促進作用。孫中山先生與《新青年》雜誌等提倡民主，民主的精神在自由平等兩義。具體言之，就是要在一國之內，人人有思想、信仰、言論、出版、集會、結社等自由權；人民不論職業與性別等之差異，身體、財產有非依國家法律不得任意侵害的平等權，這是人權，亦即民權。準此以觀，五四人物鼓吹的民主，已為日後的中華民國憲法所肯定。次言科學，胡適先生當時參與領導的新文化運動，主要在提倡「以科學的方法來整理國故」，也就是以科學的方法整理固有文化，按照現代的需要，重新估定其價值。後來的中華民國憲法擴大此種精神，明定科學教育的重要，並獎勵科學的發明與創造。五四時期中國現代化的主要內涵，經過後繼者持續的努力，已能更上層樓，收到踵事增華之效。

民主與科學的根本落實點，就是推行教育。民主的精神既然在注重個人發展，因此必先求教育平等。五四時期的新思想領袖認為，要使人人有能力求學，則非深奧雕琢的古文所能實現，因此首先改革文學，使其通俗親民，是爲文學革命運動。至於科學的使用也不限於機器一隅，其精神與方法的價值不讓於其他一切結果，被視爲運用科學方法最周密的實驗主義因此引進中國。其實，杜威也正是平民教育的鼓吹者，一九一九年五月四日當天，他在上海演講「平民主義和教育的關係」，強調共和國需要平民教育，性質是發展個性的知能，方法是使學校的生活眞正社會化。凡此觀點在五四時期頗受重視，官方也不例外。

一九一九年三月，羅家倫、王光祈等即創立平民教育講演團，在文盲中推行一個廣泛的通俗演說運動，傳播科學知識、愛國主義、新倫理和政治社會思想。五四事件後，該團的工作大爲加強，許多學校替工人與貧民子弟開辦免費夜校。一九二〇年，晏陽初先生根據自己前兩年在法國教華工的經驗，展開著名的平民教育運動，由於受到學生的熱烈歡迎與支持，此後十年內大見擴充。知識分子推行的社會服務，還包括壁報、公共圖書館、大衆衛生的改善等。民智啟迪的結果，使得國人更加信服民主與科學，現代化向前邁進了一步。北京政府教育部在五四運動後也有若干反應，例如公布新的教育實施綱要，一九二〇年更明令小學廢除文言，改用白話，後者遂成國語，知識更爲普及，此亦協助了中國的現代化。

五四運動本身是學生基於救國意念的緊急集合，純爲自發的愛國壯舉，但仍有其思想上的淵源。革命領袖和知識界的導師們，都激勵了學生對國事及現代世界的關心，因此鼓舞了這個運動。值得一提的是，時在北方的新思想領袖如蔡元培、吳稚暉、李石曾等先生，都是國民黨員。

孫中山先生在五四事件前後，更予學生極大的聲援，他於一九一九年十月十日改組中華革命黨爲中國國民黨，似亦受到五四運動的影響。五四的影響尚不止此，它促使學生和羣眾運動擡頭，出版業與輿論也有長足的進步；它還加速舊家庭制度的衰微，男女平權主義的興起，儒家權威和傳統倫理觀受到沉重的打擊，西方各種新學理則被尊崇有加。時至今日，五四運動的餘波仍在中國蕩漾，甚至不斷在強化或重估中，並未因時間的沖刷而流失。

就儒家傳統的評價來說，我們撫今追昔，似應同意一種看法，卽中國現代化基本上是傳統的新陳代謝，是在合理保守下的更新，不能建立在虛無上，傳統與現代間本無楚河漢界，而是一個連續體，不應也不能完全剷除傳統。蔣中正先生乃根據孫中山先生的見解，在一九五二年正式揭櫫三民主義的本質爲倫理、民主、科學，使三者鼎足而立，匡補了《新青年》理論的缺陷，豐富了民族主義的內容，也爲現代化的道路添設明燈，照耀了中國的天空和大地。數十年來的事實證明，倫理、民主、科學三並舉，是國富民樂的必要條件，而爲東亞以至歐美各國所矚目。《新青年》諸人倘若健在，或能與時推移，首肯於此。

七十七年五月四日〈臺灣時報〉

回首五四

五四運動爆發至今，業已七十載。回首五四，欲明眞相，至少應從七十一年前看起。

一九一八年十一月，第一次世界大戰告終，中國在法理上亦爲戰勝國，乃派代表王正廷、顧維鈞、陸徵祥、施肇基、魏宸組出席次年一月召開的巴黎和會。前此，美國總統威爾遜提出十四點計畫(Fourteen Points)，第一點主張公開的和約與公開的訂立，外交應在大眾注視之下坦白進行。第五點主張自由、公開與公平的調整一切殖民地要求，有關民族的利益與要求國政府的主張，應同受重視。第十四點主張根據特定盟約，組織國際聯合會，使大小國家皆得相互保證政治獨立與領土完整。此時德國初敗，公理戰勝強權的口號高唱入雲，威爾遜也就被視爲正義的化身。中國代表頗欲乘時取消各國不平等條約，便向和會提出下列諸題：收回德國在山東的權利、撤消各國在華的勢力範圍、收回租借地、統一鐵路、廢除客郵、取消領事裁判權、關稅自主、撤消各國駐華軍警、停止賠款、廢除日本二十一條等。

一九一九年一月二十七日，日本代表牧野伸顯在英美法意日五強會議上宣布，英法意三國曾於一九一七年二月與日本簽署秘密協定，保證戰後協助日本，要求割讓德國戰前在山東及各島嶼的領土權。此說一出，中國寄以厚望的美國頓感孤立無援。次日，日本代表更透露北京政府為了濟順和高徐鐵路，曾於一九一八年九月二十四日與日本商談秘密借款，因此把此二條鐵路的一切財產收入做為抵押品。日本外相後藤新平同時建議，沿膠濟鐵路的駐兵權集中於青島，另派一支隊駐於濟南，護路隊用日人擔任警長和教練，鐵路完成後由中日共管。九月二十五日，駐日公使章宗祥在換文中表示「欣然同意」以上諸端，三天後，他便簽訂濟順和高徐二鐵路借款預備合同，凡此皆予日本法律上的根據，中國在和會上的努力幾付東流。

一九一九年四月二十二日，威爾遜在和會上的態度亦告動搖，局面更不利於中國。四月三十日，和會三巨頭——威爾遜、英國首相喬治、法國總理克里蒙梭秘密集會，決定把德國在山東的所有利益都轉給日本，絕口不提日本一九一四年所作「歸還中國」的承諾，這說明歐洲的現實主義戰勝了美洲的理想主義。本來全世界都在傾聽威爾遜的話語，它像先知的聲音，使弱者強壯、掙扎者有勇氣。中國人一再聽說，在戰後締結的條約裏，像中國這樣不好黷武的國家，會有機會發展文化、工業和文明。威爾遜也說過，不會承認秘密盟約和在威脅下所簽的協定。中國人尋找這個新紀元的黎明，不久卻發現沒有太陽為中國昇起，甚至國家的搖籃也被偷走了。巴黎失利的消息傳回，羣情驚憤，終於爆發了五四運動。

一九一九年四月底至五月初，北京的新潮社、國民雜誌社、工學會、同言社和共學會等紛紛集會，政界、商人、市民和少數軍人也有種種秘密的聚合，北京、上海、山東間有人絡繹於途，商議救國之道，大抵共同目的爲外爭青島與內懲國賊，並決定在五月七日舉行一空前的國民大會，紀念國恥日四周年，領頭者爲北京大學、法政專門學校、高等師範學校、高等工業學校，學生們還向全國各報館和團體拍發了電報：「青島歸還，勢將失敗，五月七日在卽，凡我國民當有覺悟，望於此日一致舉行國恥紀念會，協力對外，以保危局。」

此時局勢日緊，風聲日急，而日本機關報的論調也日益激昂，各校學生情不可遏，屢舉代表會商，皆謂七日雖近，已莫能待，北京大學學生便於三日下午一時發出通告，召集同學於晚間七時在法科大禮堂開會，共議辦法四條：㈠聯合各界一致力爭；㈡通電巴黎專使堅不簽字；㈢通各省於五月七日舉行遊街示威；㈣定於四日齊集天安門舉行學界大示威。此時有人發表演說，慷慨激昂，聲淚俱下，法科學生謝紹敏悲憤之餘，當場咬破中指，撕裂衣襟，血書「還我青島」四字揭之於眾，而鼓掌聲、萬歲聲繼起，全場顯現淒涼悲壯的氣氛。

一九一九年五月四日爲星期日，上午九時北京大學、高等師範、中國大學、朝陽大學、工業專校、警官學校、醫學專校、農業專校、匯文大學、鐵路管理學校、法政專校、稅務學校、民國大學等代表，在法政專校共議如何演說、散布傳單、赴各使館、到親日官員曹汝霖、章宗祥、陸宗輿住宅數其賣國之罪，陸軍學校學生代表也列席其中。會議並通過以下五點：

㈠通電國內外各團體，共同抗議巴黎和會的山東決議案。

㈡設法喚醒全國國民。

㈢準備五月七日在各地召開國民大會。

㈣聯合北京所有學生，組織一個永久機構，負責學生活動及其他社團的連絡。

㈤本日下午遊行示威由天安門出發，經過東交民巷，以及崇文門大街等商業鬧區。

商議既定，各校代表紛紛返回準備，有畫青島地圖者，有寫「取消二十一條」、「還我青島」、「誓死力爭」、「保我主權」、「勿作五分鐘愛國心」、「爭回青島方罷休」、「寧爲玉碎不爲瓦全」、「頭可斷青島不可失」、「中國被宣告死刑了」、「賣國賊曹汝霖、章宗祥、陸宗輿」等字樣者，下面這對輓聯尤其引人注目：「賣國求榮，早知曹瞞遺種碑無字」、「傾心媚外，不期章惇餘孽死有頭」，上款爲「賣國賊曹汝霖、章宗祥遺臭千古」，下款爲「北京學界同輓」，充分表現學生的國學程度和愛國激情。

當天下午一時半，北京各校學生三千餘人齊集於天安門廣場，排隊南出中華門，向東交民巷各國公使館行進，沿途散發了這份傳單：「現在日本在國際和會，要求併吞青島，管理山東一切權利，就要成功了。他們的外交，大勝利了。我們的外交，大失敗了。山東大勢一去，就是破壞中國的領土。中國的領土破壞，中國就要亡了。所以我們學界，今天排隊到各公使館去，要求各國出來維持公理。務望全國農工商各界，一律起來，設法開國民大會，外爭主權，內除國賊。中國存亡，在此一舉了。今與全國同胞立下兩個信條：㈠中國的土地，可以征服，而不可以斷送。

㈡中國的人民，可以殺戮，而不可以低頭。國亡了，同胞起來啊！」這份由羅家倫先生撰寫的宣言，胡秋原先生喻爲「集體的非希特吉德意志國民書」，說明了五四運動的目的。

羅先生時爲北京大學文科國文系四年級學生，五月四日上午十時，他從高等師範學校回到北大新潮社，同學狄君武告以當天的運動不可沒有宣言，北京各校推北大起草，北大同學命羅先生執筆。他見時間迫促，不容推辭，便站在一張長桌旁邊寫成此文，由狄君武送李辛白所辦的老百姓印刷所，至下午一時印成兩萬張散發，是當天唯一的印刷品。「此文雖然由我執筆，但是寫時所凝結的卻是大家的願望和熱情」。結果不但轟動一時，且已進入史冊，成爲五四運動最重要的文獻。

與此次行動有關的另篇宣言，文優詞美一如前者，而內容更爲激越，當時未及印發，事後也散布全國：「嗚呼國民！我最親、最愛、最敬佩、最有血性之同胞！我等含冤受辱，忍痛被垢，於日本人之密約危條，以及朝夕企禱之山東問題，青島歸還問題，今已有由五國公管，降而爲中日直接交涉之提議矣。噩耗傳來，黯天無色。夫和議正開，我等所希望、所慶祝者，豈不曰世界有正義、有人道、有公理？歸還青島，取消中日密約、軍事協定，以及其他不平等之條約，公理也，即正義也。背公理而逞強權，將我之土地由五國公管，儕我於戰敗國如德、奧之列，非公理、非正義也。今又顯然背棄，山東問題由我與日本直接交涉。夫日本，虎狼也，既能以一紙空文，竊掠我二十一條之美利，則我與之交涉，簡言之，是斷送耳，是亡青島耳，是亡山東耳。夫山東北扼燕、晉，南拱鄂、寧，當京漢、津浦兩路之衝，實南北之咽喉關鍵。山東亡，是中國亡矣。我同胞處此大地，有此山河，豈能目睹此強暴之欺凌我，壓迫我，奴隸我，牛馬我，而不作萬死一生之呼救乎！法之於亞魯撒、勞連兩州也，曰：『不得之，毋寧死。』意之於亞得利亞海峽之小地也，曰：『不得之，毋寧死。』夫至於國家存亡，土地割裂，問題吃緊之時，而其民猶不能下一大決心，作最後之拯救者，是二十世紀之賤種，無可語於人類者矣。我同胞有不忍於奴隸牛馬之痛苦，亟欲奔救之者乎，則開國民大會，露天演說，通電堅持，爲今日之要著。至有甘心賣國，肆意通奸者，則最後之對付，手槍炸彈是賴矣。危機一髮，幸共圖之！」

宣言中提及「朝鮮之謀獨立」，似可說明韓國三一運動對五四運動的啟發。辛亥革命以來，中韓志士即過從甚密，相互支援，兩國以地理接近，歷史淵源又深，且同受日本的壓迫，因此相濡以沫。一九一九年三月一日韓國抗日運動爆發後，中國報刊競相報導，國民黨的《民國日報》在五四運動前，刊載了二十篇有關三一運動的文字；陳獨秀在《每周評論》中，稱贊韓人偉大、誠實、悲壯；傅斯年在《新潮》中，指三一運動開革命界的新紀元，且有三層重要的教訓：一是「非武器的革命」，二是「知其不可而爲之的革命」，三是「單純的學生革命」。四月五日，廣東省國民議會通過提案，要求北京政府承認韓國獨立，且電令巴黎專使，在和會中重新商議此一重要問題，電文中還引述　孫中山先生的警語：「韓國東洋之巴爾幹，此問題解決之前，永久的平和不能來也。」五四運動爆發後，各界更以三一運動激勵國人，孫先生並要求日本遵守馬關條約，允許韓國獨立。凡此種種，亦足以旁證五四運動的民族主義性質，以及孫先生濟弱扶傾的胸懷。

宣言中同時提及，「手槍炸彈」是內除國賊的手段。其實當天下午四時半，遊行隊伍抵達趙家樓二號曹汝霖宅時，學生們都是赤手空拳。當時尚屬保守派的《東方雜誌》也指出，學生湧入曹宅的初意是在質問，結果臨場「打倒賣國賊」的呼聲一經喊出，局面無法控制，才發生北京政府事後斥責的「縱火傷人」之舉。

稍早，遊行隊伍在東交民巷受阻時，眾推羅家倫、段錫朋和遊行總指揮傅斯年等進入美國公使館，留下情詞懇切的說帖：「大美國駐華公使閣下：吾人聞和平會議傳來消息，關於吾中國與日本國際間之處置，有甚悖和平正誼者，謹以最眞摯最誠懇之意，陳詞於閣下。一九一五年五月七日二十一條中日協約，乃日本乘大戰之際，以武力脅迫我政府強制而成者，吾中國國民誓不承認之。青島及山東一切德國利益，乃德國以暴力掠去，而吾人之所日思取還者。吾人以對德宣戰故，斷不承認日本或其他任何國繼承之。如不直接交還中國，則東亞和平與世界永久和平，終不能得確切之保證。貴國為維持正義人道及世界永久和平而戰，煌煌宣言及威爾遜總統幾次演說，吾人對之表無上之親愛與同情。吾國與貴國抱同一主義而戰，故不得不望貴國之援助。吾人念貴我兩國素敦睦誼，爲此直率陳詞，請求貴公使轉達此意於貴國政府，於和平會議予吾中國以同情之援助。謹祝大美國萬歲！貴公使萬歲！大中華民國萬歲！世界永久和平萬歲！北京專門以上學校學生一萬一千五百人謹具。」此時威爾遜不能堅守原則的消息已洩，學生們知其不可而爲，可謂用心良苦，終於收到轉移國際視聽的效果。

火燒趙家樓落幕後，北京政府展開反撲，逮捕了三十二名學生，一時風聲鶴唳。當晚北大同學集會，蔡元培校長登臺發言：「現在已經不是學生的事，已經不是一個學校的事，是國家的事。同學被捕，我負責去保釋。」蔡校長的擔當，對學生鼓勵甚大。

五月五日，各校學生相約罷課，下午三時在北大法科開全體聯合大會，由段錫朋擔任主席，由羅家倫報告接洽商界情形，謂商界對此舉深表同情，將於次日開緊急大會商議對待方法；又報告接洽報界情形，謂報界希望各方一齊努力，並希望學生組織總機關，其中須有一新聞團發布消息，且可派代表到上海接洽各界，若電報不能外發，報界可以爲力。大會決議上書總統，請懲辦賣國賊，並力爭青島；同時通電全國教育會與商會，請一致行動；又電請中國專使對於青島問題死力抗爭，萬勿簽字。以上決議後皆兌現，尤以商界的投身最引人注目，商人在中國素與政治和羣眾運動保持距離，如今卻抗議當道，先發電，後罷市，不讓學生專美於前，其他各界亦然，遂蔚爲全民一致的愛國運動。

至一九一九年六月二十八日止，國內各團體和私人要求和會專使拒絕簽字的電報，多達七千通左右。當天在巴黎的留學生、工人與華僑把代表們包圍起來，直到法國人鳴炮，向世界宣布凡爾賽條約已簽字後才散去。此舉說明學生運動擴大爲全民運動的效果，也表現了劃時代的成就，讓列強看到中國民氣的偉大力量，五四運動本身的價值亦在於此。民氣不可盡用，也不可盡廢，今後國人處理涉外事件，勿忘五四運動的佳例在前。

七十八年五月《黃河雜誌》

五四運動前後民族主義與共產主義的交鋒

一部中國近代史，就是中華民族救亡圖存的歷史。中國近代民族主義運動的波瀾壯濶，其中實以孫中山先生致力的國民革命爲主流，因此在探討五四運動前後民族主義與共產主義的交鋒時，宜先檢視國民革命的進程。

孫中山先生誕生於一八六六年十一月十二日，幼時就讀於廣東省香山縣翠亨村的鄉塾，常聆太平天國老兵談革命軼事，卽以洪秀全第二自居，慨然有光復漢族之志。十三歲起在檀香山求學，見西校教法之佳，遠勝於故鄉，「故每課暇，輒與同國同學諸人，相談衷曲，而改良祖國，拯救同羣之願，於是乎生。當時所懷，一若必使我國人人皆免苦難，皆享福樂而後快者」。這裏所說的「人人」，自不以某一階級爲限，亦不能以某一階級爲限，因爲當時全民都是「惡政治」的受害者。卽就經濟而論，中國人大家都窮，只有大貧小貧之別，因此孫先生念茲在茲，以改善全民的處境爲己任。

一八八五年中法之役，充分暴露滿淸政府的愚腐，孫先生遂決志傾覆淸廷，創建民國。一八九二年大學畢業後，懸壺於澳門、廣州兩地以問世，實則爲革命運動的開始。一八九四年六月，他上書李鴻章痛陳救國大計，但未獲採納，至此深知唯有革命方足以扭轉乾坤。同年八月甲午戰敗，更促其組黨之心，乃再赴檀香山，結合華僑志士，於同年十一月二十四日創立興中會，以振興中華維持國體爲號召。次年二月，設總機關於香港，主張設報館以開風氣，立學校以育人才，與大利以厚民生，除積弊以培國脈，「必使吾中國四百兆生民各得其所，方爲滿志」。由此再度證明，孫先生的行動以造福全民爲目的。

一八九六年十月，孫先生倫敦蒙難，脫險後暫留歐洲，實地考察政治風俗，並結交朝野賢豪，始知徒致國家富強，民權發達如歐洲者，猶未能登斯民於極樂之鄉，是以歐洲志士猶有社會革命運動。他爲一勞永逸，乃採取民生主義，與民族、民權問題同時解決，三民主義的主張因此完成。他以民生主義取代社會主義，始意在正本清源，因爲後者主要就是研究人民的生計問題，所以民生主義卽社會主義的本題。他同時目睹歐洲社會因貧富不均而引起的偏鋒，卽共產主義所主張的階級鬭爭論，造成以暴易暴的惡性循環，引發新的社會問題。職是之故，他強調互助，反對鬭爭，這是與馬克思的明顯不同處。

必須指出的是，孫先生所以要排滿，意在推翻帝制，建立共和，以解同胞於倒懸。他雖曾歷數揚州十日、嘉定三屠的凶殘，但民國旣建，卽主張五族共和，對滿淸不以復仇爲能事，證明其民族主義並非狹隘的種族中心論。他以滿淸傾覆爲民族主義的消極目的而已，「漢族當犧牲其血統、歷史，與夫自尊自大之名稱，而與滿蒙回藏之人民相見以誠，合爲一爐而冶之，以成一中華民族之新主義，如美利堅之合黑白數十種之人民，而冶成一世界之冠之美利堅民族主義，斯爲積極之目的也」。這種民族同化的方針，卽其一九一二年臨時大總統就職宣言中所說的民族統一，亦卽該年同盟會總章和國民黨規約中都主張的種族同化，注重團結和諧，反對民族分裂的態度甚明。他早年以洪秀全第二自命，後又對義和團不無同情，但思想開通進步，遠勝彼等。

一九五〇年春，孫先生再赴歐洲，當地留學生多已贊成革命，乃揭平生所懷抱的三民主義與五權憲法，組織革命團體。同年七月轉赴日本，受到留學生的熱烈歡迎，被尊爲造時勢的英雄，陳天華此時說：「吾以崇拜民族之故，因而崇拜實行民族主義之孫君。」八月二十日，中國同盟會在東京正式成立，孫先生被推爲總理，該會遂成爲當時國民革命的中樞，除在各省秘組機關，國外各處也分設支部，尤以美洲和南洋爲盛，無怪其後來稱頌華僑爲革命之母。同盟會的會員，凡學界、工界、商界、軍人、政界、會黨，無不同趨於一主義之下以各致其力，至辛亥年爲止，且不論無形之心，會員爲主義而流的血，殆遍灑於神州，終於換來一九一一年十月十日武昌之役的成功，中華民國的成立。孫先生後來檢討，革命黨人以一往直前之氣，忘身殉國，其慷慨助餉，多爲華僑；熱心宣傳，多爲學界；衝鋒破敵，則在軍隊與會黨；踔厲奮發，各盡所能，有此成功，當非偶然。換言之，此爲工農商學兵的大結合，也就是孫先生所說的平民革命，卽俗稱的老百姓革命。中共硬套馬克思的模式，指辛亥革命爲「資產階級革命」，與史實相去甚遠。

中國民族主義運動至武昌起義初獲成效，但辛亥革命的果實不旋踵爲袁世凱所掠，二次革命失敗後，袁的勢力進入長江流域，此後軍閥依附帝國主義，形成割據亂政的局面。孫先生深感革命尚未成功，乃於討袁護法、建軍北伐之際，從事著述演講，期能激發全民，行多難興邦之志。一九二四年他演講民族主義，指出恢復民族地位的前提在恢復民族精神，然後必須恢復固有道德、知識、能力等一切國粹。有道德始有國家，而八德之首的忠，有其時代新意，即不忠於君，但忠於國，忠於民，爲四萬萬人効忠。固有知識是「大學八目」，即格物、致知、誠意、正心、修身、齊家、治國、平天下這一套政治哲學；固有能力是科學創造力，如三大發明。他認爲民族主義欲求成功，必須發揚光大固有文化，包括倫理、政治、科學各層面。共產黨人對民族文化的態度，則與之背道而馳。

中國自古以來卽爲文化大國，孔子「嚴夷夏之防」的民族思想，可稱爲文化的民族主義。正因中國的歷史悠久，遺產豐富，所以孫先生雖處於學術界反傳統的濃厚氣氛下，仍強調固有文化的重要。他提到民族構成的要素有五：血統、生活、語言、宗教、風俗習慣，後四者含有文化性質自不待言，卽血統亦含有一半——血是生物性，血而有統，則是文化性。蔣中正先生也指出，民族主義當然有其物質條件，但精神力量大於物質條件的總和。民族主義是一種文化意識，包括民族思想和感情，一個民族珍視自己的歷史，愛護自己的文化，維護自己的尊嚴，恢復自己國家的獨立，這就是民族主義的精神所在。由此可知，文化爲民族的靈魂，同胞的共識，捨民族文化而談民族主義，若非出於無知，卽屬蓄意變貌，結果總是忘本失根。

共產黨因爲反對民族主義，連帶也反對民族文化。馬克思說：「商品的佔有者最後明白，民族只是基尼的標記。」基尼是英國金幣的單位，他認爲由於資產階級的發展、商業自由、世界市場和工業生產等因素，將使民族主義逐漸消滅，民族文化自亦不存，因此表示「無產者大部分已自然擺脫民族成見及其文化，他們的一切活動在本質上是人類的和反民族的」。這種階級的立場，再度說明其國際主義與民族主義的積不相容。列寧和史達林亦皆如此，直指民族文化是資產階級的騙人工具，意在分裂各民族的無產階級，妨礙無產階級的國際文化，所以必須推翻。毛澤東晚年發動文化大革命，摧殘民族文化，以遂其剷除異己的私心，此中實有馬列主義的傳承。

民族主義與共產主義的交鋒，早在十九世紀的歐洲卽已發生，甚至表現在馬克思本人身上。〈共產黨宣言〉尚未完成前，恩格斯已起草了一個〈共產主義原理〉的綱領，是爲宣言的基礎，指出共產主義革命不能單獨在某一國發生，至少將在英、美、法、德等文明國家同時出現。一八四八年二月，馬克思和恩格斯共同執筆的〈共產黨宣言〉，卽認定，無產者在革命中失去的只是自己頸上的鎖鍊，獲得的卻是整個世界，最後一句「全世界無產者聯合起來」的口號，便是共產國際主義的濫觴。此後從一八六四年第一國際成立起，歷經一八八九年的第二國際，一九一七年的俄國革命，一九一九年的第三國際等，這句口號一直甚囂塵土，一九二一年中共成立後也鼓吹此語，它和「工人無祖國」之說，每爲共產黨所同時強調。

第一國際解散於一八七六年，該年七月費城會議正式宣布此事時，仍然不忘提起「全世界無產者聯合起來」，其實它的結束卻是因爲不敵民族主義所致。一八七〇年七月普法戰爭爆發後，兩國無產階級各爲祖國而戰，馬克思也於該月二十日寫信給恩格斯：「法蘭西人需要鞭撻，普魯士人如果勝利，國家權力的集中對於德意志工人階級的集中是有用的。還有一層德意志的優勢，當使西歐工人運動的重心從法國移到德國。人們只要把一八六六年到現在兩國的運動比較一下，就可以看出德國工人階級在理論上和組織上比法國爲優。它在世界舞臺上對法國工人的優勢，同時就是我們的理論對蒲魯東等等之優勢。」由此可知，馬克思此時不但站在愛國的立場抒見，而且特別貶抑敵國的無產階級。恩格斯更是如此，到一八七一年二月爲止，他至少寫了六十篇評論戰爭的文字，都對法國不利，也表示德國人終將戰勝。在遇到考驗時，馬恩都變成民族主義者，第一國際無異因此瓦解。

第二國際亦然，一九一四年第一次世界大戰爆發後，德國社會民主黨在國會中全體投票贊成軍費，擁護祖國作戰，英法等國的社會黨也不約而同，分別支持對外戰爭，各國無產階級乃相見於戰場，無人執行第二國際「不出一個人，不出一分錢」的約定，遂使它於中國五四運動前夕的一九一八年，由分裂而告終。第三國際亦復如此，第二次世界大戰爆發後，希特勒於一九四一年六月進攻蘇聯，史達林號召俄國人民「保衛祖國」，更於一九四三年五月宣布解散該組織，使得前後三個「國際」，都在民族主義面前敗下陣來。

西方近代的民族主義，實賴資本主義的發展而愈旺，馬克思本人由於身處資本主義初期，眼見工業革命帶來諸多社會弊端，因此恨屋及烏，在批判資本主義之餘，就以「工人無祖國」來否定民族主義。但史實證明，民族主義不論何時何地，常能戰勝強調階級鬪爭的共產主義，西方如此，中國亦然。

五四運動後的一九二一年十二月，孫中山先生在桂林接見第三國際的代表馬林（卽馬丁），後者提出國共合作等問題，孫先生基於各種考慮而當面婉拒：「蘇俄革命甫四載，其事蹟世罕能言之，文獻闕然，莫由聞知焉。吾儕革命黨人也，詎不同情革命？顧革命之主義，各國不同，甲能行者，乙或扞格而不通，故共產能在蘇俄行之，而在中國則斷乎不能。」當時馬林欲辯未能，欲求不得，只有沮喪離去。

馬林初會孫先生時，建議以下三事：㈠改組國民黨，聯合社會各階層，尤其是農工大眾；㈡創辦軍官學校，建立革命武力的基礎；㈢國共兩黨合作。如前所述，孫先生未予具體答覆，但告以其革命的哲學基礎：「中國有一道統，堯、舜、禹、湯、文、武、周公、孔子相繼不絕，余之思想基礎卽承此道統而發揚光大之耳。」按馬林原欲孫先生提及馬克思主義，結果未能如願。孫先生此語爲戴季陶先生所追記，證諸其肯定固有文化的一貫態度，應屬可信。此外，馬林力言蘇俄當時所行的是新經濟政策，而非共產主義，這點則引起孫先生的興趣，曾致電廖仲愷等：「俄國經濟狀況，尚未具實行共產的條件，故初聞蘇俄實行共產主義，甚爲詫異。今與馬林談，始知俄國的新經濟政策與我們的實業計畫相差無幾，至爲欣慰。」由於蘇俄採行新經濟政策的時間頗長（一九二一至一九二七年），故一九二四年孫先生演講三民主義時，仍以新經濟政策與民生主義相提並論，此亦爲孫先生同意容共的一個原因。

一九二二年五月，國際共產青年團代表達林來華，向國民黨提出「民主革命派聯合戰線政策」，又被孫先生拒絕，他只允許中共和共青團分子以個人資格加入國民黨，服從國民黨，而不承認黨外聯合。同年八月，第三國際再派馬林來華，召集中共中央全體委員在杭州西湖開會，最後決定接受孫先生的條件。該會決議文承認，中國的工人階級尚未強大起來，自然不能產生一個強大的共產黨，以應目前的需要，因此，第三國際執行委員會和中共中央委員會議決，中共須與國民黨合作，共產黨員應加入國民黨。「我們加入國民黨，但仍舊保存著我們的組織，並須努力從各工人團體中，從國民黨左派中，吸收具有階級覺悟的革命分子，漸漸擴大我們的組織，謹嚴我們的紀律，以立強大的羣眾共產黨之基礎。」中共有此壯大自己的初心，埋下了國共必然衝突的種子。西湖會議後，中共中央委員李大釗赴上海晉見孫先生，表明中共願以個人資格加入國民黨，共同致力國民革命，至此國民黨同意容共。孫先生後來屢對第三國際的代表說：「共產黨既加入國民黨，便應該服從黨紀，不應該公開的批評國民黨。共產黨若不服從國民黨，我便要開除他們；蘇俄若袒護中國共產黨，我便要反對蘇俄。」孫先生以革命領袖的的威望，多少束縛了中共的破壞活動；孫先生病逝後，中共則拋卻承諾，公開叛跡。「君子可欺之以其方」，中共對孫先生態度，令人思及此語。

一九二三年初，蘇俄代表越飛抵達上海謁孫先生，提出聯俄問題。越飛重申，第三國際命令中共黨員加入國民黨，旨在協助中國的國民革命，中國只宜行孫先生的三民主義，絕不能行共產主義，「卽蘇族實況，亦非實行所謂共產主義。一、二百年後，共產主義能否在蘇俄眞見實行，亦屬疑問」。由此可知，蘇俄改採民生主義的新經濟政策，以及協助國民革命的保證等，當為孫先生同意聯俄與容共的要因。

一九二三年一月二十六日，孫先生與越飛發表聯合宣言，內容如下：㈠孫逸仙博士以為共產組織甚至蘇維埃制度，事實上均不能引用於中國，因中國並無使此項共產主義或蘇維埃制度可以成功之情況也。此項見解，越飛君完全同感，且以為中國最要最急之問題，乃在民國統一之成功，與完全國家獨立之獲得。關於此項大事業，越飛君並確告孫博士，中國當得俄國國民最摯熱之同情，且可以俄國援助為依賴也。㈡為明瞭此等地位起見，孫逸仙博士要求越飛君，再度切實聲明一九二〇年九月二十七日俄國對中國通牒列舉之原則。越飛君因此向孫先生重行宣言，卽俄國政府準備且願意根據俄國拋棄帝政時代中俄條約（連同中東鐵路等合同在內）之基礎，另行開始中俄交涉。㈢因承認全部中東鐵路問題，只能於適當之中俄會議解決，故孫逸仙博士以為現在中東鐵路之管理，事實上只能維持現況，且與越飛君同意現行鐵路管理法，只能由中俄兩政府不加成見，以雙方實際之利益與權利適時改組，同時孫逸仙博士以為此點應與張作霖將軍商洽。㈣

越飛君正式向孫博士宣稱，俄國現政府決無亦從無意思與目的，在外蒙古實施帝國主義之政策，或使其與中國分立。孫博士因此以為俄國軍隊不必立時由外蒙古撤退，緣為中國實際利益與必要計，中國北京現政府無力防止因俄兵撤退後白俄反對赤俄之陰謀與敵抗行為之發生，以及釀成較現在尤為嚴重之局面。

孫先生此時以一弱國的在野黨領袖，而能使一強國代表做不利其本國權益的聲明，可謂史無前例。宣言第一段是對蘇俄赤化中國陰謀的防制，並否定了共產黨組織在中國境內存在的必要。第二段孫先生要越飛明白宣布，蘇俄前次改棄對華一切特權的聲明仍然有效，此在約束越飛翻雲覆雨的態度，因為越飛曾於一九二二年十一月六日回覆北京政府的節略中辯稱，蘇俄以前的聲明並非永遠有效，孫先生因此令其重申諾言於國人面前，以防變卦。第三段關於中東鐵路問題的諒解，第四段關於外蒙問題的協議，孫先生雖亦遷就當時的政治環境，但堅決維持國土完整與主權獨立的最高原則，因此以政略觀點看此宣言，孫先生完全成功。宣言也說明孫先生對馬克思理論的了解，因為馬克思認定共產革命會在資本主義高度發展的國家出現，而中國其時並未高度發展資本主義。同時，孫先生有自己的黨、主義和革命的目標，因此他在防範了蘇俄的野心後才同意聯合。要而言之，孫先生聯俄容共的目的有三：化共產黨為國民黨，化共產主義為三民主義，化階級革命為國民革命。宣言中強調國家的統一與獨立，正為中國民族主義的理想，也正與共產主義的目標相反。

一九二三年十月底，孫先生派廖仲愷、鄧澤如等召集特別會議，商討改組國民黨，此時蘇俄派來的顧問鮑羅廷在廣州公開表示：「假定中國國民革命的工作能夠完成，我就死在中國，我就脫離共產黨，永遠不回俄國。」情詞如此懇切，孫先生自然引爲好友，但鮑羅廷又對共產黨員譚平山等人解釋：「我在報紙上爲國民黨說話，結果卻是爲了擴充共產黨的影響力量。」其言詞反覆，實不讓越飛專美於前。

一九二四年一月二十日，國民黨召開第一次全國代表大會。稍早，來自加拿大的華僑青年代表黃季陸力陳容共之害，孫先生答以國民黨人多，共產黨人少，不會發生作用。一月二十八日，方瑞麟又針對容共問題建議，國民黨員不得加入他黨，應有明文規定，主張在第一章第二節之後增加一條文爲「本黨黨員不得加入他黨」。此時李大釗要求答辯，經主席胡漢民認可後，李大釗聲淚俱下地表示，共產黨以個人身分加入國民黨，志在服從國民黨的主義，遵守國民黨的黨章以參加國民革命事業，絕對不是想把國民黨化爲共產黨。隨後他分發先已備妥的「對共產分子加入國民黨之聲明」，亦卽「北京代表李大釗意見書」，要點如下：

㈠我們環顧國中，有歷史、有主義、有領袖的革命黨，只有國民黨了，只有國民黨可以造成一個偉大而普遍的國民革命黨，能負解放民族、恢復民族、奠定民族的重任，所以毅然投入本黨來。我們覺得光是革命派的聯合戰線，力量還是不够用，所以要投入本黨中，直接編成一個隊伍，在本黨指揮之下，在本黨整齊紀律之下，以同一的步驟，爲國民革命而奮鬥。我等加入本黨，是爲有所貢獻於本黨，以貢獻於國民革命的事業而來的，斷乎不是爲取巧討便宜，借國民黨的名義作共產黨的運動而來的。

㈡有一部分同志疑惑因爲我們加入本黨，本黨便成了共產黨，這亦是一種誤會。我們加入本黨是來接受本黨的政綱，不是強本黨接受共產黨的黨綱。試看本黨新訂的政綱，絲豪沒有共產主義在內，便知本黨並沒有因爲我們一部分人加入，便變成共產黨了。

㈢又有一部分同志提議：本黨章程應規定不許黨內有黨，黨員不許跨黨，這或者亦是因爲我們加入本黨而起的。我們加入本黨，是一個一個加入的，不是把一個團體加入的，可以說我們是跨黨，不能說是黨內有黨。因爲第三國際是一個世界的組織，中國共產主義的團體，是第三國際在中國的支部，所以我們只可以一個一個的加入本黨，不能把一個世界的組織納入一個國民的組織。中國國民黨只能容納我們這一般的個人，不能容納我們所曾加入的國際的團體。我們可以加入中國國民黨去從事於國民革命的運動，但我們不能因爲加入中國國民黨便脫離了國際的組織。我們若脫離了國際的組織，不但於中國國民黨沒有利益，且恐有莫大的損失。因爲現代的革命運動是國民的，同時亦是世界的，有我們在中國國民黨的組織與國際的組織的中間作個連絡，作個連鎖，使革命的運動益能前進，是本黨所希望的，亦是第三國際所希望的。由此說來，我們對於本黨應負二重的責任，一種是本黨黨員普通的責任；一種爲本黨聯絡世界的革命運動，以圖共進的責任。

㈣總之，我們加入本黨，是幾經研究再四審愼而始加入的，不是糊裏糊塗混進來的，是想爲國民革命運動而有所貢獻於本黨的，不是為個人的私利，與夫團體的取巧而有所攘竊於本黨的。……我們既經參加了本黨，我們留在本黨一日，卽當執行本黨的政綱，遵守本黨的章程及紀律；倘有不遵守本黨政綱、本黨紀律者，理宜受本黨的懲戒。

李大釗這篇意見書，信誓旦旦，似正而詭，事後證實其中不乏謊言，徒然留給國民黨一份受騙的記憶，但在當年對容共的心情不無穩定作用。最後大會申明紀律，卽共產黨員既加入國民黨，都已宣誓服從三民主義，自不可違反黨紀。這是中共第一次正式認同三民主義，也是中國民族主義與共產主義交鋒的首次獲勝。

一九二五年三月十二日，孫先生不幸病逝，國民黨頓失重心，共產黨背約的行動更見公開，鮑羅廷的權勢也更見膨脹。一九二六年三月二十日，廣州爆發中山艦事件；五月十五日，蔣中正先生向國民黨二屆二中全會提出整理黨務案，對共產黨員多所約束，組織部長譚平山、農民部長林祖涵、代理宣傳部長毛澤東等，都因身為共產黨員而去職，這是共產黨加入國民黨後的一次大挫，國民黨再度明令跨黨分子服從三民主義，而共產黨為求依附，只有同意。此時國民黨發表時局宣言，決定接受海內外同胞的請願，出師北伐。北伐原為孫先生的遺志，蔣先生屢次提出，都被共產黨所阻，至此成為定案。蔣先生指出：「這是我們中國國民黨革命成敗的關鍵，也就是本黨與共黨消長的分水嶺。」一九二六年六月五日，國民政府發表蔣先生為國民革命軍總司令，尅期北伐；七月九日，國民革命軍正式誓師，分三路進攻，軍威所至，無堅不摧，實踐了五四時期廣大國人的願望——外求獨立，內求統一，抵抗列強，淸除軍閥。終使孫先生形容爲「頑劣」的北京政府，從此成爲歷史名詞。

北伐期間，中共在上海發動罷工和暴動，企圖奪取當地政權，蘇俄則在背後指使，以期中外軍隊衝突而漁翁得利。一九二七年一月和三月，漢口和南京分別發生涉外事件，莫斯科訓令在華俄人與中共製造更嚴重的糾紛。南京國民黨處此，終於決定淸黨。同年四月二日，中央監察委員會召開緊急會議，吳敬恒先生提出中共謀叛的證據案，在會中舉發兩點：㈠共產黨決定剷除國民黨的步驟，有以黨團監督政治等語，則明明爲已受容納於國民黨的共產黨員皆同預逆謀，本黨不願亡黨，在內部即應制止。㈡現在國民黨政府已爲蘇俄煽動員鮑羅廷個人支配而有餘，則將來中國果爲共產黨所竊，豈能逃蘇俄直接之支配？乃在變相帝國主義下，爲變相的屬國，揆之總理遺囑「聯合世界上以平等待我之民族」，大相剌謬，此又應當防止不平等，而早揭破一切賣國的陰謀。提案通過後，四月十二日上海淸黨，七月中旬武漢也正式分共。從一九二二年八月到一九二七年七月，國民黨歷時五年的容共政策終告結束，中共遭到有史以來最大的失敗。一九二七年八月起，中共在第三國際的指導下到處暴動，民族主義與共產主義的交戰更形尖銳了。

五四運動前後的中外史實顯示，共產主義偏離了五四時期政治與思想的主流，中共的成立也與五四運動之理想無關，孕育它的不是五四運動，甚至亦非中國的土壤，而是第三國際。

七十七年五月四日〈臺灣日報〉

孫中山先生與五四運動

五四運動是帝國主義壓力下的反彈，所掀起的民族主義巨濤，沛然莫之能禦，主要對象則爲日本。一九一四年第一次世界大戰爆發，日本對德宣戰後，以驅逐膠州灣租借地的德人爲辭，出兵山東，攻陷青島。一九一五年一月，更提出自有不平等條約以來最苛刻的二十一條要求，使得中國的國格嚴重受損，土地、主權皆將不保，首當其衝者卽爲孔子的故鄉。該年五月七日，日本提出最後通牒，限於四十八小時內答覆。五月九日，袁世凱以「國力未充，不能與人兵戎相見」爲由，正式覆允，遂使「五七」與「五九」同爲國恥日。四年後，北京學生爲挽救危局，並紀念國恥日，乃動員示威，結果箭在弦上，不得不提早數日而發，卽成青史留名的五四運動。

二十一條卽揭，舉國震驚，北京學生激憤之餘，紛函孫中山先生請示。孫先生慨然指出，日人所提條件，袁世凱亦知相當的報酬爲不可卻，則思全以秘密從事。至外報發表，輿論沸騰，所親如段祺瑞等也表反對，才不得不遷延作態，待日人增強態度，然後承認，示人以國力無可如何。由日人的條件來看，如山東、滿洲、東蒙、福建、漢冶萍煤鐵，皆爲利權重大者，而袁世凱於未得最後通牒前，固已無甚齟齬。「就以上觀之，則袁氏以求僭帝位之故，甘心賣國而不辭，禍首罪魁，豈異人任？」孫先生痛感區區民國之名義，國民以無量數的犧牲而搏得者，恐將歸於澌滅。辛亥革命後，他解職推袁，以免流血之禍；「迨宋案發生，弟始翻然悟彼奸人非恒情所測，且必有破壞共和之心，而後動於惡，故一念主張討賊，以愛國之故，不能復愛和平也」。凡此提示，對北京學生日後的理念與行動當有所影響，而彼等奉孫先生爲革命領袖與精神導師，自不待言。

五四事件爆發後，三十二名學生遭軍警逮捕，傳將受審並處決，又有解散大學之說，一時風聲鶴唳。孫先生立刻率領廣州軍政府諸總裁，向北京政府致電抗議，謂青年學子以單純愛國之誠，逞一時血氣之勇，雖舉動略逾常軌，亦情有可原，而且此項問題，關係重大，凡屬有常識的國民，無不奔走濡汗，呼號以求，義憤之餘，疑必有人表裏爲奸，則千夫所指，證諸平日歷史，又安得不拚命以伸公憤？「其中眞相若何，當局自能明瞭，倘不求正本之法，但藉淫威以殺一二文弱無助之學生，以此立威，威於何有，以此防民，民不畏死也。作始也微，畢將也鉅，此中概括，繫於一二人善自轉移。執事洞明因果，識別善惡，宜爲平情之處置，庶服天下之人心」。由於全國各界排山倒海的聲援，被捕的學生不久獲釋，贏得第一場勝利。

一九一九年六月十六日，中華民國學生聯合會在上海成立，由段錫朋擔任主席，何葆仁爲副主席，該會在往後數十年頗具政治力量。此時孫先生適居上海，每日接見各省學生代表，交談多時不稍休。他對上海學生聯合會代表程天放表示，中國最大的敵人是日本，敵強我弱，力有不逮，但日本先天不足，靠外貿維持國民經濟，中國學生抵制日貨，可致日本於死命，至盼大家堅持到底，不要虎頭蛇尾。由此可知，孫先生不但對學生注之以熱情，且定之以方向，使他們有所依循。六月十八日，他在函覆蔡冰若時指出，其著書立說之意，本在糾正國民思想上的謬誤，使之有所覺悟，急起直追，共赴國難，著眼之處，正是現在而非將來。「試觀此數月來全國學生之奮起，何莫非新思想鼓盪陶鎔之功？故文以爲灌輸學識，表示吾黨根本之主張於全國，使國民有普遍之覺悟，異日時機既熟，一致奮起，除舊布新，此卽吾黨主義之大成功也」。孫先生主張革命必先革心，又以五四運動爲思想革命的結果，因此強調心理建設的重要，勉國人追求學問，並不忘身體力行。

同年六月二十八日，中國代表未在巴黎和會簽字。稍早，北京政府已免去曹汝霖、章宗祥和陸宗輿的職務；稍後，被迫出走的北大校長蔡元培先生回任，五四事件時的呼聲，至此獲得較爲滿意的答覆。十月十八日，孫先生在上海演講時強調：「試觀今次學生運動，不過因被激而興，而於此甚短之期間，收絕倫之巨果，可知結合者卽強也。」證以辛亥武昌之役，革命黨的口令是「同心協力」，皆說明團結可以奏效。一九二三年夏，孫先生在廣州大元帥府接見北大政治考察團時，對五四運動仍頗嘉勉，認爲克盡了愛國的天職，並賦以學生「首都革命」的厚望。孫先生對五四運動的關切與肯定，出自革命家兼思想家的心情，五四運動的革命兼思想成分也就顯而易見。知識分子在喚起民眾時，遍灑新思潮於全國各城，這是向下紮根的工作，也是前所未見的狂飈運動。

五四運動向世界展示了中國的主權在民，不在政府或列強之手。由於中國拒簽和約，埋下日本不得不交還山東的種子，因此展開談判，青島終在一九二二年底回到中國懷抱，學生以及全民的護土願望乃告達成，五四時期國事取決公意的經驗，爲中國歷史寫下了新章。從此以後，孫先生領導的國民革命運動逐漸展開，像五四運動一樣吸引了無數青年，鼓舞他們勇往直前。

七十七年五月四日〈中國時報〉

五四運動的時代顯影

五四運動對世世代代的中國知識分子而言，屬於永恆的話題，因為發起者正是他們的前賢。近七十年來，親歷者、追慕者、批評者以至利用者，澄清或混濁了我們的歷史視野，令人嚮往或迷惘。如今走出歷史，置身現實的中國，我們如何看待其時代顯影？

鴉片戰爭迄今，將屆一個半世紀，其間政治與思想的變化，為數千年國史所未曾有，分水嶺首推辛亥革命。此役之後，君權既衰，民智初開，五四運動時知識分子登高一呼，萬方景從，當非偶然。眾所周知，辛亥革命產生了中華民國，而中共是民國的叛徒，因此有意貶抑辛亥革命的地位，轉借五四運動以自壯。其實，五四運動的主流是民族主義和民權主義，凡此皆與馬列主義相悖。數十年來，中共為充正統，乃巧取豪奪其光榮，竭力改變其脈絡，圖與四個堅持相結合，用供驅策，五四運動至此，可謂面目全非了。時至今日，還原五四已成當務之急，我們固有若干成就，但仍須努力，方能成其大者。

一九一九年五月四日上午十時，北大國文系四年級的羅家倫先生奉同學之命，匆促間站著寫一宣言，印成傳單後，下午在遊行時散發。該文所以不朽，主要是準確反映了運動的內容和國人的願望，其中「外爭主權」就是民族主義，「內除國賊」就是民權主義。此二語在保衛釣魚臺時，重現於海外華人的示威場合中，說明了大家對五四運動的眷戀情懷。惜乎中共在飽享保釣的果實後，周恩來以一句「蕞爾小島不足掛齒」，談笑間將它讓給時任日本首相的田中角榮，也拱手捐棄了五四運動的眞精神。

五四運動的原始動機爲護土救國，目的在喚起民眾，躋中國於自由平等、富強康樂之境。欲達此目的，首須外爭主權，內除國賊，次須實行民主，發展科學，數十年來，已成中國知識分子的共識。「世界潮流，浩浩蕩蕩，順之者昌，逆之者亡」，違反民主的政權，既不以民意爲基礎，則人民非其資產，知識分子尤屬債主了。

中共在野時多方利用五四運動，執政後則遭五四精神的衝擊，可謂天道好還。五四精神對中共的負面影響，先後表現在五十年代的新五四運動、七十年代的四五運動、八十年代的新一二九運動上，諸役與五四運動的時代背景不同，但爲政治抗議行動則一，自發性也皆無可疑。五四運動的效果，至中國代表未簽巴黎和約而初步達成。新五四運動如整個鳴放運動，其收場使知識分子驚覺中共的不誠與無信，彼等的命運固然悲慘，中共失去知識分子向心力的代價亦甚可觀。四五運動則加速了毛澤東之死和文革的落幕，鼓舞了青年爭取民主的信念，使他們踏著天安門的血跡前行。五四運動帶動了新文化運動，四五運動揭開了日後「北京之春」的序幕，兩者皆由政治運動擴展成思想運動，爲學術界所重視。

五四運動展示了民族主義和民權主義的偉力，四五運動則偏重對民權的追求，反對秦始皇的封建社會再現卽其一例，新五四運動主張除三害亦爲同例。後二者的另一共同點，是對中共表達強烈的不滿，也都造成共產主義的信仰危機。新五四運動的領袖高舉五四旗幟，盼將學生運動擴展成全民運動，但終被中共封殺。相形之下，五四運動可謂從精英主義演變到民粹主義，新五四運動本身則表現精英主義的色彩。至於四五運動，自始卽爲民粹主義的濃厚氣氛所籠罩。以上各運動參與者的出身不盡相同，但主力皆爲青年，「時代考驗青年，青年創造時代」，於此獲得眞切的驗證。從五四運動到四五運動，中國青年芬芳了史頁，專制統治者也更感到防範無力了。

新一二九運動的靈魂人物方勵之先生，以科學家追求民主，亦使人想起五四運動的文化主張。在「誰是眞民主——談政治體制改革」的講詞中，方先生認爲五四運動全面反傳統，引進大量的自然科學，也吸收許多先進的社會思想，文學藝術大爲改觀，人文主義思潮在知識分子間廣爲傳播，封建主義被碰得頭破血流，因此五四運動的業績是偉大的。此言一出，他任教的中國科技大學不久卽爆發學潮，且迅速蔓延，規模之大，爲中共建立政權以來所僅見。

此次學潮的共同口號是「要民主」和「要自由」，上海交通大學質詢中共統治的基礎，同濟大學呼籲打倒官僚主義，南京地區的學生要求剷除專制，天津南開大學建議效法菲律賓人民推翻馬可仕的起義，北京大學更指斥中共領袖爲暴君，中共政權「在每一方面都與我們過往最暴虐的封建君主制度一樣」。如此激烈的言論，較五四運動或新五四運動不遑多讓，中共的懼恨可知，報復亦可見。從一九八六年底到一九八七年初，總計一個月內，至少有一百五十所大學的青年加入示威，大陸除西藏、青海等少數偏遠地區外，均有官員匯報學潮的消息。中共隨即在上海、南京、北京、蕪湖、武漢、青島、太原、天津和四川各省市展開逮捕行動，對象包括大學生、留學生、知識青年、工人和反共人士等，鄧小平且下令清算鼓吹自由的學術界和文藝界領袖，遂不讓五四時期的北洋政府專美於前。

面對要求民主的呼聲，中華民國的舉措迥異於中共，此有理論上的依據。馬列主義的中心主張是階級鬥爭，原無全民民主的觀念，所謂「無產階級民主」，如陳獨秀晚年所言，只是空洞的名詞，用以抵制資產階級民主的門面語而已。相形之下，全民政治確爲民權主義的目的，從孫中山先生到蔣經國先生，皆服膺「以更多的民主來醫治民主之病」，近年來更爲舉世所共見，此爲三民主義國度的份內事，本不足爲奇。我們的感慨的是，三民主義原爲中國大陸而設計，如今卻在古稱邊疆的島上展現成果。中共在政治上見賢不思齊，反以不宜行西方的民主抵賴，這與袁世凱的說詞又有何異？

五四運動是由下而上的抗議，今日中華民國的主要動力，則爲由上而下的改革，兩者在形式上有異，實現民主政治的內涵則一。遙望彼岸，正因中共由上而下的改革不足，今後大陸由下而上的抗議恐將不絕。神州巨變，或不待五四運動一百周年，趙家樓的火焰再燃之日，且看中華兒女的沸騰之心！

七十七年五月四日〈中央副刊〉

略論五四運動與中共

五四運動最主要的起因，亦即原始目的所在，殆為救亡圖存，民族主義的成分超過其他。近代中國民族主義是帝國主義侵略下的產物，自可謂防衛的民族主義，有別於古代文化的民族主義。同理，中國現代化在死裏求生的心情上推出，是一種防衛的現代化。廣義的五四運動，或可稱為雙重防衛的運動——民族主義兼現代化。

長期以來，中共一直重視五四運動的研究，有關文字以册數計，何止上百？以篇數計，何止上千？謂之顯學，亦不為過。在大陸上，五月四日是中國青年節，五四運動是中國現代史的起點，它享有無數的榮耀，也受到過多的曲解，自毛澤東以降，相率以僞，衆口鑠金，刻意造成一個失實的五四。在三篇不同的講詞中，毛澤東首謂「五四運動之成為文化革命新運動，不過是中國反帝反封建的資產階級民主革命之一種表現形式」。此說雖不脫共產黨慣用的語氣，但至少承認五四運動是非共的。及至準備全面向蘇俄靠攏，他即改口強調，「五四運動是在當時世界革命號召之下，是在俄國革命號召之下，是在列寧號召之下發生的。五四運動是當時無產階級世界革命的一部分」。如此輕易將五四的功勞拱手讓給俄國人，並且生搬硬套階級鬥爭的公式。最後爲了整肅今昔的異己，他又表示「五四運動也是有缺點的。許多那時的領導人物，還沒有馬克思主義的批判精神，他們使用的方法，一般地還是資產階級的方法卽形式主義的方法」。凡此三變，顯示其對五四評價的矛盾和混亂。一九四九年以後，中共挾利用學生運動得勝之餘威，根據毛澤東的第二種觀點，開始大量稱頌和強解五四運動，也引發了筆者還原五四運動與中共關係的動機。

五四運動本身是一個單純的愛國運動，如果沒有爭取山東權益的問題，則俄國的十月革命根本不足以使中國發生此事。誠然，廣義的五四運動卽新文化運動的參與者中，有部分人具備了部分的馬克思主義知識，但在那個各種理論紛然雜陳的時期，往往有人身兼數種政治信仰，甚至在接受馬克思的唯物史觀時，同時否定其核心主張——階級鬥爭，因此不能遽稱他們當時就是共產主義知識分子，尤不可說反對民族主義的無產階級思想領導了這個愛國運動。五四運動由北京出發，以愛國主義爲要義，新文化運動則表現了濃厚的自由主義色彩。其後的五卅運動由上海出發，顯見社會主義的成分。前者抗日，後者反英，俱求廢除不平等條約，都可歸到三民主義的巨流中。中國共產主義來自蘇俄，因上海的五卅運動而擴大，非因北京的五四運動。

五四運動與無產階級世界革命、俄國革命、列寧殊少關聯。狹義的五四運動是政治運動，展示了國人誠摯純潔的愛國心；廣義的五四運動爲文化運動，呈現了各種思潮萬花撩亂之趣，馬克思主義僅聊備一格。五四運動前後民族主義與共產主義的交鋒更足以說明，五四運動並未製造中共，中共是第三國際的產物。彼時陳獨秀強調自覺心，李大釗和周恩來強調互助論，凡此多與馬克思主義相違，毛澤東則沉迷於無政府主義中，還撰文批評馬克思，魯迅對五四運動和共產主義的認識，更處於多眠狀態。五四運動如與五十年代的新五四運動、七十年代的四五運動、八十年代的新一二九運動相提並論，更可彰顯其時代意義，卽五四運動未必盡屬中共宣傳下的資產，後來實爲中共的債務。

七十七年五月三日〈聯合副刊〉

從五四運動到第二次天安門運動

一、前言

一九八九年四月中旬起，大陸爆發大規模的民主運動，中經五四運動七十年等因素的激盪，愈見波瀾壯闊。六月四日，中共中央下令軍隊進入天安門廣場，展開慘絕人寰的屠殺，北京大學生及市民死傷無數，舉世爲之震驚。大屠殺過後是大逮捕，方勵之夫婦和多名學運領袖遭到通緝，中共的十一「國慶」，遂在紅色恐怖中度過。四十年來家國，九百六十萬平方公里山河，開文化大革命後的又一浩劫，至今未休。

中共在野時多方利用五四運動，執政後則遭五四精神的衝擊，可謂天道好還。五四精神對中共的負面影響，至少表現在一九五七年的新五四運動、一九七六年的第一次天安門運動（四五運動）、一九八六年的新一二九運動、一九八九年的第二次天安門運動上，彼此的內容固不盡同，但抗議精神則一，值得加以探討，做爲五四運動與中共關係的總結。

慘遭中共迫害至死的鄧拓，曾經如此歌唱太湖：「東林講學繼龜山，事事關心天地間，莫謂書生空議論，頭顱擲處血斑斑！」此情此景，如今都到世人眼前，非儘懷古憶舊，實可鑑往知來。

二、一九一九年的五四運動

五四運動是帝國主義壓力下的反彈，所掀起的民族主義巨濤，沛然莫之能禦。一九一四年第一次世界大戰爆發，日本對德宣戰後，以驅逐山東膠州灣租借地的德人爲理由，出兵山東，攻陷青島。次年一月，更提出自有不平等條約以來最苛刻的二十一條要求使得中國的地位嚴重受損，土地、主權皆將不保，首當其衝者卽爲孔子的故鄉——山東。此時日本突在沿海各口增兵，顯欲以武力威脅。一九一五年五月七日，日本提出最後通牒，限於四十八小時內答覆。五月九日，袁世凱以「國力未充，不能與人兵戎相見」，正式覆允，遂使「五七」與「五九」同爲國恥日。四年以後，北京學生爲挽救危局，並紀念國恥日，乃動員示威，結果箭在弦上，不得不提早數日而發，卽成青史留名的五四運動。

一九一九年五月四日是星期天，上午九時北京大學、高等師範、中國大學、朝陽大學、工業專校、警官學校、醫學專校、農業專校、匯文大學、鐵路管理學校、法政專校、稅務學校、民國大學等代表，在法政專校共議如何演說、散布傳單、赴各使館、到親日官員曹汝霖、章宗祥、陸宗與住宅數其賣國之罪，陸軍學校學生代表也列席其中。會議並通過以下五點：1.通電國內外各團體，共同抗議巴黎和會的山東決議案；2.設法喚醒全國國民；3.準備五月七日在各地召開國民大會；4.聯合北京所有學生，組織一個永久機構，負責學生活動及與其他社團的連絡；5.本日下午遊行示威由天安門出發，經過東交民巷，以及崇文門大街等商業鬧區。商議既定，各校代表紛紛返回準備。

當天下午一時半，北京各校學生三千餘人齊集天安門廣場，排隊南出中華門，向東交民巷各國公使館行進，沿途散發了這份傳單：「現在日本在國際和會，要求併吞青島，管理山東一切權利，就要成功了。他們的外交大勝利了。我們的外交，大失敗了。山東大勢一去，就是破壞中國的領土。中國的領土破壞，中國就要亡了。所以我們學界，今天排隊到各公使館去，要求各國出來維持公理。務望全國農工商各界，一律起來，設法開國民大會，外爭主權，內除國賊。中國存亡，在此一舉了。今與全國同胞立下兩個信條：㈠中國的土地，可以征服，而不可以斷送。㈡中國的人民，可以殺戮，而不可以低頭。國亡了，同胞起來啊！」這篇由羅家倫撰寫的宣言，後被喻爲「集體的非希特告德意志國民書」，說明了五四運動的目的。

五四運動鼓動風潮，造成時勢，是國人心之所嚮的壯舉，一旦爆發，萬方景從，學生立獲知識界領袖的聲援，並取得都市商人、工業家和工人的支持，不惜罷市罷工，與學生攻守一致，形成史無前例的聯盟，不久卽收宏效。

同年六月二十八日，國內各團體和私人要求和會專使拒絕簽字的電報，多達七千通左右。當天在巴黎的留學生、工人與華僑把代表們包圍起來，直到法國人鳴砲向世界宣布凡爾賽條約已簽字後才散去。稍早的六月十日，北京政府已免去曹汝霖、章宗祥和陸宗輿的職務；稍後的九月二十日，被迫出走的北大校長蔡元培也重任舊職。五四運動時學生的呼聲，至此獲得較爲滿意的答覆。十月十八日，孫中山先生在上海演講時指出：「試觀今次學生運動，不過因被激而興，而於此甚短之期間，收絕倫之巨果，可知結合者卽強也。」證以辛亥武昌之役，革命黨的口令是「同心協力」，皆說明團結可以奏效。一九二三年夏，孫先生在廣州大元帥府接見北大政治考察團時，對五四運動仍極嘉勉，認係克盡了愛國的天職，並賦以學生「首都革命」的厚望。孫先生對五四運動的關切與肯定，出自革命家兼思想家的心情，五四運動的革命兼思想成分也就顯而易見了。知識分子在喚起民眾的過程中，將新思想帶到全國各城，這是向下紮根的工作，也是前所未見的狂飆運動。

五四運動的原始動機在護土救國，本質上是民族主義兼民權主義的革命，目的在喚起民眾，躋中國於自由平等、富強康樂之境。欲達此目的，首須外爭主權，內除國賊；次須實行民主，發展科學，數十年來已成爲中國知識分子的共識。「世界潮流，浩浩蕩蕩，順之者昌，逆之者亡」，違反民主的政權，既不以民意爲基礎，則人民非其資產，知識分子尤屬債主了。

三、一九五七年的新五四運動

一九五五年底，中共發動「肅反」，被侮辱與被損害者多達一百四十萬名以上。次年五月，毛澤東提出旨在安撫的「百家爭鳴、百花齊放」口號。一九五七年二月他重彈此調，以求「正確處理人民內部矛盾問題」。同年五月一日，中共正式公布關於整風運動的指示，要大家以「鳴放」來幫助共產黨進行一次反官僚、反宗派主義、反主觀主義的整風。中共強調「言者無罪，聞者足戒」，極盡廣開言路的表態，於是五、六月間，大陸各民主黨派、工商界人士、知識分子乃至共產黨員爭取民主的呼聲，就以星火燎原之勢展開了。其中青年學生的鳴放可謂最強音，此卽新五四運動。

一九五七年五月二日，北京各校學生代表在頤和園集會，商定在五月四日晚間舉行自由民主大會，用大字報、討論會等方式，公布中共的劣跡，並創辦一個刊物，開放部分組織以吸收同學，展開更廣泛的接觸，向知名人士和各大專發出民主接力棒，以擴大社會影響等。會中還決定爲顯示力量，將理論鬪爭的中心放在五四運動策源地的北京大學，以及被指爲教條主義大本營的人民大學，其他各校則全力支援這兩校的活動。稍後的事實證明，這些計畫全部兌現。

兩天後，各校幾乎都舉行了五四紀念晚會，其中以北大最爲熱烈，主席致詞時表示，五四精神已被扼死八年，照當權者的解釋，民主自由是手段而不是目的，青年的精神業已窒息，如果抗爭的話，肉體也要毀滅，五四之家的北大學生不要再血灑廣場了，要使廣場發出民主自由的芬芳，用大家的力量，借北大的屍，還五四的魂。致詞既畢，全場掌聲雷動，高呼「五四精神萬歲」等口號，然後多人登臺演講，指控中共對學術思想的禁錮，晚會至深夜才告結束。五月五日，北大學生譚天榮貼出名爲〈一株毒草〉的大字報，強調中共的教條主義統治只是打著馬克思、恩格斯的招牌，已轉化爲自身的反面，所以大家應團結起來，組成有力的十字軍，把中共的統治翻轉過來，鞭撻至粉碎爲止。這篇論文式的大字報，被視爲新五四運動的誓詞。譚天榮等人隨即成立「百花學社」，在哲學思想上仰承黑格爾、斯賓諾沙、恩格斯的邏輯系統，希望藉此探討中國的出路問題，追究史達林學說的本源是否與馬克思、恩格斯有關。該社在兩日內即已發展到近兩千人，後又在各校成立了分社，總社仍在北大，而於五月十九日召開代表大會，遂成爲五四運動的核心組織。

「百花學社」成立後，新五四運動即向各地伸展，北大學生訪問團分別到天津各大學串連，各校也紛紛響應，例如清華大學成立了「庶民社」，南開大學成立了「自由廣播」等，天津大學成立了「鳴放社」等，人民大學林希翎也組織了「自由論壇」，武漢大學成立了「火焰社」，並與湖北醫學院、中南財經學院、湖北師專、中原大學等同時宣布罷課，組成師生聯合陣線，重慶大學組織了「聲援北大同學會」，蘭州大學也有「赴京請願代表團」之設。總計在一九五七年五月初到六月初，新五四運動普獲大陸大學生的支持，僅北大一校就提出了四千四百七十二條抨擊中共的意見。中共驚恐之餘，開始變臉反撲，發動反右派鬪爭來鎭壓。據中共自己估計，右派人數高達六百萬，力量不容忽視，新五四運動參與者自爲其中的精英。

一九五七年七月一日，《人民日報》刊出毛澤東執筆的社論，其中有如下名句：「有人說，這是陰謀。我們說，這是陽謀。因爲事先告訴了敵人：牛鬼蛇神只有讓它們出籠，才好殲滅它們；毒草只有讓它們出土，才便於鋤掉。」此處所謂「陽謀」，只是事後孔明的誇詞。毛澤東鼓勵鳴放的本意，在使知識分子等爲其所用，結果不料反共之聲遍傳，如排山倒海般指向中共無可藥救的弱點，而且直攻其心臟，毛澤東在深感作法自斃的難堪後，只有食言而肥，以「陽謀」自壯了。新五四運動的大學生和任何敢言者，都在「陽謀」下受到殘酷的打擊。

四、一九七六年的第一次天安門運動

一九七六年三月底起，大陸人民在飽受文化大革命的煎熬之餘，借悼念周恩來的名義，在北京天安門廣場示威。四月五日上午，羣眾砸毀公安局的廣播宣傳車，湧向人民英雄紀念碑、人民大會堂、歷史博物館等處，並衝入廣場東南角的聯合指揮部，下午更以火焚之。晚間中共民兵接到北京市革命委員會的命令後，在警察和軍隊的配合下，「實行無產階級專政」，卽當場屠殺人民。事後北京衛戍區動員部隊在廣場淸洗了三天以上的血跡，並展開追捕行動，直到四人幫本身被捕爲止。

天安門運動延續了一週，大致可分三個階段：從三月底到四月四日是羣衆和平示威階段，四月五日到六日是羣衆激烈抗暴階段，四月七日是中共處置階段。四月四日是星期天，天安門廣場的花海人潮中，觸目都是詩詞和條幅，包括「若有妖魔興風浪，人民奮起滅豺狼」；「欲悲聞鬼叫，我哭豺狼笑，洒淚祭雄傑，揚眉劍出鞘」；「熱血湧心潮，痛詞壯征歌，我按三尺劍，犬物敢禍國？」「中國已不是過去的中國，人民也不是愚不可及，秦皇的封建社會已一去不返了」。由此可知，運動雖以悼周的形式出現，箭頭則指向毛澤東和共產制度，這對於以「超過秦始皇一百倍」自詡的現代暴君而言，無異最大的掌摑，證明大陸人民眞正站起來了。

四月五日凌晨，中共當局調集了卡車、救火車和大吊車開進廣場，沒收花圈、詩詞並擄人，淸晨聞訊趕來的憤怒羣衆，終於和當權派爆發正面衝突。抗暴的有工人、農民、士兵、知識分子、學生、幹部和家庭主婦，也有共產黨員、共靑團員和少先隊員，他們父子相隨，兄弟結伴，夫妻同行，師生攜手，百萬羣衆匯成浩浩蕩蕩的革命大軍。此次運動發生在中共建立政權後的二十七年，證實了大陸人民在長期隱忍下的不甘就範，也暴露了中共統治的不穩，它爲文化大革命奏起了輓歌，也加速了毛澤東的死亡，天安門廣場正在毛澤東的臥榻之側，咫尺之處百萬民衆的怒吼，極權者也要惴慄。

四月七日，中共中央政治局根據毛澤東的訓令，撤銷鄧小平在黨內外的一切職務，並任命華國鋒爲黨副主席和國務院總理。中共中央明言，鄧之去職與天安門事件等有關。此說旨在倒鄧，但予世人一種「鄧小平領導義舉」的錯誤印象，其實當時鄧小平完全與外界隔絕，和事件毫無牽連，此爲鄧派復出後所不諱言。誠如事件後被捕的曹志杰在答訊時陳言：「我們的行動完全是自發的，沒有人指揮，我們沒有什麼後臺。」現場目擊的外國記者也指出，五日的抗暴行動顯然不是有預謀、有計畫、有組織的，而且肯定沒有打起鄧小平的旗號，記者在廣場上幾個小時，從未看見或聽到鄧的名字。凡此皆可證明，四五天安門運動之功與鄧小平無關。

一九七八年十一月，中共新當權派因本身政治利益之需，開始爲四五運動平反，強調四人幫的鎮壓之舉才是反革命，「中國不是四人幫的；人民，只有人民才能決定中國的命運，只有人民才能推動歷史前進」。其實，中國也不是共產黨的，鳴放時期人民大學的講師葛佩琦就說：「共產黨可以看看，不要自高自大，不要不相信我們知識分子。搞得好，可以；搞得不好，羣眾可以打倒你們。殺共產黨人，推翻你們，這不能說不愛國，因爲共產黨不爲人民服務。共產黨亡了，中國不會亡！」鄧小平表面上爲天安門事件平反，稍後的一九七九年三月二十九日，則逮捕魏京生並判重刑，說明了鄧式民主的本質，也展示了中共對待知識分子的一貫態度。

五、一九八六年的新一二九運動

五四精神至八十年代的大陸，又有了舉世矚目的展現。一九八六年十二月九日，安徽合肥的中國科技大學在一二九運動五十一周年時爆發了學潮，迅卽蔓延大陸各地，規模之大，爲中共建立政權以來所未曾有。一九八七年一月十二日，中共中央和國務院決定，免除科技大學副校長方勵之的職務，罪名是「在不同場合散佈了許多資產階級自由化的錯誤言論，背離了四項基本原則」，以及「企圖擺脫黨的領導和背離社會主義道路的辦學思想，給中國科技大學帶來極惡劣的影響，這些錯誤思想在這次科大學生的鬧事中充分暴露出來」。四項基本原則是中共的「國策」，背離者可謂罪孽深重。一月十七日，中共開除了方勵之的黨籍。

此次學潮的共同口號是「要民主」和「要自由」，上海交通大學並質問中共統治的基礎，同濟大學呼籲打倒官僚主義，南京地區的學生要求打倒專制，天津南開大學建議效法菲律賓人民推翻馬可仕的起義，北京大學更指斥中共領袖爲暴君，中共政權「在每一方面都與我們過往最暴虐的封建君主制度一樣」。如此激烈的言論，較之五四運動或新五四運動不遑多讓。總計一個月內，至少有一百五十所大學的青年加入示威行列，大陸各省除了西藏和青海，都有官員匯報學潮的消息。中共惶恐之餘，在上海、南京、北京、蕪湖、武漢、青島、太原、天津和四川各省市展開逮捕行動，對象包括大學生、留學生、知識青年、工人和反共人士等，鄧小平且下令淸自首由化的「頭面人物」，作家王若望與劉賓雁也被中共開除黨籍，益證方勵之事件並非特例。

方勵之顯然服膺培根的名言：「知識就是力量。」他呼籲大陸知識分子挺起脊樑做人，不要唯上是從，應該自我貴重，一旦如此，力量卽出。同時，大學必須是思想中心，要醞釀自由民主的空氣，培養愛好眞理的意識，轉變高等教育的方向，使知識分子成爲社會進步的主導。此種蔡元培式的民主辦學構想，一度獲得中共稱許，隨後猛遭批鬪，其反覆無常可見。五四運動後，北京政府在學生和輿論的壓力下，不久卽請蔡元培回任北大校長。中共則視學生如無物，大陸更沒有新聞自由，方勵之的回任自不可能。他被安排到北京天文臺擔任研究員，夜觀天象，擁有一片星空，在中共看來，這已經是德政了。

民主與人權的定義不止一端，方勵之的觀點接近法國的盧梭，此與五四人物略同，而時代性過之。他確信民主本身的含義，首先就是人人有自己的權利，然後組成一個社會，所以不是上面給的，是與生俱來的。人權在大陸上非常陌生，其實此說不足爲奇，卽人類天生具有生存、生活、婚姻、思想、受教育等權，一如自由、平等、博愛，是自然資源，也是歷史遺產，肯定值得爭取，這才是眞正的民主。由此可知，民主與人權密不可分，是天賦的，非恩賜的，但中共旣已退化到黑暗時代，盧梭式的言論自如洪水猛獸。

抑有甚者，方勵之公開反對用馬克思主義指導科學研究，「所謂指導總是做出錯誤的結果，從來沒有正確的成果。解放以來，所有的學術批判，沒有一次是正確的，百分之百的錯」。談到好好學習，原為學生的份內事，「但是說這一機會是黨和國家給你的，是完全錯誤的」。至於深圳《青年報》請鄧小平退休，他認為是很自然的現象，「我覺得這當然是大家表示的意思，是可以的」。凡此言論，在中共看來可謂大逆不道。方勵之正如魏京生，鳴鼓而攻的對象，上自馬克思，下至鄧小平，後者既有逮捕魏京生的經驗，整肅方勵之實屬必然。

六、一九八九年的第二次天安門運動

一九八九年一月六日，方勵之致函鄧小平，指出本年為中共政權四十年，也是五四運動七十年，有鑒於此，他建議實行大赦，特別是釋放魏京生以及所有類似的政治犯。此函既出，吳祖光、湯一介、蘇曉康、蘇紹智、王若水等三十三位知識分子，於二月十三日以公開信連署響應。三月十四日，又有戴晴、嚴家其、遠志明、史鐵生、周輔成等四十三位文化界人士加入聲援，而中共置若罔聞。

四月十五日，胡耀邦因心臟病去世，以北大為首的大學生湧向天安門廣場，在悼胡的名義下，高呼「反對獨裁、打倒貪污、推翻官僚、民主萬歲」，此後學生運動立刻擴大成羣眾運動。四月二十日，十萬學生和市民齊集天安門廣場，提出「慈禧退休」等口號，上海、天津、武漢、合肥應之。次日，包遵信、吳組緗、嚴家其、李澤厚、北島、蘇曉康等四十七名知識分子，致函中共中央、人大常委會和國務院，呼籲加速大陸民主進程和政治體制改革，清除各級黨政機構中日趨嚴重的腐敗現象，解決各級政府普遍存在的軟弱低頭狀態，實現憲法規定的言論和新聞自由，確保大眾傳播媒介的輿論監督功能。「我們建議，黨和國家領導人認眞聽取學生的願望和要求，直接與學生們平等對話，汲取一九七六年天安門事件的歷史教訓，不能置之不理，置之不理，容易激起學生們過激反應，不利於全國人民同心同德實現中華民族的現代化大業」。結果，中共以坦克機槍見覆，製造了第二次天安門事件，不讓四人幫專美於前。

前此，中共在四月二十三日已調動兩萬部隊到北京，準備對付五四運動七十年期間的學生活動。次日北大出現大字報，箭頭指向鄧小平，謂中國已沒有時間等強人去世才爭取民主，何況強人之後可能出現另一強人。二十六日，人民日報發表社論，把學生運動定位爲「動亂」，立卽引起公憤，次日北京爆發四十年來最大規模的示威。五月四日，高舉「自由、民主、科學」、「反對貪污、打倒官僚」等旗幟的遊行隊伍，受到市民夾道歡迎，也有標語強調「發揚五四、超越五四」，顯示大陸人民望治心切，不以七十年前的主張爲滿足。

五四前夕，李洪林、于浩成、嚴家其、張顯揚、戴晴、張抗抗等知識分子，發表〈五四七十周年倡議書〉，肯定學生的愛國行動，是五四精神在新時期的延續。「民主當然不能一蹴而就，但是我們不能同意所謂中國人民素質太低因而需要推遲民主的怪論。事實證明，缺乏民主素質的，恰恰是那些害怕民主的官員」。凡此說明大陸的民智已開，但官智未開，此後學生絕食抗議，中共仍無動於衷。五月十七日，嚴家其、包遵信、鄭義、徐剛、王魯湘等三十餘位，對中共的不仁與無義發出了怒吼，直指中國還有一個沒有皇帝頭銜的皇帝，一個年邁昏庸的獨裁者。「在今天，我們向全中國、全世界宣布，從現在起，同學們一百小時的偉大絕食鬪爭已取得偉大的勝利。同學們已用自己的行動來宣布，這次學潮不是動亂，而是一場在中國最後埋葬獨裁，埋葬帝制的偉大愛國民主運動」。大陸知識分子的反撲，至此達一高潮，展現了最大的道德勇氣。

五月十八日，病中的巴金也發表支持學運的公開信：「七十年前的五四運動就是一批愛國學生爲我們祖國爭取科學與民主。七十年過去了，我們還是一個落後的國家。我認爲今天學生們的要求是完全合理的，他們所做的正是我們沒有能完成的事情，中國的希望在他們身上。」六四大屠殺後，中國的希望或化成新鬼，或轉入地下，或流亡海外，死者激勵生者，生者激勵來者，業已蔚爲全球華人抗暴的巨潮，撞擊那封建的政權。

七、結論

五四運動的政治效果，至中國代表未簽巴黎和約而初步達成。新五四運動則如整個鳴放運動，其收場使知識分子覺悟到中共的不誠與無信，彼等固然獲致悲劇的命運，中共失去知識分子向心力的政治代價亦甚可觀。第一次天安門運動則加速了毛澤東的死亡和文革的落幕，鼓舞了青年一代爭取民主的信念，使他們踏著先驅者的血跡勇往直前。五四運動帶動了新文化運動，第一次天安門運動揭開了日後「北京之春」的序幕，兩者皆由政治運動擴展成思想運動，而爲學術界所重視。

五四運動爲民族主義兼民權主義的表現，第一次天安門運動則偏重對民權的追求，反對秦始皇的封建社會重現卽其一例，新五四運動的主張除三害（主觀主義、宗派主義、官僚主義）亦爲同例。後二者的另一共同點，是對中共當局表達強度的不滿，也都造成共產主義的信仰危機。昔已有之，因此而烈。

新五四運動的領袖高舉五四的旗幟，希望將學生運動擴展成全民運動，但終被中共封殺。相形之下，五四運動可謂從精英主義演變到民粹主義，新五四運動本身則表現精英主義的色彩。至於第一次天安門運動，自始卽爲民粹主義的濃厚氣氛所籠罩。以上三種運動參與者的出身不盡相同，但主力皆爲青年，「時代考驗青年，青年創造時代」，於此獲得眞切的驗證。至於方勵之以科學家追求民主，也使人想起五四運動的文化主張；新一二九的學潮澎湃洶湧，更以五四精神的再現爲目標，說明了民主與科學爲中國知識分子不可或忘的理想。

新一二九運動後不滿三年，大陸又爆發第二次天安門運動，頻率之高，爲四十年所僅見；規模之大，更開中外歷史的先河，印證了大陸知識分子和廣大民眾追求自由之心不死，只要中共一日不行民主，抗議的火種就一日不斷。五四以來的史實顯示，學生運動每爲全民運動的先鋒，書生們身無半畝而心憂天下，手無寸鐵而不畏豪強，如能喚起民眾，不難扭轉乾坤。知識分子的力量似微而巨，拂逆者往往由盛而衰，第二次天安門運動後的中共，正走向此種歷史旅程。

七十九年六月《思與言》雜誌

與周策縱先生談五四

周策縱：我在《五四運動史》的結論中，把五四運動視為中國歷史演進的一個階段。如果我們把歷史看做一波波的浪，那麼五四運動絕對是一個高潮，對後世有深遠的影響。

在歷史上，有很多事件很重要，當事件過後，我們回頭去看時，所看到的往往只是它的定位而已。五四運動則不然，它有著其他歷史事件所沒有的特點，就是可以重複給我們力量，讓大家每年來紀念，重新研究檢討它的精神。在抗戰之前，學生每次發起反日運動、或反對政治壓迫時，所揭櫫的就是五四精神，我自己從初中到大學都親身經歷過這些事情。所以說，五四運動與眾不同的地方，就在於它可以重複給我們啟發性、改造性的思想，讓我們發出衝動的力量。

另外一點，就是它牽涉的問題很有爭論性，譬如對傳統的批判、建設新文化、西化問題、宗教問題，以及科學和人生觀等等，這些問題直到七十年後的今天，仍然爭執不休，不知將來還要爭論多久。

我覺得五四運動有兩項異於其他歷史事件的特質，一是它的精神富有改造的力量，影響我們後來的行動。一是它富於爭論性，使我們重新來檢討當時提出的問題，並加以否定、肯定或發揚。所以，要將五四運動在歷史上定位，是一件相當特殊的事。我們看大陸在一九七六年的「四五運動」，及北大批判中共統治的所謂「新五四運動」；和今年四月十五日胡耀邦去世，在日期上都和五、四有關，算得上是一個巧合。而這次學生們在鬧學潮時，也本著五四的精神，這些在在顯現五四運動的特徵，這個特徵是其他歷史事件所少見的。

五四運動令我非常感動，我經常在想，當時的知識分子所關切的某些問題，我們到現在仍然在關心，他們未能解決的問題，我們現在仍然在檢討。由於五四所提出的問題那麼重要，那麼基本，那麼複雜，也有可爭論的地方，所以，一直到今天，我們仍然要不斷的提出來重新討論、批判。

周玉山：周先生的《五四運動史》已經推出三十年了，三十年來沒有同類的書能出其右。我平時沒機會親炙您，只能「讀其書、仰其人」，現在想請教您兩個問題：第一，除了《五四運動史》外，您還有沒有其他未發表或已經構思好的大作？第二，眾所周知，大陸非常重視五四運動，把它視爲中國現代史的起點，在資料整理或著作方面都不可勝數，但我還沒有看到中共史家或五四運動研究者對於您大作的深入評論。

大陸五四運動史的著作中，像人民大學教授彭明的《五四運動史》的資料也很豐富，可是他的史觀卻和大陸上其他著作一樣，堅持馬列思想。不過，我最近留意到一個比較可喜的現象，譬如在今年五四運動七十週年的前夕，彭明在北京社科院召開的會議中發言，似乎和他在書本裏的意見不盡相符，換言之，他還是充分肯定五四的民主科學價值，這個價值沒有表露任何馬列色彩。另外，他還呼籲大陸要重新估量及肯定胡適在五四運動中所扮演的文化角色。這兩點似乎可以說明大陸史學界解放的心情。

周策縱：《五四運動史》問世三十年以來，我所發表的這方面意見不是太有系統，不過，在接受香港、新加坡、臺灣、馬來西亞的報刊訪問時，曾經談過很多。譬如前香港《明報月刊》總編輯胡菊人先生曾訪問過我好幾次，並將我的意見寫下來，分別在臺灣、香港發表。另外，我在美國到過幾個大學講五四運動，不過，這些講稿多半只有綱要，在我講過後，當地的中文報紙也刊過。此外，釣魚臺事件發生時，芝加哥大學、密西根大學、威斯康辛大學都要我去講演——五四運動對釣魚臺運動的啟發，當時一些學生刊物也都刊載我的講辭。我還在威斯康辛大學歷史系和東亞系開過一門「五四運動史」的課，在課堂上，我也提出些意見，有些曾在香港《明報月刊》發表。另外，《大英百科全書》中的「五四運動」詞條解說是我寫的。

我關於五四運動的著作有兩本，大家通常注意第二本，其實第一本中有些資料是其他地方看不到的。我在寫《五四運動史》時，盡量照顧到當時歷史的情況，現在或許可以加進一些資料，但是書中主要的論點並不需要多做更改。

至於你剛才提到的第二個問題——我的《五四運動史》出版後，大陸上有什麼反應？事實上，這本書出版後，中國本土的人並沒有機會看到，我覺得這對中國百姓而言，是項很大的遺憾，因爲五四運動對中國人的思想、前途影響非常深遠，是一個重大的歷史事件。

在大陸上，以五四爲題材的著作，據我初步的估計，約有一百本以上，這些書大都只限於解釋五四運動，很少將事實的眞相客觀的呈現出來。其實，大陸的出版品多半經過選擇，對他們有利的，拚命印出來；不利的，則連提都不提。

我的《五四運動史》很早就被臺灣的學者片段引用，英文的盜印版在此間也可以看得到，後來沒經過我授權的中譯本雖然有些遺漏、修改，起碼大家還可以看到不是很完整的《五四運動史》。關於這一點，我自己也要負點責任，因爲我既沒有去推動，又沒去抗議，主要是我不想讓自己成爲目標，也避免牽涉一些朋友。不管如何，臺灣的知識界大都知道我這本書，只要他們想看，絕對可以找到這本書。

大陸的情況卻不然，一九七一年，這本書在臺灣已經有了英文的盜印本，這年，我的一個學生到北京大學去參觀，發現書架上有我的著作，根據他判斷，我的書有一半以上都是禁止借閱。此外，大陸上各種關於五四運動的文章中，從來沒有人提過我的這本書。不過，有一次一位大陸學者到美國，和我聊天談起，他到武漢參加一次近代史討論會，有一個與會者在發表論文時，口頭提到我的《五四運動史》這本書。

從一九七八年起，我在「中美學者交流」計畫下，曾經到大陸訪問過六、七次，他們每次都要我列舉背景資料和講演題目，我先是列舉五四運動的題目，然後再加上中國文學、中國詩、漢學研究方法等。奇怪的是，他們每次在介紹我時，都說我是研究紅樓夢、中國傳統文學、文學理論和批評的學者，從來沒有人說我專門研究五四運動。

有一次，我在五月初到南京大學，剛好當地要舉行紀念五四運動的集會，我住在外賓招待所，卻沒有人跟我提起這件事。當天，他們要我講演研究中國思想的心得，其實他們想要我談五四的問題，卻又不敢負責任。一直到彭明寫《五四運動史》時，才正式在序言提到兩句。他寫該書，其實是受到我這本書的影響，雖然他的觀點就像你剛才提到的，有替官方解釋之嫌。

去年冬天，王元化在《人民日報》海外版寫了一篇〈海外學者研究五四運動的檢討〉長文，對海外的某些學者批評一番，文末，他歸結我的《五四運動史》還是最好，對他有積極的影響。

周玉山：您的史觀是超越黨派的，而共產黨過去的史觀卻籠罩在政治陰影下，所以，您以前的著作令中共無言以對，只好儘量採取視而未見的態度。近年來，這種情況已經開始有解凍的跡象，這是可喜的，希望以後不單對五四運動史，更能對中國歷史有全面性的開放。

接下來，我想請教五四運動七十年來對文化的正負面影響。五四運動標榜「愛國家、反政府」的精神，正因爲如此，它不太能爲任何一個執政黨喜歡，這一點共產黨表現的更爲強烈，他們充分享受了五四運動的宣傳價值，但也因它產生不少負面影響，這個負面影響似乎愈來愈大。誠如周先生提過的，從五〇年代的新五四運動、七〇年代的四五運動、到八〇年代受方勵之影響的新一二九運動、一直到今天五四前夕，大陸所爆發的民主潮，在在顯示五四運動的精神和作法，都爲後來的大陸大學生援引。譬如我留意到今年五四前夕的民主潮，學生們似乎是按圖索驥，重演五四運動，如成立新聞聯絡網、集體遊行。另外，大陸各地學生的互通聲息，頗似五四運動從北京擴大到全國各大城市。

周先生的大著到目前爲止，雖然不能在大陸公開翻譯出版，可是書中所還原的史實，卻爲大陸學生不約而同的認可，以致出現和五四當年相近的光景，對照之下令人產生驚喜的雀躍感。五四精神在七十年後，於大陸上不單是形式紀念，而且還實質重演，也許未必能達到當年的效果，因爲共產黨不同於北洋政府，它的組織嚴密、力量雄厚，可是學生們表現出來的前仆後繼、慷慨犧牲的精神，不讓五四專美於前，這一點深深令我們感佩。

在臺灣，政府過去似乎有意淡化五四運動，其實不單到臺灣後如此，在大陸時也一樣。誠如周先生提到的，民國二十八年，中國青年聯合會在延安成立，就決意訂五四爲青年節。民國三十三年，國民政府接受中國文藝協會的建議，將五四改訂爲文藝節，似乎有意把重點轉移到文學方面，其實五四包含了新文學、民主與科學三大內容，把五四訂爲文藝節，不但窄化它的內容，也逃避了民主的問題。好在臺灣近年來的民主化運動，已經逐漸接近五四的要求，在這背後，多少也是受到五四精神的感召吧！

我個人覺得五四運動在臺灣要受到重視，應該由政府和民間互相配合，譬如政府應宣布五月四日爲國定紀念日日，以加強對文化、歷史教育的重視。

五四運動對大陸時期的國民政府有負面的影響，對於後來在大陸執政的共產黨，更是一種負債，可以說，五四運動不是共產黨的資產。今年四月二十六日，《人民日報》海外版刊出于光遠的文章〈爲了改革開放和現代化社會主義建設事業的勝利——紀念五四運動七十週年〉，他在文中強調，今天紀念五四運動的民主與科學精神，就是要發揮社會主義民主。于光遠先生是個學者，不曉得他這個觀點是秉持學術良心，或基於政治考慮？無論如何，社會主義建設服務和共產黨的要求是相符的。我記得周先生在大著中也提到：五四人物在運動前夕的思考，和社會主義、馬列主義的階級鬬爭、唯物辯證法判然有別。類似于光遠先生的看法充斥大陸報刊，這點是否說明大陸的學界或官方未能跳脫學術爲政治服務的窠臼？而臺灣的官方由於不知如何面對五四運動，所以在這方面的檢討文章比較少見官方色彩，不曉得周先生的看法如何？

周策縱：你剛才提到把五四訂爲紀念日，我覺得這眞是一個很好的構想，事實上，民間的知識分子，尤其是學生，每年都要來紀念五四，就是把它當成一個紀念日。五四精神對開明的政府並沒有威脅，有的只是幫助而已。

其實，眞正的民主應該經過自由競選、公平投票，由國會訂定法律，讓一切事物制度化，不僅像五四用抗議遊行來爭取民主。然而單有正規式的民主政治制度，不要五四那種羣眾監督抗議，可以嗎？答案是不可以。因爲當政府正規的民主制度無法傳達公共意願時，羣眾自然會爆發抗議，譬如美國參加越戰時，學生們便羣體提出某些要求。我在《五四運動史》中也提到一點：本來在有充分言論、新聞、政治自由的社會中，五四的學生不必採取遊行等抗議手段，但是在過去缺乏自由的環境中，公意缺乏照顧，只好提出抗議，我們自不能將這種過程拿來和正規的民主制度相提並論。

臺灣在近四十年，尤其最近一、兩年來，執政黨有心走向民主道路，這是好的方向，其實也正是五四運動所要求的。如果執政黨或從事政治活動的人，都能朝向這個目標，那麼，五四羣眾抗議的必要性自然會減少些。在這種情況下，我覺得有遠見、開明的政府大可不要怕五四運動，因為五四運動對它的施政沒有妨礙。倘若羣眾有所要求，政府可以透過種種民主方式與之溝通，如此一來，學生又何必遊行、呼口號？所以說，五四運動實在可以給我們一個良好的教訓。

你剛才提到于光遠的那篇文章，我正好在旅途上，沒能看到。不過，我看他的標題顯示五四的民主科學要為社會主義服務，倒讓我想到一個問題，那就是社會主義這個名詞其實相當空洞。五四運動時，出現各派的社會主義，那時的社會主義不僅僅指馬克思主義，像無政府主義、自由主義等，都是社會主義。無政府主義主張不設置中央政府，五四運動替這種社會主義服務，與共產黨標榜的社會主義完全相反。所以，不先界定社會主義，單在口頭上講是很空洞，而且沒有什麼意義，不過，大陸卻非要這麼講、非堅持社會主義不可。最近美國有一位學者寫了一本書探討中國共產黨的起源，書中便提到五四運動時，各派的社會主義很多，這些社會主義替共產黨鋪了一條路，後來，中共實力雄厚後，便刻意打倒自由主義、無政府主義的社會主義。我在《五四運動史》中也指出當時的無政府主義、自由主義的社會主義，對中國的思想影響深遠，因爲這些社會主義都主張個人自由，絕對民主。中共的學者提出社會主義口號，主要還是受制於政府，至於他們內心想的是什麼主義呢？可能要和他們個別談話後，才能一探究竟。

前面你談到五四運動對中共有負面影響，這點很正確。五四確實對中共產生制裁作用。一九八六年，上海、安徽、北京各城市聯合抗議，結果使得胡耀邦下臺，那次中共可以用黨和警衛的力量禁止學生運動，但是這兩年又相繼爆發更大規模的學生運動，已不容中共當局輕易制止。我覺得在那種環境下，學生們爭取民主的精神，實在很令人感佩。五四運動牽涉的問題很廣泛，譬如對傳統的批判、文學的見解、創作的成就、民主政治的制度，關於這些問題，每個人都可以有不同的看法，但是五四的基本精神，卽向權威的挑戰，對獨裁專制的抗議，值得大家共同肯定。

我從抗戰時期開始研究五四，到了五〇年代，更堅決地往這個研究方向走去。我的感覺是：中共和國民政府都是以黨領政，在這種情況下，該如何使中國人個人的權利得到保障，眞正實現民主呢？我以爲開始推動的力量很重要，而這股抗議的力量又源自於知識分子。中國的知識分子向來稟持「格物、致知、誠意、正心、修身、齊家、治國、平天下」的明訓，以致士大夫們終極的理想便是關心國家大事，從東漢太學生、宋朝太學生到明朝的東林黨便可看出這個傳統。

一九四八年我到美國後，看到東歐的國家如捷克、匈牙利在爭取民主時，有知識分子、詩人、作家參與，但是往後發展，眞正支援的力量卻是工會和教會，而中國既沒有工會組織，也缺乏宗教團體，因此，我就想到中國在以黨專政下，民權若要有所提高，必須提倡五四知識分子對國家監督抗議的精神，這是我研究五四的一個動機。另外一個重要動機乃源於五四牽涉到文化、思想、文學等，這些範疇逼使我去正視它，可以促使自己多方研究。從現實政治來講，我看準將來能對一黨專政提出抗議的，只有知識分子，而五四精神對知識分子有很大的鼓舞作用，所以我必須把當時的情景寫出來，況且我人在海外，比國人有更廣的言論空間，應該肩負起闡揚五四眞相的使命。

目前臺灣有很多人覺得現在已經超越五四，這種看法不無道理，問題是：臺灣的確走上五四所要求的民主道路，但是有些不合理的現象到了國會仍無法解決，這時候就需要知識分子挺身出來說話，又如政黨衝突時，也需要非政客的知識分子客觀提供一股安定凝聚的力量，不曉得臺灣目前這股力量有多少？

周玉山：剛才周先生提到五四當時抗議的是北洋政府，北洋政府後來被國民政府推翻，所以在孫中山先生的國度裏，理應紀念五四。

又如您所說的，從東漢一直到明朝東林黨，知識分子一直表現出愛國情操與抗議精神，在太湖旁的東林書院，門上的對聯就是大家耳熟能詳的：「風聲、雨聲、讀書聲、聲聲入耳。家事、國事、天下事、事事關心。」這副對聯已流傳數百年。知識分子別於非知識分子，在於他關心的不只是身家性命，而是提昇到國事天下事，由於知識分子關心國事，求好心切，對政府的施政有所批評也是正常的現象。

我想在臺灣，政府應該愈來愈有自信，因爲當它往民主道路前進，就不會把知識分子的批評視爲破壞，民主是不可能走回頭的，這一點海峽兩岸政府應要明瞭。可惜在大陸上，我們並沒有看到績效，令人替他們的大學生感到憂慮。

您提到臺灣的知識分子關心國事，引起政府何種反應？事實顯示，政府的態度愈來愈寬容，也允許反對者講話，單是這點已經符合民主最粗淺的定義，但知識分子仍須繼續善盡言責，政府尤須努力，將雅言付諸實踐。

七十八年六月《文訊》雜誌

第五輯

第五輯

讀介《萬里風煙》

《萬里風煙》是葉維廉先生的新作，堪稱一部引人入勝的文學遊記。葉先生以詩著稱於世，出版過《賦格》、《愁渡》、《醒之邊緣》、《野花的故事》等詩集，《秩序的生長》等詩論，可是詩並非他的全部表現。借用余光中先生的一句話來說，葉先生是藝術上的多妻主義者，他還寫過《中國現代小說的風貌》，評論了司馬中原、王文興、王敬羲、聶華苓、白先勇等人的作品。葉先生認為，即使是一個強調思想性的小說家，也必須建築在語言藝術的掌握上。這種觀點，或許得力於他對詩的經驗。同理，《萬里風煙》這本散文集，也經常以詩敍景，使得美景如詩。

葉先生曾經寫過自傳，有助於我們瞭解他的文學心路。民國二十六年，他生於廣東中山沿海的一個小村落，童年是炮火碎片和饑餓中無法打發的悠長白日，和望不盡的孤獨藍天。傷殘過後，小村在一些新增的腳踏車來往中邁入新知識與新思想，他在漁樵生活與書本之間培養著無我的愛心，在山頂上耙完了乾的松針以後，坐在松樹下望那包涵著萬千農夫辛苦的祥和山水。

葉先生的目光自幼起就經常凝視著山水，山水養育了他的稚心，也啟發了他的詩情。《萬里風煙》這本書就是一幅幅動人的山水畫，帶我們遊臺灣、遊日韓、遊歐洲，而且，遊他的故鄉，魂牵夢繫的故鄉。

第一篇遊記是〈海線山線〉，作者以亦詩亦散文的形式，描寫臺灣西海岸的田景與村色。他們的車子離開機器切入人聲的臺北市，路上的稻田在雨中，每一個金黃的波動，都是淋漓欲滴的美麗。作者夫婦最後來到了外號小橫貫公路的大湖，他對妻子說：

我來捲起妳的褲管
妳來捲起我的褲管
讓我牽著妳的手
踏過沙河的跳石
讓溢過斷木的水寒
洗濯妳我足踝的疲倦
讓透明的夕陽
把一排山居的屋簷
一下子完全點亮

作者在接受訪問時指出，他的詩中有很多山水的意象等，但由於他面對的是很複雜的情景，揉合了東西兩方面的衝突。他最近的詩仍有這種情形，但中國的成分比較重，喜歡用短句，簡單的意象，希望達到複雜的感受，而不是用以前那麼繁複的處理方法。果然，本書中楷體字所排的，都是清新剔透的中國詩。

第二篇〈千岩萬壑路不定〉，副題是「向武陵農場」，寫的正是鬼斧神功的橫貫公路。作者從谷關出發，緩緩的蛇行上升，一面是離地升騰的飛逸，一面要凝定心神，就是在這種脫塵超升與喜懼交錯的心境之間，驚嘆自然的崇奇而不敢發征服自然的狂語。這正是一種典型的中國心情。作者說得好：去接近山水，不是放浪我們的情性，而是去認知我們在萬物變化裏微不足道的渺小而學習謙卑，去聆聽萬壑空寂中一絲天籟的訊息！

「到過巴黎的不再希罕天堂」，作者的歐遊隨筆也從巴黎開始，不過他對花都的印象可以簡化成兩句：

城市在繁花的建設中醞釀文化的腐爛！

知識分子在抽象的結構中表演哲學意味多變的時裝！

離開法國以後，作者一家坐火車進入西班牙。在一位學者的嚮導下，他們遊歷了卡斯提爾區。穿過了無數蜷伏入眠的小城，在下午陽光斜照的一片黃草的盡頭，赫然盤踞著一座城堡，從中世紀的遠景中站起來，那圓塔連著圓塔的高牆，四四方方，圍在裏面也是褐赭色的中世紀建築，彷彿時間未曾流動過，它浮在褐原上，等待一個從錯誤世紀而來的東方人拜望。

作者時刻不忘自己是中國人，對著那山色有無中萬頃的褐原，他的詩思竟完全是古典的中國，和在法國所醞釀的精緻文化下的冥思，是如此的不同。作者在西班牙鄉村所見最感動的，就是一種堅忍不拔的形象。緊緊握著生活的邊緣而不放棄生命原質的、裹一身黑衣的農婦，那種生而不怨、死而無恨，擁抱著泥土實質的偉大的個性，使他想起艾青筆下的中國農民，百年、千年地用斗笠頂著北方的風雪。作者的民族情感，同時也表現在遊日本的長崎時：

長崎的亡魂啊，也許你們也應該聽聽南京大屠殺無辜的死者向你們的同胞作見證，不只是南京啊！你們的同胞八年血洗中國，是八年，不是一夕，是東三省、盧溝橋一直跨過大半個中國，不是一個、兩個城而已！是百萬、千萬善良的中國人民，死於你們同胞瘋狂盲目的射殺，死於片瓦不留的焚城，死於活生生的醫藥試驗，死於變態的虐待狂的姦污，死於山洞戰壕的掘鑿與狠毒的鞭打，死於鮮血淋漓的刺刀……他們的亡魂有誰記得？他們可以向誰叫屈？

作者痛感同胞在抗戰時期被日本人毀滅了，沒有墓碑，沒有名字，連一個號碼也沒有。在許多人的記憶中，竟然沒有血染長江湘水的影像，也沒有橫屍千里的悲傷，在許多人的記憶中，這些死亡好像未曾發生過！「長崎的亡魂啊！這些，你們又可曾知道？你們的同胞又可曾知道？」

這是閱讀本書的一個重要收獲。它讓讀者們在放眼世界之餘，不忘心存故國。白朗寧夫人有言：「我去，是為了回來。」葉維廉先生是這句話的最佳服膺者。他不但從異國的山水中回來，而且回到了古典和近代的中國，他摯愛著中國的一切，自然時時刻刻記得自己是一個中國人。這樣的一個人走到世界各地，雖然經常要擔負著祖國的悲歡，可是他有根，因其有根，故能不搖。聰明的中國人啊！長青樹與浮萍之間，我們當知選擇。

六十九年二月二日〈時報書引〉

讀介《中國二、三十年代作家》

人稱蘇先生的蘇雪林教授，年近九十而筆力猶健，《中國二三十年代作家》這本六百餘頁的大書，就是一個最近的見證。

蘇教授早於半個多世紀前，即在武漢大學擔任新文學課程，來臺後又出版過《文壇話舊》與《我論魯迅》，奠定了本書的雛形。她以「蘇梅」、「綠漪」等名，馳騁於三十年代的散文原野上，意境空靈，筆調清新，是當時罕見的不讓鬚眉作家。我還記得過去中學國文課本裏的句子：「田間隴畔，笑語之聲四徹，空氣中充滿了快樂。」這正是蘇教授在法國葡萄園的喜悅紀錄，無疑也感染給讀者。蘇教授不但是作家，更是飽學的經師與人師，她的論文大氣磅礴，若與散文合觀，可謂剛柔並濟了。

本書合計七十二章，內分五編，一爲新詩，二爲小品文及散文，三爲長短篇小說，四爲戲劇，五爲文評及文派。偌大的一本巨著，蘇教授介紹自己的部分似乎只有如下幾行：「綠漪的散文集有《綠天》，在冰心、廬隱兩位女作家之外特具一格。她以永久的童心觀察世界，花鳥蟲魚，無不蘊有性靈與作者的潛通、對話；其中〈小小銀翅蝶的故事〉，特加昆蟲以人格化，象徵她自己戀愛故事，風光旖旎情操高潔，唯其書只能算是童話文學。」這樣的論斷，自信中不失謙抑。或許由於年輪增加，蘇教授早已告別旖旎和童話，轉向深沉與雄奇了。

《我論魯迅》的讀者，或許還記得作者對魯迅的深責。蘇教授在本書中依然指出，中國近代史的悲劇，魯迅要負很大的責任，是以他對別的左傾文人寬恕，對魯迅則否。魯迅究竟要負多大的責任？答案或許見仁見智。有人說筆勝於劍足以亡國，也有人反問「豈有文章傾社稷」？魯迅的功過暫且不論，本書其實表現了作者的恕道，也因此壯闊了這部新文學史的內容，誠如她在自序中所說：「列強經濟侵略，商業蕭條，士劣剝削，農村破產，如茅盾、丁玲、巴金、田漢、洪深等筆底之所形容，實也足以引人悲酸、憤慨，覺得這種現象實不該讓它永久存在下去。筆者那時候錄取了些片段，無非因其文字動人，原屬無心，今日讀之，仍甚感動，覺這些作家思想之趨於左傾，雖由於世界潮流的衝擊，大半還是當時情勢之所逼成，不能十分怪他們。而且也就藉此窺出一點近代史悲劇的起因，所以未曾删除。」

這種寬厚的態度，實非大陸上的新文學史所能及。因此這部燦然大備的專書，不但爲自由世界有志研究三十年代文學者所必讀，也爲海峽彼岸的同行所應讀。後者更宜見賢思齊，據以改正偏頗的唯物史觀和階級仇恨，使得一部公正的中國新文學史書，將來也有在大陸出現的一天。

七十三年四月十九日〈中央日報〉

讀介《梁實秋論文學》

《梁實秋論文學》這部七百頁的大書，是梁先生四本評論文字的合集，也是他一生從事文學理論研究的精華，足可與胡秋原先生的《文學藝術論集》並美，都是三十年代文壇健者來臺後的總結，也都將在中國現代文學批評史上佔一重要的席位。

世人或以梁實秋先生與胡適先生凡事聲應氣求，其實兩位的文學觀不盡相同。梁先生從少年時代迄今，始終把詩當做藝術看，著重文學的內涵，期期以為它不可脫離傳統，與胡先生所倡導的工具革命顯然分袂。一九二五年梁先生在哈佛大學從白璧德教授遊，受其影響不小，白璧德先生談的是文學批評，但其人性論實則偏重於哲學，強調西哲理性自制的精神，孔子克己復禮的教訓。梁先生在本書新序裏指出，胡適先生與白璧德先生的思想有很大的距離，此當是就兩者的文學主張而比較。其實胡先生的立身行事與創作內容，大多平實穩健，與白璧德先生及梁先生無異。唐德剛先生就認為，胡先生的文章長於說理而拙於抒情。據我們所知，這也是司馬長風等先生的共同看法。唐先生還表示，如果作詩的人不為抒情而只為說理，這種詩一定感人不深，不會太好。因此我們固同意梁先生在序裏的話：「我至今不明白白璧德的文字有什麼可議訕的地方。」然而評論與創作終究有別，前者自該平實穩健，後者若亦如此，似乎就難引人入勝了。

本書共分四輯：「浪漫的與古典的」、「文藝批評論」、「偏見集」、「文學因緣」，其中第三輯是梁先生對魯迅和普羅文學運動的論戰文字，名爲「偏見」，說明了作者的自謙。魯迅在三十年代前夕，爲了收集掌聲，致力使自己「勉強紅」，翻譯了幾本俄共的文藝政策成中文。梁先生則表示，文藝而可以有政策，本身就是一個名辭上的矛盾，俄共頒布的文藝政策，裏面並沒有理論的根據，只是幾種卑下心理的顯現而已：一是暴虐，以政治的手段來剝削作者的思想自由；一是愚蠢，以政治的手段來求文藝的清一色。我們證諸史達林和毛澤東後來以文藝政策殺人，梁先生半個多世紀以前的此種見解，可謂先知。

史達林還說過一句話：「作家是人類靈魂的工程師。」這與其說是對作家的拉攏，不如說是訓令。共產黨深知欲改造世界，必先改造人心，作家就得奉命執行這項洗腦的任務，這是史達林的原意。近年來我們屢在自由中國的報刊上見到引用此語，且一片溢美稱頌之詞，實感啼笑皆非，在此忍不住再度提醒。本書讀者若從「偏見集」著眼，立刻就可增強文學上的知彼，可證該集果然有歷久彌新的價值，難怪毛澤東害怕梁先生的理論！

七十三年七月五日〈中央日報〉

讀介《抗戰時期淪陷區文學史》

劉心皇先生研究中國新文學史多年，著有《現代中國文學史話》、《徐志摩與陸小曼》、《郁達夫與王映霞》、《從另一個角度看魯迅》等，編有《郁達夫詩詞彙編全集》等，皆以資料豐富、立論嚴謹見稱。《抗戰時期淪陷區文學史》更是一部珍貴的書，世間當無第二册可尋，本書的出版地點在臺灣，尤令人敬佩著者的辛勤，而與「此書出，大不易」之感。

三年前，香港中文大學曾主辦中國現代文學研討會，討論四十年代文學。多年來大家對三十年代文學慣聽慣聞，但對四十年代文學就比較陌生，因此該會的召開不無意義。嚴格說來，我們對四十年代文學還談不上重估，只能算是力求認識，本書就是有關四十年代文學的專著，價值獨到。

從字面看來，四十年代是指一九四〇到四九年，但我們揆諸史實，三十年代文學的特色大致表現在抗戰爆發以前；抗戰軍興之後，文藝界和全民一樣，面臨救亡圖存之秋，因此作品的風格也迥異於前。我們不妨這樣界定：四十年代文學始於一九三七年，終於一九四九年。

正因四十年代文學與戰亂相始終，所以許多作品和史料湮沒不彰，形成中國現代文學史上較弱的一環。本書最大的貢獻，就在提沉鈎潛，彌補了這段缺失，不過，本書既以「抗戰時期淪陷區文學史」爲名，自有其特殊任務，所述爲四十年代文學的另一面，當然以抗戰勝利的一九四五年爲終，而與前述四十年代的起迄時期不盡相同。

本書共分三卷，一爲「南方僞組織的文學」，二爲「華北僞組織的文學」，三爲「東北僞組織的文學」，每卷均含時代背景、文藝活動概況、文藝特徵、文藝作家評介等，條理分明，層次井然，提及的「落水」作家多達一百六十二名，可謂洋洋大觀，其中爲人熟知的有汪精衛、周佛海、陳公博、梁鴻志、胡蘭成、張資平、張愛玲、周瘦鵑、包天笑、路易士、黃秋岳、周作人、兪平伯、張深切、張我軍、梁容若、鄭孝胥等，另有梅思平、劉吶鷗、穆時英、袁殊、汪馥泉、陶亢德、楊之華、陶晶孫、譚正璧、秦瘦鷗、龍沐勛、蘇青、楊蔭深、柯靈、沈啟无等亦具文名。

本書著者強調，春秋大義、民族大節不可含糊，因此他拿事實做材料，並加述論，以存史蹟，而分忠奸。此舉亦師宋史「叛臣傳」、清史「貳臣傳」之意，以供後人的警惕，而有虧於此者，必須從憂危辛苦中贖罪，方可得到後人的哀矜。由此可知，本書不僅是一部作家與作品的記錄，更是一部正人心、息邪說的史書。

七十三年八月二十三日〈中央日報〉

讀介《作家・作品・人生》

本書是王集叢先生較新的一本文學評論集，王先生從抗戰起，即以關切民族盛衰存亡、人民權利義務、社會生活苦樂的思想感情爲主的三民主義文學，做爲研究和鼓吹的對象，半個世紀來成果豐碩，著有《三民主義文學論》、《文藝新論》、《中共文藝析論》、《抗暴文學研究》等十餘種。任卓宣先生認爲王先生的文學理論活動，延續了三十年代民族文藝運動的發展，此說十分貼切。不僅如此，王先生五十年如一日的持續努力和拓展領域，更添增了民族文藝的光輝。本書主要就是站在民族主義的立場，評析三十年代的作家與作品。

本書除了〈代序〉與附錄外，正文計六十篇，分成以下四類：一、左翼作家的悲劇；二、覺醒作家的是非；三、自由作家的甘苦；四、古典小說名著研討。第一類從瞿秋白的「誤會」談到浩然、趙樹理兩「樣版」，第二類從王實味的覺醒談到大陸新一代的覺醒文學，第三類從郁達夫愛國被出賣談到自由文藝的發展，第四類從《三國演義》的順逆之道談到釵黛之爭問題。附錄三篇爲：〈日本——普羅文學的轉運站〉、〈中共的捉放戲〉、〈中共的文藝統戰〉。本書的內容豐富由此可見，環繞的主題則爲中共文藝，此項特色一看目錄便知，但僅觀書名似難揭曉。

本書的〈代序〉談五四文學革命與共產黨，王先生指出，五四運動是愛國運動，其中心思想爲民族主義；文學革命提倡白話文，反映現代人生，表達全民的思想感情；新文化運動講民主科學，建設全民所有所治所享的社會，凡此皆與共產主義的階級鬥爭、無產階級專政等教條背道而馳。以上的論斷，精確而有力。民國八年五月四日，北京學生基於救國的熱忱，示威抗議日本的侵略擴張，以及國內官員的受制於人，由此激起全民愛國運動，並擴大了前已展開的新文化運動。從學生的示威到全民的響應，即爲五四運動的最初指涉。

時至今日，五四運動的定義仍莫衷一是，偶見爭議。不少人現已能接受廣義的看法，即五四運動是一種複雜的現象，其中包括了新思潮、文學革命、學生運動、商人罷市和工人罷工、抵制日貨，以及新知識分子其他的社會與政治活動。凡此都由於日本的二十一條要求，加上巴黎和會山東決議案後的愛國情緒所激發，並因學習西方及盼望在科學與民主的光照下，重估傳統以建設新中國的精神所致。此說將新文化運動與文學革命都涵蓋於五四運動之內，本書即在剖析五四運動後的中國作家與作品，以三十年代爲主，但不以三十年代爲限。作者的博學多聞由此書可見，哀矜之情也流露於字裏行間，值得讀者細細品味。

七十三年九月二十七日〈中央日報〉

初讀《煉獄三部曲》

這是一本引人百感的書。它有別於往昔的三部曲，是思想論述，也是報導文學。提起往昔，或許因爲年湮代遠，面對巴金的《激流三部曲》時，我總覺得在讀褪色的歷史小說，也無法與原作者一樣，浸浴在滔滔的淚浪裏，反而略嫌濫情。誠如巴金在激流之一的《家》重印後記裏承認，那不是成功的作品，但他仍然自珍，因爲書中至少說明了青春是美麗的。

是的，青春之美，美如杜鵑花，速開又速落。《煉獄三部曲》的作者，經歷了信奉、懺悔、懷疑、徬徨、覺醒、吶喊、抨擊、探索的過程，也獻出了人生的黃金時代——二十到三十一歲。他的青春如一枚苦果，已與大地同埋，但成熟的種子卻脫穎而出，化爲民主的信念，並譜下現實血淚的篇章，使人讀後百感交集，其中獨無濫情。

本書的原稿是透過特殊管道從大陸運出的，作者安思南先生是一位歷劫青年的化名，也是億萬無辜同胞的化身。青年而歷劫，誠大可哀，一代青年皆如此，更是民族的極痛，卻被共產黨視爲一個統計數字而已。一九八一年丁玲在海外就表示：「文革時期，連黨的領袖如劉少奇、賀龍等都不能倖免於難，還有什麼好怨的呢？」毛澤東發動文革的始意，即在拔劉少奇的深根，結果毀我文化，辱我先賢，更以眾生爲祭品，千萬人頭落地都不惜，共產黨的不仁，一至於此。劉少奇落難原爲政治鬬爭的必然，結果圈外的廣大平民連帶受害，如今猶有人不准他們說話，這算何種立場？本書作者深信，毛澤東紀念堂終會拆建，成爲毛澤東時代受難者的無名紀念碑，使無數的寃魂得以安息。能在這紀念碑下鞠躬，乃是他今生的最大快意和良心慰藉。

《煉獄三部曲》依序爲迷失、探索、煎熬。一九四九年以後在大陸出生或成長的中國人，鮮能不以迷失始。在「爹親娘親不如毛主席親」的小學教科書催眠下，有生之年一睹毛澤東，成爲許多大陸兒童筆下的最大志願。在紅色宗教的煙薰下，毛澤東、共產黨、社會主義這三個牌位都成爲彌賽亞，多少青年因之獻身滅親，家庭悲劇每因政治觀點的歧異而造成。我們在臺灣慣聞慣見的「共產黨拆散家庭、破壞倫理」等語，畢竟是千眞萬確的事實。孫中山先生曾提出中國人合羣之道，在於發揚光大一向重視家族宗族的好觀念，使成一個堅固的國族團體。毛澤東不此之圖，反其道而行的結果，遂使大陸父母託命於非驢非馬之國，他也就成爲非驢非馬的統治者了。咎由自取，誰曰不宜？可嘆的是，毛澤東將自己早年鬬爭父親的經驗強加人身，造成中國大陸第三代的一度迷途；可喜的是，毛死江倒後湧現的傷痕文學作品顯示，親情倫理紛紛戰勝了黨性和階級觀。「從靈魂深處爆發紅色革命」一類的廉價品，在今天的大陸上還有買主嗎？

本書作者生在一個錯誤的時代，處於一個畸形的社會，因此他爲思想自由所付出的代價，是青春的軀體遭到禁錮。囚徒活動的有形空間當然狹小，但精神空間卻可以廣大無涯。他每在十幾小時的苦役後，抗拒著睡神的誘惑，徜徉在知識之海中，堅持不與書本絕緣。書本的來源少得可憐，陪伴作者度過勞改場十年春秋的，主要只有一套俄國數學家斯米爾諾夫的《高等數學教程》，在深邃的數學王國裏爲之導遊，消耗其過剩的思維，也培養了嚴密的邏輯能力，助他以較深的層次和簡潔方式理解社會問題。另外還有《高級英語詞册》和幾本外國名著，也都是難友或隊長偸借給他的。這不但是行動的冒險，更是靈魂的壯遊。

尤有進者，他在獄中還能讀到活的百科全書，彌補了印刷品之不足。一位姓羅的法學家兼史學家爲他講授英國史和法國史，羅先生因與以前留學認識的同行通信和寄論文發表，而被指爲「裏通外國」判刑七年。一位畫家爲他講授中國文學史和古典詩詞，後來遇到的幾位老人也不斷添增有關內容，一位姓李的工程師則教他材料力學和理論力學。凡此使他在黑暗地獄中獲得智慧之火，爲自己創立了一個牢內的大學，本書的字裏行間，也就適時閃耀出各門學科的光芒。他又經由老人的口述，了解不少現代中國史的眞相，例如各民主黨派在一九四九年時的幻想，以及一入北京城便發覺受騙而急電香港朋友切勿北上的情況。一位國民黨軍官則告訴他在黃埔受訓，以及後來駐守潼關奮力抗戰的經過。作者自己逃出紅色廟宇，又進入人間地獄，他做到了斯賓諾沙所說的「不哭不笑，但求理解」，因此寫出這本與共產主義的告別書，讓世人清楚地看到，共產主義是一枚臭蛋，中國大陸上已有十億人飽受其害，一千九百萬自由的中國人實在不必也不能嘗味了。

本書是作者冷靜智慧的結晶，然而可謂血淚文學的同輩。它反映現實，記載血淚，並希望無辜的血淚不再飛迸，一個永生的中國爲期不遠。作者和我一樣逐漸步入中年，撫今追昔，坐擁書城的我愧對他，一如對獄中的魏京生。島上的我祝福他，一如祝福魏京生等中華好男兒！

七十四年一月二十五日〈聯合副刊〉

鄭學稼先生的文學著作

七十六年七月十三日上午四時，敬愛的鄭學稼老師安息於三軍總醫院，留給我們無限的哀思。

猶記數月前，我銜李瑞騰兄之命造訪鄭老師，請允爲《文訊》的封面人物，他不置可否。稍後，又在胡秋原老師的生日餐會上相遇，喜其胃口與氣色均佳。等大家都忙完抗戰文學研討會，才知他已住院，不數日卽以辭世傳。《文訊》的畫像頓成遺影，我們情何以堪？

我對大陸文學的鑽研，泰半來自鄭老師的啟發。碩士班畢業後，曾經掙扎於一個自我命題：「要不要一輩子學鄭老師？」結果答案大致是肯定的，遂游走於學術的邊緣，不時向鄭老師繼續請益，卻仍難窺其堂奧於什一。在學術的巨人面前，我何其渺小！

鄭老師有關社會科學的著譯，已出版六十種左右，其中《中共興亡史》已出四册，僅算一種。單就該書而論，寫畢未排者據其親口見告，尚有六百萬字，足可再出二十册，這是何等驚人！很少人能够讀完鄭老師的所有著作，此處僅就文學部分擇要介紹，盼發潛德之幽光。

一、魯迅正傳

《魯迅正傳》初版於抗戰後期，六十七年七月增訂後，一直是時報文化公司的暢銷書，亦爲中文世界魯迅傳記的佼佼者。新版有別於舊版之處爲：1.刪去諷魯的話；2.儘量用可靠的紀錄，敍述魯迅的一生；3.詳述魯迅思想的演變，並因此與創造社、新月派、民族主義派、第三種人的論戰，以及批評言志派；4.晚年反抗「奴隸總管」周揚，並不滿「國防文學」；5.增加許多附錄，幫助讀者明瞭魯迅左傾思想的來源等。總之，新版以更公平翔實的立論，顯現了魯迅的眞貌。

鄭老師認爲《吶喊》是魯迅創作中的精品，此與夏志清先生的看法不同。後者認爲就總體而言，《徬徨》比《吶喊》更好，可謂見仁見智。魯迅在《吶喊》的自序中表示，由於未能忘懷自己青年時代寂寞的悲哀，所以有時仍不免吶喊幾聲，聊以慰藉在寂寞裏奔馳的猛士，使其不憚於前驅。不過，五四運動後國人的目光都注聚於將來，魯迅對過去的吶喊，不能立即引起一般青年的留意。鄭老師明確指出，對過去的認識，卻是走向將來的指標，因此隨著時間的消逝，《吶喊》中映現的事實與人物，能夠深入讀者心中，不因創造社的貶難而沒落。不幸的是，魯迅後來告別了小說創作，投身於各式論爭中，至死方休，堪稱文學生命的一大浪費。

鄭老師認爲魯迅的眞正價值，就是以文學家的身分，指摘中國舊社會的殘渣。「他是這工作的優秀者，他又是這工作在文藝上的唯一完成者。我有這一感覺：如果沒有中國的社會發展的混亂情況誤了他，他會在寫實文學中，佔了一個重要的地位。也許他會成爲我們的福樓拜。至於今日人們用『思想家』，『無產階級革命家』，或『青年導師』等尊稱他，一些也不相稱」。這部六百多頁的巨著，道出魯迅的成就與悲哀，客觀有力，不落俗套，使得中共不能視若無睹。鄭老師曾告訴我，大陸翻印了本書。

二、由文學革命到革文學的命

《由文學革命到革文學的命》亦初版於抗戰後期，香港亞洲出版社曾經重印，現已絕版。鄭老師多次表示，本書一如《魯迅正傳》，有待增訂，但他忙於另書《陳獨秀傳》的撰寫，無暇握管，如今已成憾事。

本書依史實的展開，敍述文學革命後左翼文壇的演變。鄭老師認爲那演變是不近情理的，但恰與中共不近情理的演變暗合。正因如此，左翼文壇自魯迅受到中共的支持起，便充當政治的奴僕，演出黨同伐異的雜亂樂章。

本世紀二十年代，普羅文學的口號由蘇聯經日本傳入中國，初亦譯爲普洛文學。普羅爲

Proletariat 的音譯簡稱，意指無產階級。馬克思認爲資本主義的產生和發展，創造了工業資本家階級，同時也創造了無產階級，後者是指喪失生產資料，靠出賣勞動力爲生的僱傭勞動者階級。共產黨既以無產階級的先鋒隊自命，又視文學爲奪權的重要工具，所以提倡無產階級文學。

一九二五年前後，創造社的郭沫若和太陽社的蔣光慈，都鼓吹此種無產階級革命文學，簡稱革命文學，是爲普羅文學的又一代名詞。依郭沫若的定義，革命文學就是表同情於無產階級，同時反抗浪漫主義。一九三〇年中國左翼作家聯盟成立後，續倡此種文學，然而理論多抄自蘇聯，有關作品尤其罕見。一九三六年春，第三國際基於統戰的需要，乃訓令中共解散「左聯」。次年抗戰軍興，救亡禦侮的作品遍布中國，普羅文學的口號不復聞焉，說明了階級鬪爭不敵於民族主義。

本書的特色在評介左翼作家的作品，見解精闢，引人入勝，且在史料方面，常發人所未發。例如蘇門答臘北部棉蘭一華僑親告鄭老師，殺害郁達夫的人，不是日本皇軍，而是出賣他的王任叔。後者曾任中共駐印尼大使，亦爲文學評論家，後被打入冷宮，以精神錯亂終，是左翼作家又一悲劇的例子。

鄭老師的結論是：五四運動的文學革命，始於陳獨秀的〈文學革命論〉，終於毛澤東的延安文藝講話。前者高揭文學革命的大旗，後者則砍下它，也就是「革文學的命」。中共今天仍奉延安文藝講話如圭臬，雖言發展，實重堅持，大陸作家的悲運也就一如當年了。

三、十年來蘇俄文藝論爭

本書論述一九五三至一九六二年，亦卽史達林死後十年間蘇聯文學派別之爭。其時顯有兩種思潮，一派維持史達林遺留的傳統，主張社會主義現實主義，本書稱爲教條主義派；另一派反對前者，要求創作自由，本書稱爲修正主義派。

一九三二年前後，史達林及其手下總結了無產階級革命文學的創作經驗，提出社會主義現實主義的口號，可視爲普羅文學的發展。一九三四年召開第一次蘇聯作家代表大會，正式以此爲創作和批評的基本方法，強調要用社會主義的精神，從思想上改造和教育勞動人民。高爾基於一九〇六年問世的長篇小說《母親》，被尊爲社會主義現實主義文學的奠基作。毛澤東後來在延安主張的工農兵文學，可謂該口號的同類，皆以文學爲政治的工具，對當局歌功頌德，對敵人則極盡醜化之能事，作家順此原則則昌，不順則亡。因此，史達林和毛澤東分別寫出俄國和中國文學史上最黑暗的一頁。

赫魯曉夫淸算史達林時需要羣眾，所以一度鼓勵文藝界的修正主義者，但其私心是要當史達林第二，因此不能盡除社會主義現實主義。鄭老師說得好，赫魯曉夫凶惡地把史達林從前門趕出，又恭敬地由後門迎入，一面鼓勵修正主義派，一面暗中維持教條主義派。此種兩面手法，鄭小平在毛澤東死後也曾套用過。

本書執筆於史達林死後的第十一年，鄭老師的結論是：赫魯曉夫實爲史達林文藝政策的推行者，唯一不同點在於史達林用暴力，赫魯曉夫用勸誘。這不是說後者比前者仁慈，而是前者的大屠殺紀錄，使許多人不敢投入羅網。如今，中國大陸有不畏死的作家如王若望和劉賓雁等，使得鄧小平因勸誘無效，逐步向毛澤東看齊。史達林和毛澤東的歷史評價已成定論，我們爲中共當局的器識淺短悲，更因王若望和劉賓雁等高潔的靈魂而爲中華民族賀！

七十六年八月《文訊》雜誌

不容青史盡成灰

人生朝露，文學千秋。

文學是哲學的藝術化，它反映生活，載運思想，提昇人性，影響世風。文學的體材不一，小說恐為其中最引人入勝者，拿破崙在前線督戰時，猶隨身携帶《少年維特之煩惱》，並以武人的身分，說出「筆勝於劍」這句千古名言，可見文字——尤其是文學的力量。

一部中國文學史可謂燦爛輝煌，操危慮患之作在在可覩。中國進入二十世紀後，更與災難結下不解之緣，作家敏於時事，躍然紙上者，每為國仇與家恨的交疊，傳統與現代的衝突，外力與自身的交戰，情感與理智的糾葛。作家——尤其是小說家往往在寂寞中執筆，卻為中國新文學史帶來了一片繁華，使讀者感懷不已。

由於種種原因，這片景色過去未能在中華民國多所展示，令人不無遺憾。如今，光復書局策畫出版「當代世界小說家讀本」，中國大陸亦列其中，此舉於我來說，有一種圓夢的喜悅。

多年來我矢志為收復中國現代史的失土而努力，碩士論文以「中國左翼作家聯盟研究」為題，博士論文以「五四運動與中共」爲題，出發點皆本於此。我們這一代在偏安中成長的青年，不幸生來卽不識中原，青山一髮的地理阻隔，實賴信而有徵的歷史塡補，否則我們越是避而不談，對方越是振振有辭，我棄人取，難免會使若干不明眞相的學子，一出國門，卽入左道。我們辛勤培育出的一張白紙，就任人塗紅抹黑，這是何等可惜！

以魯迅爲例，他的小說在北洋政府時代卽已問世，當時國民政府尙未統一中國，文中抨擊的社會黑暗本與國民政府無關，我們卻揹了太多太久的黑鍋。誠然，嗜讀魯迅的小說，可能會增長反抗的情緒，但當年讀者反抗的政治對象，不正是北洋政府嗎？如今由於時空轉換，魯迅小說的殺傷力業已減弱，然而〈阿Q正傳〉解除了國人的虛榮心，〈孔乙己〉等揭示當時中國的窮困，幫助青年增長閱歷，俱見魯迅改造國民性的初心與效果。現在海內外讀者透過本套叢書的導論，得以更清明的態度了解魯迅和其他作家，或許是一件幸運的事。

「不信青春喚不回，不容青史盡成灰」，二十世紀的中國大陸小說家，不乏無人聞問的經驗，作品在自由世界重現者也不多見。光復書局今以精印和精裝，喚回了作者的青春，吸引了讀者的目光，更彌補了中國新文學史的斷層，忝爲主編，我和作者、讀者一樣歡欣！

七十六年八月二十二日〈中華副刊〉

記憶深處的兩本書

《茵夢湖》與《一位陌生女子的來信》

兩本書，原產地都在歐洲，飄洋過海而來，溫潤我少年時代的小世界與大寂寞，形同兩件標本，釘牢在書房的白牆上，久久不能脫落。

《茵夢湖》（*Immensee*）的原意是「蜂湖」，中文的譯名多美！全書薄薄數十頁，一如散文一如詩，在幽淡的筆觸下，輕描出一顆情深似海的心。簡單的故事告訴讀者，主人翁來恩赫眷戀著童年的伴侶伊麗莎白，以至終老。書中不少情節引人入勝，感人至深，如兩個孩子同說到印度的夢，印度是許多歐洲人想像中的樂園。及長，林中採草莓的歲月，在那本羊皮紙釘成的册子中，他因她寫出奧秘情感的詩篇。待學成歸來，妾身卻已另屬，他在夜中涉尋茵夢湖的睡蓮而不可得，進屋後答覆她家人：「我過去和那睡蓮要好過，但那是很久以前的事了。」後來同散步時，他對盈淚滿眶的她說：「我們的童年和青春，埋在那青山的背後，現在都到那裏去了呢？」

終至克己復禮下的永別，作者史篤姆運用了精純潔美的文字，告訴世人高貴情操的意義，在予而不取。

《一位陌生女子的來信》亦爲苦戀之作，那封沒有姓名與地址的長信，道盡一個女子長期暗戀小說家亞爾，並與他離奇遇合，至死不悔的經過。書中最撼人之處，在刻畫女主人翁大痛無聲的心路，那起自少女時代對作家的崇拜，和一廂情願的奉獻，實已表現病態的狂熱。後爲養活罪惡的孽種，不幸淪落風塵，仍對作家癡念不已，終於喪命。這位無形而多情的女子，透過作者褚威格的千鈞筆刀，已成不朽愛情的象徵，令人讀後久不能平。「我吻你觸過的門柄，撿你丟棄的烟頭；晚上不知找過多少藉口，跑到街上看你那一個房間亮著燈光，從那燈光我更清楚地感到你的存在」。當今之世，類似經驗者或不乏人，但在骨肉夭折，已身奄奄一息之際，才讓對方知悉一生之愛者，何處能尋？誰又能攀附這樣高的境界？

《茵夢湖》吐語哀柔，《一位陌生女子的來信》剖心濃烈，雖有筆墨隱顯之別，角色互換之異，而感動力則一，都強調一個「癡」字。誠然，「人生自是有情癡，此恨不關風與月」，但畢竟不是一種完整，令人徒興「此事古難全」之歎，不知如何安頓這些疲累的靈魂。前書較之後書，尤見柏拉圖式的戀愛，似已絕響於上個世紀，這個世紀一心爲善的讀者，只有退守書樓，各自追慕此種「淨化論」，方不致爲多數人所笑。

二十年前嗜讀此二書，入乎其內，不能參透其中的自虐，如今出乎其外，仍然不能，我沒有進步。猶記大學聯考前夕，讀到一篇談《茵夢湖》的文字，結尾感喟「自當尊奉上帝，祈求祂的垂憐，以彌補世道的不足以恃」。世路行半，我迄未信仰上帝，但對各式教友，終有同情，世道果不足恃！人近中年，憶往思來，縱見夏日到時，睡蓮滿池，也不忍抹去茵夢湖裏的那一朵，它已高懸我心中，如皓月高懸在夜空。

人近中年，交遊漸廣，函電往返，無日無之，幸無亞爾的身分與經驗，未獲此種生離死別的信件，否則自裁亦不足以贖罪。該書譯者沉櫻女士，以至美的文筆，奪讀者的心魄，近以辭世傳，大雅云亡，我心哀之。

七十七年七月十八日〈中國時報〉

老書新讀

大四同學畢業在卽，面臨校內校外、升學就業各種考試的壓力，心慌之餘，詢問於我。談到準備國文，我除請大家留意時事外，並開一簡易書單：《四書》、《古文觀止》、《唐詩三百首》、《新人生觀》。

大學生優於高中生，本爲不刊之論，但多數大學生的國文程度，較自己高中時代退步，亦爲不爭之事實。上述四卷有助於恢復過去的水準，不但考試必備，而且終生受惠。

《四書》是《中國文化基本教材》的母體，其中名言名句俯拾卽是，最有利於作文。作文如欲出類拔萃，除須有創見外，適度引用名言名句亦不可少。「觀賢人之光耀，聞一言以自壯」，實有利於立身處世。「仁者必有勇」、「戰陣無勇非孝也」，這些觀念不是歷久彌新嗎？中學時代讀《論語》，不免蛋中挑骨，如今年行漸長，觀念漸改，更同意儒家的忠恕之道了。

《古文觀止》中的泰半佳作，爲高中國文課本所收錄，再也沒有一部書能涵蓋如此豐美的篇章，我們既可隨李白春夜遊桃李園，又可侍東坡赤壁懷古，靈魂壯旅，何樂及此？社論高手楊乃藩先生嘗謂，《古文觀止》是他此生最受益的讀物，洵為至論。

中國文學的精華在詩詞，《唐詩三百首》尤其精鍊可讀。我們再忙，每天總能抽空一分鐘，分享杜甫青春作伴好還鄉的喜悅，共沾陳子昂登幽州臺的悲壯，但覺古今同代，千年一瞬，難怪余光中先生在讀唐詩與唱抗戰歌曲時，分外感到自己是中國人。吾輩何幸能生為中國人，初睜眼即接受了可貴的文學遺產，得與古人為友，且可安身立命，每天只須一分鐘！

抗戰歌聲遍傳時，羅家倫先生寫下了這部《新人生觀》，足與〈菲希特告德意志國民書〉中西輝映，皆為民族的強心針，同胞的催醒劑。該書不同於一般的人生哲學，專就中華民族思想和生命中缺乏的部分，加以探討與發揮，因此倡言「弱是罪惡，強而不暴是美」，呼籲恢復唐以前形體美的標準，更要求國人扭開命定論與機械論的鎖鍊。何時我們不需此書，就是進步，鄙意以為進入二十一世紀後，《新人生觀》仍不可謂舊。

其實各書都不可謂舊，老書新讀一如舊釀新醅，每能綻放醉人的芬芳。考試在即，前路方遙，開此四卷，不亦宜乎？

七十七年十一月《黃河雜誌》

臺灣出版的五四研究專書

當今有關五四運動史研究的專書甚夥，大部分在臺灣以外的地區出版，中國大陸尤為大宗，其影響世人的視聽可見，然而臺灣的出版品亦有可觀者，近十年內更見推陳出新。茲就手邊存書擇要簡介，西書翻印者不計焉。

1.《五四》（楊亮功、蔡曉舟同編，傳記文學出版社）：本書堪稱舉世第一册五四運動史料，民國七十二年五月在臺重印，楊亮功先生以親歷者的身分，重申五四運動是純潔的愛國行動，與新文化運動或任何外在因素無關。

2.《五四與中國》（周陽山主編，時報出版公司）：本書收文近四十篇，大別為四類：①五四運動史選輯，②五四的回顧——五四運動五十周年討論集，③五四的探討，④五四的反省。本書在五四運動一甲子時推出，即思系統整理六十年來的有關論述，並著重介紹晚近的研究成果。

3.《五四論集》（周玉山主編，成文出版公司）：本書收文五十餘篇，亦可大別為四類：①五四運動史選輯，②五四一甲子專輯，③五四的回顧，④五四的探討。本書與前書的第一類相加，即爲周策縱先生的《五四運動史》中譯本初稿。

4.《五四研究論文集》（汪榮祖編，聯經出版公司）：本書收文十七篇，包括三類：①史實篇，②文化篇，③人物篇。第一類著重愛國運動，第二類著重新文化運動，第三類著重被誤解或忽視的五四人物。

5.《五四運動》（張玉法主編，聯經出版公司）：本書爲該公司【中國現代史論集】第六輯，收文三十篇，大別爲總論、思想、社會運動、文學革命、有關人物、重要期刊、史料評介等類，特色在評介了海內外出版的五四研究專書多册。

6.《五四運動史》（周策縱原著，楊默夫編譯，龍田出版社）：本書爲周策縱先生英文名著的中譯本，但似未經原著者審定及授權。

7.《五四運動在上海》（陳曾濤著，陳勤譯，經世書局）：本書記載上海學生與民眾在五四運動爆發後的活動，原著者亦強調五四運動有別於新文化運動。

8.《五四運動徵實》（李霜青編述，現代雜誌社出版）：本書替五四運動翻案，強調其與新文化運動「天淵迥別」，更強調北京法政專門學校著愛國運動之先鞭。本書出版於民國五十七年，已絕版多時。

9.《五四運動論叢》（三民主義研究所編輯）：本書出版於民國五十年，可視爲早期在臺出版的五四研究代表作，對五四運動有褒有貶。

10.《五四運動與自由主義》（鄔昆如等著，先知出版社）：本書選文八篇，對五四運動亦多求全責備之語。

臺灣出版的五四專書，還有傾向回憶性質的《我參加了五四運動》（聯副記者聯合採訪）、《五四運動的回憶》（陳少廷主編）、《五四運動與知識青年》（陳少廷主編）等，以及傾向新文化運動的《五四新文化運動的意義》（陳少廷主編）、《學衡派與五四時期的反新文化運動》（沈松僑著）、《新文化運動》（中華文化復興運動推行委員會主編，列入商務印書館【中國近代現代史論集】第二十二編）等。

綜觀以上各書，可知論集居多，個人著作較少，後者在臺寫成者更屬罕見。筆者不敏，已撰就《五四運動與中共》初稿，惟內容仍待充實，盼能在本世紀內出版。

七十七年五月一日〈中國時報〉

策馬縱橫

初見周策縱先生的名字，是在二十多年前的《中華雜誌》上，那時我還是個初中生，卻已留意到胡秋原先生專文評介周先生的《五四運動史》。此文後來收入陽山弟主編的《五四與中國》一書，與周先生的專書同樣歷久彌新。當時年少，未料自己終以「五四運動與中共」爲題，獲得博士學位。飲水思源，能不感激周先生的啟發？

《五四運動史》初版於一九六〇年，近三十年來的同類著作，還沒有一部超過它。大陸有關五四運動的出版品甚多，可分爲史料與論著兩大項，前者有其貢獻，但部分人士後來撰寫的回憶錄中，常有曲解五四運動之處，即使純粹的史料彙編，也經過刻意的選擇與排比，強調唯物史觀和階級鬪爭，以及共產主義在當時的地位，其他史料就被刪略了。至於後者，或繁或簡，皆以馬列主義和毛澤東思想爲本，欲尋一例外而不可得。相形之下，周先生的《五四運動史》免除了政治的干擾，而以學術價值取勝，因此可大可久。

《五四運動史》的要目如下：㈠導言，㈡促成五四運動的力量（一九一五——一九一八），

㈢運動的萌芽階段：早期的文學和思想活動（一九一七——一九一九），㈣五四事件，㈤事件的發展：學生示威與罷課，㈥更進一步的發展：工商界及勞工界的支持，㈦新文化運動的擴展（一九一九——一九二〇），㈧外國人對五四的態度，㈨觀念和政治上的分裂（一九一九——一九二一），㈩社會政治上的後果（一九二〇——一九二四），(十一)文學革命，(十二)新思想與對傳統的重新估價，(十三)新思想和後期爭論，(十四)結論：各種不同的解釋和評價。周先生以五四事件爲五四運動的狹義定義，而以新文化運動爲廣義的定義，此種看法未蒙部分五四事件的親歷者首肯，但已爲學術界的多數人士所接受。

據此，我個人認爲五四運動是雙重防衛的運動，一是防衛的民族主義，一是防衛的現代化。前者卽羅家倫先生揭櫫的外爭主權與內除國賊，是政治運動，也就是狹義的五四運動；後者卽陳獨秀高倡的德先生與賽先生——民主與科學，加上文學革命等，是新文化運動，也就是廣義的五四運動。五四運動所以受人重視，也正因爲就其廣義的定義而言，尚未完全成功，國人仍須努力。甚至，狹義的定義也待貫徹始終。

歷史是人創造的，也是人記錄的。或出有心，或出無意，歷史時常失眞，無怪有的學者慨言，對過去而言，我們並未獲得如實的圖像，僅給予詮釋與知性的重構。湯恩比亦感喟，片刻前的歷史已衆說紛紜，遑論遠古？我生也晚，距五四運動的爆發已久，非親眼所見的一代，但少數親歷者如毛澤東，又何嘗還五四於原貌？斯賓諾沙有謂：「不哭不笑，但求理解。」就五四研究的領域而言，周先生的書最能收到此效。

周先生以文學家的資質，在史學界享有盛譽，環顧中外，並不多見。文學可以有想像的天空，史學則言必有據。周先生雖文史兼通，但深諳此中的現代分際，觀乎《五四運動史》的詳盡註釋，卽可確知。本書經正式授權的中譯本，可望近期在臺灣出版，我們期待之餘，誠盼繼起有人，添增五四的光華。

七十七年十二月《文訊》雜誌

哭喊自由

《哭喊自由》，在目前有關天安門運動的專書中，最具參考價値，因爲它是原始文件實錄。從李瑞騰兄手中，我接觸過這些原件，字跡模糊的、紙張粗劣的、情感沸騰的、靈魂高潔的，一一驚心奪目。我始而激動，終有不能承受之痛。

他們不逃避坦克與子彈，有些人最後的生日在二十歲，嘴角有血，額頭有洞，吐出的結束語是「民主萬歲」。主張民主萬歲的我，暴雨隔海，苦難隔身，不能再逃避他們的文字。

我中華畢竟有人！林覺民與妻訣別的時代，羅家倫五四運動宣言的時代，重現於今日之大陸，而不可勝數。林覺民離家不及半載，武昌爆發大革命；羅家倫領隊未滿十年，北伐軍統一全國。或遲或速，他們用文字，用行動，播下收成的種子。

是的，底定終賴軍事，但文字與其他行動啟迪人心在先，亦功不可沒。文先武後或同時進行，是近代革命致勝的法門。時至今日，有人不贊成重演「革命血如花」，我不反對此說，但要如何避免屠者動刀槍，同胞血如花，才是當務之急。本書收錄多封公開信，呼籲共軍認清眞相，勿爲鷹犬，雖未收效於一時，但天下豈有永恒的騙局？大陸軍民同心之日，就是中共領袖束手之時。孫中山先生說：「尤須於最短期間，促其實現。」借用於此，當爲海內外中國人所首肯。

「靈臺無計逃神矢，風雨如磐暗故園，寄意寒星荃不察，我以我血薦軒轅」。一九〇三年魯迅作此詩時，神州天色不開，民智亦然，他不免於孤憤。八十六年後的今天，天色已亮了，人民也醒了，血薦軒轅的青年學子，協力寫成此書，字字密接，頁頁相連，不寂寞。尼采推崇血書，莎翁稱頌淚臉，血淚文學令人掩卷，可知其中有慘痛飛迸？雖然，他們並不寂寞。成千上萬，倒在廣場，倒在街巷，國之菁英啊。

哭喊自由！自由不來，就走向它去。踏著血跡，踩平荊棘，搏倒刺刀，推翻坦克，他們和我們，不再分他們和我們，攜手走向它去！

七十八年八月十八日〈中央副刊〉

重讀〈棋王〉

時序已入九〇年代，回顧八〇年代的大陸文壇，可見一特殊現象，即中共立意封殺傷痕文學後，作家退而省思，由否定文革爲起點，探索民族文化的淵源與出路，不數載即蔚爲尋根文學的大觀，可謂絕處逢生。部分作品不言反共而自然反共，在藝術價值上更躍昇爲民族文學的精品，鍾阿城的〈棋王〉堪稱代表作。

文革爆發之際，阿城年僅十七，就到山西農村插隊落戶，飽嘗「修補地球」的艱辛，後來轉赴內蒙，終在雲南定居。他的下放經驗，成爲〈棋王〉系列小說的絕佳背景。果眞是「文革百害，惟利一家」？許多作家刼後思痛，奮不顧身，寫出知識青年的酸楚，廣大同胞的悲情，這是廣義的傷痕文學，但未隨當權者的指揮棒起舞，阿城更以深刻的文化思考，澎湃著無數喜怒哀樂的心靈。

阿城的妙手頗難歸類，淸雋孤峭如魏晉文章，又隱隱有魯迅風；心思細密如白先勇，又有一些水晶先生的意識流。雖然如此，他仍是文學上的發明家，字字句句段段篇篇皆爲獨創，巨筆不著斧痕，淡描出豐腴來。〈棋王〉的主人翁王一生是下放知識青年，長期處於餓瘦狀態，乾縮的飯粒使其眼中有了淚花，走路時衣裳晃來晃去，褲管前後盪著，「像是沒有屁股」。眾人偶爾開葷，出了飯館就覺得日光耀眼，「竟有些肉醉」。在頓頓飽就是福的斯土，小說的結尾卻道：「衣食是本，自有人類，就是每日在忙這個。可囿在其中，終於還不太像人。」這種心物合一的人生觀，正符合文化的現代定義。文化涵蓋精神與物質生活，而以前者為重。阿城身為作家，心心念念在文化的傳承，自然強調精神層次了。

阿城自一九八四年起寫小說，七月發表〈棋王〉於《上海文學》，結果一舉成名，獲得該年大陸優秀中篇小說獎。繼寫〈樹王〉、〈孩子王〉等，也各擅勝場。依他的經驗，藝術是一種勞動，一定要用「狀態」完成，狀態不佳時，最好不要寫。它應該是平緩的，只有放鬆了，才能達到最大的成功。許多人說〈棋王〉裏的車輪大戰如何緊張，他卻一筆一劃，慢慢寫出，那是一種充實深厚的安靜，其中可獲最大的愉悅。由此可知，緩進是他的創作態度，從容造就了他的意趣，〈棋王〉也因此耐久。

棋王出身寒微，小時候隨母親幫印刷廠摺疊書頁，看到一本講象棋的書，讀出興味來，於是學以致用，往往忘食。唸到初中一年級，母親就死了，臨終前取出一副棋送他，原來是她撿拾人家的牙刷柄，辛苦磨成，光賽象牙。後來他遇到一位撿爛紙的老者，講解棋道似陰陽之氣，相游相交，初不可太盛，太盛則折。若對手盛，則以柔化之，但要在化的同時，造成剋勢。柔不是弱，是容，是收，是含。含而化之，讓對手入自己的勢，這勢要自己造，需無為而無不為。無為即是道，也就是棋運之大不可變，變就會輸。棋運不可悖，但每局的勢要自己造。棋運和勢既有，就可無所不爲了。中國的道家講陰陽，這是易經所說的立天之道；至於柔與剛，易經稱爲立地之道。凡此天地之道，用於棋術，無非重視布局。棋王得此調教，也就無往不利了。

小說的高潮，自是棋王的力戰羣雄。到了棋場，竟有數千人圍著，看他同時和九個人交手，結果一一擺平，包括地區的冠軍。這位老者甘拜下風，最後朗聲：「你小小年紀，就有這般棋道，我看了，匯道禪於一爐，神機妙算，先聲有勢，後發制人，遣龍治水，氣貫陰陽，古今儒將，不過如此。老朽有幸與你接手，感觸不少，中華棋道，畢竟不頹，願與你做個忘年之交。」棋王獲此殊榮，在眾人的簇擁中回到宿舍，猛然「哇」地一聲吐出黏液，接著哭喚亡母。此情此景，充分點明了即使在文革時期，爹親娘親，終究比毛澤東親，中華孝道，畢竟不頹。

小說通篇沒有腥風血雨，但見情感流動。對當道的不滿，只是透過曲筆，描述人民的飢餓，以及書記的需索。後者開口所求，也不過是文雅的字畫。正因如此，小說跳脫了政治的直接使命與壓力，還原到文學的定義來。文學是哲學的藝術化，哲學爲裏，藝術爲表；哲學爲骨，藝術爲肉。〈棋王〉展現了表裏如一、骨肉相連的風貌，宜乎內外傳誦了。

也因此，我重溫〈棋王〉。

八十年一月十一日〈中華副刊〉

重讀《雅舍小品》

初見梁實秋先生的名字，是在小學五年級，兄姊傳閱一本素色封面的《雅舍小品》，我分享得有些吃力。上初中後，使用梁先生主編的英漢字典。上高中後，選看梁先生翻譯的莎翁劇本。整個中學時代，不斷出入雅舍的文字世界，得窺宮室之美，而思躋身門牆。大學聯考前夕，因爲荒廢課業，沒有把握考上外文系，只好臨時轉報社會組，結果進入法律系，分數折算下來，正巧可上外文系，此事讓我抱憾良久，注定終生只能當梁先生的私淑弟子了。

上大學後，玩索梁先生的文學理論，覺得人性論似更適用於哲學。就讀研究所後，決定以「中國左翼作家聯盟研究」爲題，撰寫碩士論文，乃兼顧魯迅與之論戰的觀點，並檢討毛澤東親批梁先生的立場。此後在臺北的雅聚上，不止一次和梁先生同堂，遙想秋郎當年英發，喜見歷史人物鮮活。我仰望文學巨擘，不敢趨前相擾，直至民國七十六年巨擘離席，從未面請教益，而今思之，又有憾焉。

近年重讀《雅舍小品》，心情更見服貼。梁先生初寫斯篇，正將步入中年，筆端流瀉午茶的清香，人情的醇厚，與嚴肅的理論稍有距離。魯迅曾謂林語堂先生爲幽默大師，但將此四字加上引號，一如稱呼陳西瀅先生爲正人君子，同樣加上引號，貶意甚明。幽默文學能獲讀者的會心一笑，魯迅卻自稱不愛幽默，中國也不會有幽默存在。魯迅帶著憂憤的心情離世後不久，梁先生以讀萬卷書而融於無痕的筆力，寫下一連串「與抗戰無關」的文字，發揮了苦中作樂的最大效能。中國人誰不緬懷抗戰？梁先生以行動證明其國族之愛，行有餘力，則以作文，於是有了可喜的雅舍小品，與可泣的抗戰文學相較，可謂各擅勝場。不加引號的幽默大師四字，如果移贈梁先生，想爲多數讀者所首肯。

小品植根於平凡的生活，不凡的是作者之學養。有人食古不化，也有人食洋不化，撰文脫離生活，以致應者寥寥。梁先生卻食古化今，食洋化中，既無頭巾氣，也無買辦味。他以詼諧之筆，生動刻畫人間百態，題目皆屬家常，內容則顯現了學者的智慧，以及千錘百鍊的工力。書中多「絕句」，令人永誌不忘，例如形容男人的髒：「他的耳後脖根，土壤肥沃，常常宜於種麥！」三十年來我每天洗臉時，都記得這警語。書中又謂「詩人住在隔壁，是個怪物，走在街上尤易引起誤會」。我在高中時主編校刊，一位屬詩的同學因此撰文抗議，少不更事的我，也因此寫信請問梁先生的意見，不久卽蒙親筆函覆，表示對詩人絕無輕視之意，「惟行文多用反語（irony），或易滋誤會耳」。梁先生名滿天下，對後生晚輩猶不厭其煩，殷殷述意，謙謙之風，令人追懷三十年代。我尤其難忘，梁先生署名時自稱爲「弟」，那年我才十七歲。

《雅舍小品》風行宇內近四十年後，推出了四集合訂本，總結了梁先生散文的精華，蔚為中國新文學的大觀。這本書沒有廣告，先後卻印行了五十版以上，其中不乏兩代以上的讀者，說明了文學的公道自在人心。梁先生與左翼作家論戰時，強調「我們不要看廣告，我們要看貨色」。貨色者，作品也。一生一世一部書，贏得後人長讚歎，這份殊榮紮根在厚實的土壤上，誰也不能扳倒它。四川北碚的雅舍已頹，臺灣金山的墓木已拱，梁先生仍活在書店與書齋裏、開卷與掩卷後，告訴世人文學不朽的消息。

八十年六月二十九日〈中華副刊〉

滄海叢刊書目

國學類

中國學術思想史論叢(一)～(八)	錢　　穆　著
現代中國學術論衡	錢　　穆　著
兩漢經學今古文平議	錢　　穆　著
宋代理學三書隨劄	錢　　穆　著
先秦諸子繫年	錢　　穆　著
朱子學提綱	錢　　穆　著
莊子纂箋	錢　　穆　著
論語新解	錢　　穆　著

哲學類

文化哲學講錄(一)～(五)	鄔昆如　著
哲學十大問題	鄔昆如　著
哲學的智慧與歷史的聰明	何秀煌　著
文化、哲學與方法	何秀煌　著
哲學與思想	王曉波　著
內心悅樂之源泉	吳經熊　著
知識、理性與生命	孫寶琛　著
語言哲學	劉福增　著
哲學演講錄	吳　　怡　著
後設倫理學之基本問題	黃慧英　著
日本近代哲學思想史	江日新　譯
比較哲學與文化(一)(二)	吳　　森　著
從西方哲學到禪佛教——哲學與宗教一集	傅偉勳　著
批判的繼承與創造的發展——哲學與宗教二集	傅偉勳　著
「文化中國」與中國文化——哲學與宗教三集	傅偉勳　著
從創造的詮釋學到大乘佛學——哲學與宗教四集	傅偉勳　著
中國哲學與懷德海	東海大學哲學研究所主編
人生十論	錢　　穆　著
湖上閒思錄	錢　　穆　著
晚學盲言(上)(下)	錢　　穆　著
愛的哲學	蘇昌美　著
是與非	張身華　譯
邁向未來的哲學思考	項退結　著

現代藝術哲學	孫　旗　譯
現代美學及其他	趙天儀　著
中國現代化的哲學省思	成中英　著
不以規矩不能成方圓	劉君燦　著
恕道與大同	張起鈞　著
現代存在思想家	項退結　著
中國思想通俗講話	錢　穆　著
中國哲學史話	吳怡、張起鈞　著
中國百位哲學家	黎建球　著
中國人的路	項退結　著
中國哲學之路	項退結　著
中國人性論	臺大哲學系主編
中國管理哲學	曾仕強　著
孔子學說探微	林義正　著
心學的現代詮釋	姜允明　著
中庸誠的哲學	吳　怡　著
中庸形上思想	高柏園　著
儒學的常與變	蔡仁厚　著
智慧的老子	張起鈞　著
老子的哲學	王邦雄　著
逍遙的莊子	吳　怡　著
莊子新注（內篇）	陳冠學　著
莊子的生命哲學	葉海煙　著
墨家的哲學方法	鐘友聯　著
韓非子析論	謝雲飛　著
韓非子的哲學	王邦雄　著
法家哲學	姚蒸民　著
中國法家哲學	王讚源　著
二程學管見	張永儁　著
王陽明——中國十六世紀的唯心主義哲學家	張君勱原著、江日新中譯
王船山人性史哲學之研究	林安梧　著
西洋百位哲學家	鄔昆如　著
西洋哲學十二講	鄔昆如　著
希臘哲學趣談	鄔昆如　著
近代哲學趣談	鄔昆如　著
現代哲學述評(一)	傅佩榮編譯

當代西方哲學與方法論	臺大哲學系主編
人性尊嚴的存在背景	項退結編著
理解的命運	殷鼎著
馬克斯・謝勒三論	阿弗德・休慈原著、江日新譯
懷海德哲學	楊士毅著
洛克悟性哲學	蔡信安著
伽利略・波柏・科學說明	林正弘著
宗教類	
天人之際	李杏邨著
佛學研究	周中一著
佛學思想新論	楊惠南著
現代佛學原理	鄭金德著
絕對與圓融——佛教思想論集	霍韜晦著
佛學研究指南	關世謙譯
當代學人談佛教	楊惠南編著
從傳統到現代——佛教倫理與現代社會	傅偉勳主編
簡明佛學概論	于凌波著
圓滿生命的實現（布施波羅密）	陳柏達著
薝蔔林・外集	陳慧劍著
維摩詰經今譯	陳慧劍譯註
龍樹與中觀哲學	楊惠南著
公案禪語	吳怡著
禪學講話	芝峯法師譯
禪骨詩心集	巴壺天著
中國禪宗史	關世謙著
魏晉南北朝時期的道教	湯一介著
社會科學類	
憲法論叢	鄭彥棻著
憲法論衡	荊知仁著
國家論	薩孟武譯
中國歷代政治得失	錢穆著
先秦政治思想史	梁啟超原著、賈馥茗標點
當代中國與民主	周陽山著
釣魚政治學	鄭赤琰著
政治與文化	吳俊才著
中國現代軍事史	劉馥著、梅寅生譯
世界局勢與中國文化	錢穆著

中華文化十二講　錢　穆　著
民族與文化　錢　穆　著
楚文化研究　文崇一　著
中國古文化　文崇一　著
社會、文化和知識分子　葉啟政　著
儒學傳統與文化創新　黃俊傑　著
歷史轉捩點上的反思　韋政通　著
中國人的價值觀　文崇一　著
紅樓夢與中國舊家庭　薩孟武　著
社會學與中國研究　蔡文輝　著
比較社會學　蔡文輝　著
我國社會的變遷與發展　朱岑樓主編
三十年來我國人文社會科學之回顧與展望　賴澤涵　編
社會學的滋味　蕭新煌　著
臺灣的社區權力結構　文崇一　著
臺灣居民的休閒生活　文崇一　著
臺灣的工業化與社會變遷　文崇一　著
臺灣社會的變遷與秩序(政治篇)(社會文化篇)　文崇一　著
臺灣的社會發展　席汝楫　著
透視大陸　政治大學新聞研究所主編
海峽兩岸社會之比較　蔡文輝　著
印度文化十八篇　糜文開　著
美國的公民教育　陳光輝　譯
美國社會與美國華僑　蔡文輝　著
文化與教育　錢　穆　著
開放社會的教育　葉學志　著
經營力的時代　青野豐作著、白龍芽　譯
大眾傳播的挑戰　石永貴　著
傳播研究補白　彭家發　著
「時代」的經驗　汪琪、彭家發　著
書法心理學　高尚仁　著

史地類

古史地理論叢　錢　穆　著
歷史與文化論叢　錢　穆　著
中國史學發微　錢　穆　著
中國歷史研究法　錢　穆　著
中國歷史精神　錢　穆　著

國史新論	錢　穆　著
秦漢史	錢　穆　著
秦漢史論稿	邢義田　著
與西方史家論中國史學	杜維運　著
中西古代史學比較	杜維運　著
中國人的故事	夏雨人　著
明朝酒文化	王春瑜　著
共產國際與中國革命	郭恒鈺　著
抗日戰史論集	劉鳳翰　著
盧溝橋事變	李雲漢　著
老臺灣	陳冠學　著
臺灣史與臺灣人	王曉波　著
變調的馬賽曲	蔡百銓　譯
黃帝	錢　穆　著
孔子傳	錢　穆　著
唐玄奘三藏傳史彙編	釋光中　編
一顆永不殞落的巨星	釋光中　著
當代佛門人物	陳慧劍編著
弘一大師傳	陳慧劍　著
杜魚庵學佛荒史	陳慧劍　著
蘇曼殊大師新傳	劉心皇　著
近代中國人物漫譚・續集	王覺源　著
魯迅這個人	劉心皇　著
三十年代作家論・續集	姜　穆　著
沈從文傳	凌　宇　著
當代臺灣作家論	何　欣　著
師友風義	鄭彥棻　著
見賢集	鄭彥棻　著
懷聖集	鄭彥棻　著
我是依然苦鬥人	毛振翔　著
八十憶雙親、師友雜憶（合刊）	錢　穆　著
新亞遺鐸	錢　穆　著
困勉強狷八十年	陶百川　著
我的創造・倡建與服務	陳立夫　著
我生之旅	方　治　著
語文類	
中國文字學	潘重規　著

中國聲韻學	潘重規、陳紹棠　著
訓詁通論	吳孟復　著
翻譯新語	黃文範　著
詩經研讀指導	裴普賢　著
陶淵明評論	李辰冬　著
鍾嶸詩歌美學	羅立乾　著
杜甫作品繫年	李辰冬　著
杜詩品評	楊慧傑　著
詩中的李白	楊慧傑　著
司空圖新論	王潤華　著
詩情與幽境——唐代文人的園林生活	侯迺慧　著
唐宋詩詞選——詩選之部	巴壺天　編
唐宋詩詞選——詞選之部	巴壺天　編
四說論叢	羅　盤　著
紅樓夢與中華文化	周汝昌　著
中國文學論叢	錢　穆　著
品詩吟詩	邱燮友　著
談詩錄	方祖燊　著
情趣詩話	楊光治　著
歌鼓湘靈——楚詩詞藝術欣賞	李元洛　著
中國文學鑑賞舉隅	黃慶萱、許家鶯　著
中國文學縱橫論	黃維樑　著
蘇忍尼辛選集	劉安雲　譯
1984	GEORGE ORWELL原著、劉紹銘　譯
文學原理	趙滋蕃　著
文學欣賞的靈魂	劉述先　著
小說創作論	羅　盤　著
借鏡與類比	何冠驥　著
鏡花水月	陳國球　著
文學因緣	鄭樹森　著
中西文學關係研究	王潤華　著
從比較神話到文學	古添洪、陳慧樺主編
神話卽文學	陳炳良等譯
現代散文新風貌	楊昌年　著
現代散文欣賞	鄭明娳　著
世界短篇文學名著欣賞	蕭傳文　著
細讀現代小說	張素貞　著

現代詩學	蕭　蕭　著
詩美學	李元洛　著
詩學析論	張春榮　著
横看成嶺側成峯	文曉村　著
大陸文藝論衡	周玉山　著
大陸當代文學掃瞄	葉穉英　著
走出傷痕——大陸新時期小說探論	張子樟　著
兒童文學	葉詠琍　著
兒童成長與文學	葉詠琍　著
增訂江皋集	吳俊升　著
野草詞總集	韋瀚章　著
李韶歌詞集	李　韶　著
石頭的研究	戴　天　著
留不住的航渡	葉維廉　著
三十年詩	葉維廉　著
讀書與生活	琦　君　著
城市筆記	也　斯　著
歐羅巴的蘆笛	葉維廉　著
一個中國的海	葉維廉　著
尋索：藝術與人生	葉維廉　著
山外有山	李英豪　著
葫蘆・再見	鄭明娳　著
一縷新綠	柴　扉　著
吳煦斌小說集	吳煦斌　著
日本歷史之旅	李希聖　著
鼓瑟集	幼　柏　著
耕心散文集	耕　心　著
女兵自傳	謝冰瑩　著
抗戰日記	謝冰瑩　著
給青年朋友的信(上)(下)	謝冰瑩　著
冰瑩書柬	謝冰瑩　著
我在日本	謝冰瑩　著
人生小語(一)～(四)	何秀煌　著
記憶裏有一個小窗	何秀煌　著
文學之旅	蕭傳文　著
文學邊緣	周玉山　著
種子落地	葉海煙　著

向未來交卷	葉海煙 著
不拿耳朶當眼睛	王讚源 著
古厝懷思	張文貫 著
關心茶——中國哲學的心	吳　怡 著
放眼天下	陳新雄 著
生活健康	卜鍾元 著

美術類

樂圃長春	黃友棣 著
樂苑春回	黃友棣 著
樂風泱泱	黃友棣 著
談音論樂	林聲翕 著
戲劇編寫法	方　寸 著
戲劇藝術之發展及其原理	趙如琳譯著
與當代藝術家的對話	葉維廉 著
藝術的興味	吳道文 著
根源之美	莊　申 著
中國扇史	莊　申 著
立體造型基本設計	張長傑 著
工藝材料	李鈞棫 著
裝飾工藝	張長傑 著
人體工學與安全	劉其偉 著
現代工藝概論	張長傑 著
色彩基礎	何耀宗 著
都市計畫概論	王紀鯤 著
建築基本畫	陳榮美、楊麗黛 著
建築鋼屋架結構設計	王萬雄 著
室內環境設計	李琬琬 著
雕塑技法	何恆雄 著
生命的倒影	侯淑姿 著
文物之美——與專業攝影技術	林傑人 著